KB268008

Veronica Requiem

베로니카 레퀴엠

레지나 판타지 장편 소설

FANTASY FRONTIER SPIRIT

베로니카 레퀴엠 5

레지나 판타지 장편 소설

초판 1쇄 찍은 날 § 2013년 5월 21일
초판 1쇄 펴낸 날 § 2013년 5월 27일

지은이 § 레지나
펴낸이 § 서경석

편집부장 § 권태완
편집책임 § 박가연

펴낸곳 § 도서출판 청어람
등록번호 § 제1081-1-89호
등록일자 § 1999. 5. 31
어람번호 § 제1-1600호

주소 § 경기도 부천시 원미구 심곡2동 163-2 서경B/D 3F (우) 420-822
전화 § 032-656-4452 팩스 § 032-656-4453
http://www.chungeoram.com
E-mail § chungeorambook@daum.net

ⓒ 레지나, 2012

ISBN 978-89-251-3290-7 04810
ISBN 978-89-251-2977-8 (세트)

5
완결]
도서출판 청어람
Veronica Requiem
베로니카 레퀴엠
레지나 판타지 장편 소설 FANTASY FRONTIER SPIRIT

CONTENTS

Chapter 1
외
면

Veronica Requiem

베로니카 레퀴엠

주위가 밤의 어둠을 집어삼킨 것처럼 컴컴했다. 집 안으로 달빛 한 줌 새어 들어오지 않아서 더욱 어두운 느낌이 들었다. 시야를 연명하는 것은 들고 있는 촛불의 작은 빛뿐이다.

베로니카는 쉽게 입을 열지 못했고, 아리스타 역시 쉽게 말을 잇지 못했다.

그리고 그는 고개를 숙여 놀란 가슴을 추슬렀다. 눈앞에 멀쩡히 살아 숨 쉬는 베로니카의 존재를 쉽사리 믿지 못하고는 다시 그녀의 얼굴을 보았다. 촛불에 그늘진 그녀 얼굴이 언뜻 빛에 그을려 붉은 것처럼 보이기도 했다.

"놔."

　장미 꽃잎을 물들인 것처럼 붉디붉은 입술을 타고 앳된 목소리가 흘러나왔다. 그는 퍼뜩 정신이 든 얼굴로 그녀를 보았다.

　"베로니카."

　아리스타가 참았던 숨을 토하듯이 그녀의 이름을 불렀다. 하지만 그 간절함이 그녀에겐 통하지 않았다.

　베로니카는 온몸을 타고 피어오르는 역한 기분을 감추지 못하고 아랫입술을 짓이기듯 깨물었다. 아리스타에게 붙잡힌 어깨가 타는 듯이 뜨거웠다.

　베로니카는 자신이 어떤 상황에 놓여 있는 것인지 어렴풋이 느끼고 있었다.

　허상과 현실의 경계선.

　그녀는 늘 그렇게 여기고 있었지만, 그것은 착각이 분명했다.

　시간 차가 크지만 둘 다 현실이다. 단지 이곳에선 그녀가 독을 먹고 죽었고, 좀 전까지 있던 그곳에선 그녀가 멀쩡하게 살아 있었을 뿐이다.

　두 개의 현실 속에서 두 명의 베로니카가 살고 있었고, 한쪽에서 죽음을 맞이하자 다른 쪽에서 깨어났다. 만약 두 개의 현실이 존재한다는 그녀의 가정이 사실이라면, 이상할 것 없는 이야기다.

　하지만 그렇다고 가정한다면 죽은 사람 모두 다른 쪽에서 깨어나야 함이 옳다. 그런데 그런 일을 겪은 것은 베로니카 홀로였다.

결론은 두 개의 현실 속 베로니카는 모두 같은 인물이고, 같은 영혼이다. 하지만 그녀처럼 두 개의 현실을 겪은 기억을 가지는 것이 일반적이지 않기 때문에, 그녀가 여러 시련을 겪고 있는 모양이었다.

깨어나는 세계라든지, 두 개의 현실에 대해서라든지, 앞으로도 풀어야 할 문제가 많았다.

"죽지 않았어. 그래, 그럴 줄 알았어. 네가 죽을 리가 없지."

한 줄기 희망을 기대하는 사람처럼 절박하기만 했던 그의 얼굴 위로 안도가 퍼졌다. 그 모습이 베로니카는 거북하고 껄끄러워 참을 수 없었다.

두 현실에서의 아리스타 모두가 같은 사람이라는 것을 알지만, 그녀가 지금 존재하는 '그곳'의 아리스타는 '이곳'의 아리스타와 달랐다. '그곳'의 아리스타는 틀어져 버린 삶에 찌들고 병들어 역한 모습이 아니다. 비틀어져 있어도 그런대로 곧게 자란 편이었다.

"말이 되는 소리라고 생각하니?"

길고 긴 침묵 끝에 베로니카의 입술을 타고 비아냥거리는 목소리가 흘러나왔다. 아리스타는 잠시 그녀의 말을 곱씹듯이 대답이 없었다.

“무슨 소리지?”

짙고 날카로운 아리스타의 눈썹이 일그러졌다. 그리고 그를 바라보는 베로니카의 시선은 경계로 날이 서 있고 적대적이었다.

언젠가는 그의 짙고 날카로운 눈썹마저도 아름답다고 여기던 때가 있었다. 하지만 다시 돌아보게 된 그의 모습은 그저 한낱 미물보다도 못한 존재처럼 보였다.

“이것부터 놔.”

베로니카는 얼굴 위로 그를 향한 불쾌감을 역력히 드러내었다. 그리고 그제야 아리스타가 그녀의 어깨를 부여잡은 손을 떼었다. 어찌나 강하게 움켜잡았던지 아직도 어깨가 얼얼하여 그녀는 미간을 모았다.

“베로니카.”

아리스타가 그녀를 불렀다. 그리고 베로니카는 뒤로 물러섰다. 목구멍을 타고 구토가 치밀어 오를 것만 같았다. 참을 수 없는 분노가 가슴속에 용솟음쳤다. 그렇게 바라고 바라던 ‘그’ 아리스타가 눈앞에 있었다.

베로니카는 주먹 쥔 손이 새하얗게 질려가는 것에도 아랑곳없이 힘을 주었다. 격한 감정으로 몸이 부들부들 떨리기까지 했다.

다시 한 번 그가 그녀의 이름을 부르며 한 발 다가왔다. 그에 따라 그녀 역시 한 발 뒤로 물러섰다.

"내 이름 부르지 마."

가느다란 미성이 정신없이 떨렸다. 그들이 있는 곳이 주방이었다면 그녀는 감정을 주체하지 못하고 칼을 들었으리라.

그제야 상황의 기이함을 알아차렸는지 아리스타가 당혹스러운 표정을 감추지 못하고 그녀를 보았다. 상황만이 기이한 것이 아니었다. 그녀 자체도 금방 사라져 버릴 것만 같이 존재감이 옅어 괴이하였다. 평소 그녀의 담담한 태도도 온데간데없었다.

지금 그의 눈앞에 서 있는 베로니카는 그가 알고 있던 그녀가 아니다. 지금의 그녀에겐 봄이 되어 아름답게 만개한 꽃 같은 화사함이 있었다. 낡고 퇴색해 시들어가던 베로니카는 없다.

하지만 그는 상황의 부조화를 인지하고도 무시했다. 오로지 그녀 자체에 초점을 맞추고 존재만으로 안도하였다.

반대로 베로니카는 아리스타의 그런 태도가 역겹다고 느꼈다. 이미 오래되고 낡은 종이책처럼 그에 대한 감정이 변질되었다고 여겼지만, 눈앞에서 '진짜' 아리스타를 보고 있으니 다시금 감정이 되살아났다.

감정을 절제하고 상황을 확실하게 인지할 시간이 필요했다. 그러지 않는다면 그녀 스스로가 그에게 어떤 짓을 저지를지 모르겠다고 생각했다.

아리스타의 어깨너머로 보이는 문까지 뛰어서 여덟 보. 베로니카는 그의 반응을 살피며 입술을 앙다물었다. 시간을 가늠하며 그가 혼란스러워하는 틈을 타 뜀박질을 했다. 드레스 자락을 들어 올린 손바닥이 긴장으로 땀이 가득하여 미끈거렸지만, 그녀는 이를 악물고 손가락에 힘을 주었다.

그녀를 부르는 그의 목소리가 잠시 멀어졌다. 문을 열고 밖을 나오는 순간 숨통이 트였다. 하지만 그것도 잠시, 그녀는 아리스타의 커다란 손에 거칠게 잡혀 돌아서야 했다.

"뇌."

그는 그녀의 말을 듣지 않았다. 베로니카는 익숙함에 조소를 머금었다. 생각해 보면 아리스타가 그녀의 말을 들었던 기억이 없다. 그는 늘 그녀 앞에 친절한 가면을 둘러쓴 무자비한 권력자였다.

다시금 옛날의 기억들이 물밀 듯이 밀려들었다. 질척거리는 뱀 한 마리가 그녀의 온몸을 휘감고 지나가는 것 같았다. 그처럼 오싹하고 소름 끼치는 감각도 없었다. 감정이 점차 고조되기 시작하자 베로니카는 눈을 질끈 감았다. 그녀는 겁에 질렸다.

"놓으라고!"

그녀의 날카로운 외침에 아리스타가 놀란 얼굴로 그녀를 보았다. 하지만 그녀를 잡은 손은 놓지 않았다.

"정말 베로니카?"

아리스타의 어처구니가 없는 물음에 베로니카는 비웃음을

터뜨렸다. 날카로운 눈매를 매섭게 치켜뜨고 그를 노려보며 그녀가 부정했다.

"그럴 리가 있나."

베로니카가 단칼에 부정했음에도 아리스타는 그녀의 말을 믿지 않았다. 그리고 그녀 또한 애당초 그와 대화로 풀어갈 생각은 없었다.

달빛이 지나치게 밝은 밤이었다. 그도, 그녀도 그 뒤로 대화 없이 서로 노려보고 있었다. 그 긴장된 침묵을 깬 것은 어디선가 등장한 남자였다.

베로니카는 그 남자가 누구인지 단번에 알아차릴 수 있었다. 푸른 머리카락에 자주색 눈동자의 로웰. 그리고 로웰과 익히 아는 사이인지 아리스타의 눈빛이 매섭게 변했다. 북풍한파가 찾아온 것처럼 주위가 싸늘해졌다.

마찬가지로 곱지 않은 시선으로 아리스타를 바라보던 로웰이 그 옆에 서 있던 베로니카를 발견했다. 그녀를 본 그는 지나치게 놀란 것처럼 보였다. 그녀를 익히 알고 있는 것 같이 자연스러운 반응에 그녀는 의아한 표정을 지었다.

'이곳'의 로웰과 그녀는 면식이 없다. 그러니 그녀를 바라보는 로웰의 반가운 사람을 마주하는 듯한 시선은 어딘가 이상했다.

로웰을 바라보는 그녀 앞을 아리스타가 가로막았다. 그가 한 마리의 맹수처럼 으르렁거리며 로웰을 보았다.

“비켜.”

낮게 깔린 음산한 목소리를 뱉은 것은 로웰도 아리스타도 아니었다. 베로니카의 핏빛처럼 붉은 머리칼이 밤의 스산함을 더했다. 로웰과 아리스타는 동시에 그녀를 보았다.

그녀가 지칭한 것은 아리스타였다.

그는 좀 전까지 그녀를 다시 본 감격으로 어수룩했던 모습을 모두 지워낸 채였다. 다시 오만함이 짙게 깔린 시선으로 그녀를 내려 보고 있었다.

“넌 들어가.”

그녀를 향해 명령하듯이 아리스타가 말했다. 떠오르는 아득한 기억들을 애써 밀어내며 베로니카는 그를 보았다.

로웰이 잔뜩 일그러진 얼굴로 아리스타와 그녀를 지켜보았다. 베로니카는 아리스타를 노려보면서도 로웰의 지긋한 시선을 느꼈다.

“명령하지 마.”

그녀의 대답에 아리스타가 한쪽 눈썹을 치켜 올렸다. 그의 말에 순종하지 않는 베로니카는 처음이다. 그녀는 계속해서 그를 놀랍게 했다.

분명한 건, 지금의 그녀는 늘 담담한 표정과 태도로 사람을 미치게 했던 그녀가 아니라는 점이다.

아리스타가 잠시 방심한 사이 베로니카가 재빠르게 움직여 로웰에게 다가갔다. 그가 손을 뻗기도 전에 그녀는 로웰의 허리춤에 달린 검을 빼어 들고 아리스타를 향해 겨누었다. 그리고 당황하는 그의 모습에 베로니카는 전신을 아우르는 희열을 느꼈다.

"지금 뭐하는 거지?"

아리스타의 냉랭한 물음에 그녀는 유쾌한 미소를 가득 머금고 손목을 비틀어 그의 목 가까이 검 날을 바짝 붙였다. 하지만 그의 실력 역시 만만한 것은 아니라 그녀와 동시에 검을 빼 들어 그녀의 가슴께에 검을 겨누고 있었다.

"다치고 싶지 않으면 치워."

아리스타가 말했다. 하지만 베로니카는 아랑곳없이 그를 보았다. 그와 그녀는 서로 한 치도 양보할 기미가 보이지 않았다.

그녀는 입술을 굳게 다물었다. 아리스타는 여전히 빛바랜 추억 속 그때와 같았다. 마치 그때로부터 시간이 흐르지 않은 것처럼 그녀는 깊은 향수에 젖어드는 것을 느끼며 그를 보았다.

"나를 봐. 내가 아직도 네가 아는 나로 보이니?"

베로니카가 얼굴 가득 아리스타를 향한 비웃음을 머금고 물었다. 그제야 그가 그녀를 똑바로 보았다.

로웰은 조용히 베로니카와 아리스타의 대치를 지켜보았다. 그리고 그녀 말대로 눈앞의 베로니카가 그들이 알던 베로니카가 아니라는 사실은 분명하다고 생각했다.

몸집이 좀 더 작고 골격이 왜소하다. 본래 그녀보다 성장이 덜 된 소녀의 체형이었다. 얼굴 가득 퍼져 있는 싱그러운 생기 또한 그가 알던 그녀와 달랐다. 로웰이 아는 그녀는 악마에게 생기가 모두 빨린 사람처럼 핏기없이 무력하게 보이던 여자였다. 늘 감정을 잃어버린 사람처럼 무감각하던 사람이었다.

그리고 로웰은 그녀의 그런 점이 모두 그녀 앞에 서 있는 아리스타가 원인이라는 사실을 안다.

하지만 아리스타는 여전히 그녀가 옛날의 그녀라 믿고 싶어 하는 모양이었다.

"넌 여전히 너야."

그가 그렇게 말한 순간 그녀는 먼지처럼 흩어져 사라져 버렸다.

*　　*　　*

위니들의 시끄러운 수다 소리와 함께 베로니카가 깨어났다. 그녀는 침대에 비스듬히 누워 허공을 굴러다니는 위니들을 미동도 없이 보았다. 그리고 천천히 시선을 옮겨 자신의 손에 쥐어진 매끈한 돌을 바라보았다. 찬란하게 빛나던 오색 빛이 그녀의 시선이 닿자 천천히 사라졌다.

그녀는 그제야 이레인이 전해준 돌이 어떤 역할을 하는 것인지 어렴풋이 짐작할 수 있었다.

돌연 문이 벌컥 열리고 아리스타가 거칠게 등장했다. 그녀는 그의 등장에도 별다른 반응 없이 누워 있었다. 그가 그녀의 이름을 급히 부르며 다가왔다. 그제야 그녀는 몸을 일으켜 앉아 그를 보았다.

"숙녀 방에 예의 없이."

아리스타를 본 그녀의 첫말이었다. 그는 베로니카의 말에 따귀를 얻어맞은 얼굴로 잠시 멍하니 그녀를 바라보았다. 그리고는 이내 속 깊이 쌓여 있던 찌꺼기를 뱉어내듯 깊은 안도의 한숨을 토해냈다. 베로니카는 그런 그를 다소 복잡한 심경으로 보았다.

"무슨 일이야?"

그녀의 물음에 아리스타는 쉬이 대답하지 않았다. 길 잃은 그의 시선이 오갈 데 없이 허공을 배회했다. 베로니카는 목구멍까지 울컥 차오른 감정이 천천히 내려가는 것을 느꼈다. 어쩌면 그를 보고 안도한 것일지도 모른다.

조금 전 보았던 또 하나의 '아리스타'가 꿈이 아니라는 사실을 깨달았다. 지금 그녀가 존재하고 있는 곳이 그쪽 '잠들어 있는 세계'가 아니라 이쪽, 즉 '깨어나는 세계'라는 사실이 그녀를 안도하게 만들었다.

"꿈에 네가 나왔어."

아리스타는 쓴 약을 삼킨 사람처럼 고통을 참고 간신히 대답했다.

"꿈이 아닐지도 몰라."

베로니카는 덤덤한 얼굴로 대답했다. 아리스타가 매번 이 곳이 아닌 '잠들어 있는 세계'를 꿈을 통해 보아왔다는 사실을 안다. 그래서 그녀는 어렵지 않게 진실을 이야기할 수 있었다.

"난 방금까지 그곳에 있었어."

예상이 적중했던 모양인지 그는 잔뜩 신경이 곤두선 얼굴로 그녀를 보았다.

"정말이야?"

로웰이 함께 있었던 장면까지 본 것인지 그녀를 추궁하듯 부르는 그의 눈매가 날카롭다.

"그럼 다시 꿈을 통해 그놈을 만날 수 있다는 소리야?"

잔뜩 일그러진 험악한 얼굴로 아리스타가 소리쳤다. 그녀의 시야로 위니들이 모두 놀라 사라지는 것이 보였다.

"목소리 좀 낮춰, 아스."

그녀의 말에 아리스타가 거친 숨을 고르며 얼굴을 매만졌다. 그는 잔뜩 일그러진 얼굴로 방 안을 서성이는가 싶더니 다시 두 손을 모아 마른세수를 했다. 그가 무언가 한참을 망설이는 동안 베로니카는 침대에서 일어나 잠옷 위로 겉옷을 둘러 입었다.

"사실 어제 법황 예하께 리비엘라의 소식을 들었어."

아리스타가 조심스럽게 운을 떼었다. 베로니카는 새벽 동이 트고 있는 창밖을 응시하다가 창문을 열었다. 밤의 어둠을 거침없이 몰아내고 떠오르는 태양 아래 상쾌한 공기가 방 안으로 고요히 스며들었다. 시원한 바람과 함께 위니들도 다시금 방 안으로 굴러 들어왔다.

"나쁜 소식이니?"

그녀는 일말의 불안감을 느끼고 물었다. 리비엘라의 소식을 운운하는 그의 목소리가 범상치 않았음을 깨달았기 때문이었다.

"마물들의 습격이 더 심해졌다고 하는군. 리비엘라뿐만이 아니야. 바인트 제국을 넘어 지금은 신성국까지 위협을 받고 있다는군. 에라드도 이제 안전하지 않아."

아리스타가 진지한 얼굴로 탁자 앞에 앉아 한숨을 내쉬었다.

"게다가 어제 네가 나오는 꿈까지 꿔서 예감이 좋지 않아. 내겐 꿈이지만 네겐 아니라고 했지, 베르?"

그의 물음에 그녀가 고개를 끄덕였다.

"네가 그곳에서 무언가 해야 할 일이 있는 건 아니야?"

그의 물음에 베로니카는 잠시 생각에 잠겼다.

"그럴 수도 있어. 나는 그곳에서 이미 죽었어. 하지만 내가 꾼 것은 꿈이 아니었어. 꿈이 아니라 내가 그곳에 있었던 것이 분명해."

그녀의 대답에 아리스타는 잔뜩 복잡한 얼굴로 이마를 매 만졌다.

"그럼 네가 또 '그 녀석' 을 만나야 한다는 얘기잖아?"

그가 잔뜩 날카로워진 얼굴로 소리쳤다. 베로니카는 미간을 모으고 그를 진정시켰다.

"목소리 좀 낮추라니까, 아스. 그리고 그건 너야. 자기 자신한테 질투하면 어쩌자는 거야?"

"그게 어떻게 나야? 그 녀석은 내가 모르는 너를 알고 있고, 심지어 너를 죽게 만들었어! 제기랄."

기어코 욕설을 내뱉으면서 그가 자리를 박차고 일어났다.

"베로니카님. 괜찮으십니까?"

아리스타의 목소리가 워낙 컸던 모양인지 근처를 지나가던 휴버트가 문 앞까지 다가와 물었다.

"아무것도 아니에요, 져스틴 경."

베로니카의 대답에 휴버트는 한참을 문 앞에 서 있는가 싶더니 사라졌다. 그녀는 안도의 한숨을 내쉬며 눈을 날카롭게 떴다.

"제발 진정해 아리스타! 다른 사람들까지 불안하게 할 수는 없잖아!"

그녀의 외침에 그제야 진정이 된 얼굴로 아리스타가 천천히 자리에 앉았다. 그녀는 한숨과 함께 그 앞에 앉았다.

"렌프루는 뭐라고 했지?"

“무슨 말이야?”

“반 렌프루가 네게 아무 말도 하지 않았어? 이 사건과 관련해서?”

그의 물음에 베로니카는 침묵했다. 그녀의 얼굴에서 무섭도록 표정이 사라져가는 것을 보며 아리스타는 착잡한 기분으로 머리카락을 헤집었다.

“아무 말도 없었어.”

아리스타는 복잡한 심경에 젖어 그녀의 말간 얼굴을 보았다. 그녀는 깊은 생각에 잠긴 얼굴로 말없이 창밖을 응시하고 있었다. 누군가를 생각하듯 아련한 표정이 그의 심기를 거슬렀다.

“너는 내가 지켜.”

아리스타의 말에 베로니카가 고개를 돌려 그를 응시했다.

“너는 내가 반드시 지킬 테니까. 다른 걱정은 하지 마.”

잔뜩 찡그린 얼굴로 그녀를 지킬 수 있다고 단정하는 아리스타를 보며 베로니카는 결국 입가에 미소를 띠었다.

“고마워.”

그녀의 인사에 아리스타는 작게 웃음을 흘렸다.

“일단 먼저 해야 하는 건 신탁의 비밀을 푸는 거지?”

“그래.”

그녀의 대답에 아리스타는 자리에서 일어섰다. 그녀가 의아한 얼굴로 그를 바라보자 그가 어깨를 으쓱이며 그녀를 보았다.

"그럼 얼른 비밀을 풀어야지. 준비하고 나와. 아침부터 먹
자."

그의 말에 베로니카가 입가에 옅은 미소를 띠며 그를 따라
자리에서 일어났다.

*　　*　　*

"오랜만입니다."

베로니카의 시선 끝에 그가 서 있었다. 푸른 머리카락에 자
주색 눈동자를 가진 로웰 클라우스. 한 점 흐트러짐 없는 반
듯한 정복을 입고 서 있는 그는 그 자체로도 매너 좋은 신사
처럼 보였다.

아무런 표정이 없으면 그야말로 서늘한 기색이 완연한 인
상이었다.

"저를 아시나요?"

베로니카는 의아한 기색으로 저의 옛날 낡은 집을 익숙하
게 차지하고 있는 그를 향해 물었다.

그는 주방 식탁에 앉아 여유롭게 차를 마시고 있었다. 나무
식탁의 다리가 일정하지 않아 삐걱거림에도 불구하고 그는
아무렇지 않은 얼굴이었다. 마치 자신의 집처럼 그가 그녀에
게 자리를 권했다.

“저를 기억하지 못하시다니 서운하군요.”

“당신도 죽은 베로니카 클라라의 그림자를 쫓나요?”

그녀의 물음에 그의 동작이 멈추었다.

“로드 웨일스. 지금 내 눈앞에 있는 당신은…….”

“난 당신이 아는 그녀가 아니에요.”

“내 눈은 속일 수 없습니다.”

“그럼 알겠네요. 죽기 이전의 베로니카보다 제가 더 어리다는 사실 말이에요.”

그녀의 말에 그가 할 말을 잃은 듯 대답이 없었다. 베로니카는 두근거리는 심장을 애써 감춰 침착함을 유지하며 그가 따라준 차를 마셨다.

“하지만 당신은… 분명 베로니카…….”

“그래요, 전 베로니카예요. 하지만, 당신들이 아는 베로니카는 아니죠. 그녀는 이미 죽었잖아요.”

그가 충격에 잠긴 얼굴로 찻잔을 든 채 그녀를 보았다.

“베로니카…….”

그가 기어코 고개를 숙이고 양손으로 마른세수를 하고는 한숨을 토했다.

“정말 믿을 수 없군.”

베로니카는 어쩐지 그의 목소리에 물기가 서려 있다는 느낌을 받았다. 하지만 고개를 든 그의 얼굴에선 슬픔이라곤 조금도 찾아볼 수 없었다.

"그녀를 어떻게 알고 있는 거죠?"

베로니카는 스스로를 '그녀'라 칭하는 것에 낯섦을 느끼며 어색하게 물었다. 그러자 로웰이 잠시 이마를 매만지며 그녀를 뚫어지게 바라보았다. 자주색 눈동자의 시선이 그녀를 꿰뚫듯 강렬했다.

베로니카는 저도 모르게 식은땀이 나는 것을 느끼며 마른침을 삼켰다.

"열일곱 파티. 그날 처음 보았습니다. 테라스에서 단 한 번 대화를 주고받았는데, 그게 처음이자 마지막 만남이었습니다. 하지만 제겐 그 기억이 너무도 강렬해서… 도무지 잊히지 않았습니다."

"그렇다면 왜 진작 그녀를 찾지 않았나요?"

베로니카의 물음에 그가 잠시 말을 멈추었다. 그리고는 한숨과 함께 다시 말을 이었다.

"제겐 많은 제약이 있습니다. 그것을 모두 떨칠 용기가 부족했던 모양입니다. 뒤늦게 용기를 내어 그녀를 찾았을 땐 이미 늦었더군요."

깊은 후회와 뼈저린 상실감이 듣는 그녀에게까지 전해져 오는 것 같았다. 베로니카는 새로운 사실을 알았다는 충격에 젖어 멍하니 그를 바라보았다.

"그녀는 이 집에서 죽었고, 그녀의 시체를 두 눈으로 똑똑히 확인했습니다. 그래도 미련이 남아서… 도무지 믿을 수가 없어서… 스스로가 한심해서, 용서할 수 없어서…….”

그녀는 도무지 그 파티에서의 만남이라는 것이 기억이 나질 않았다. 로웰을 만났었다니, 그녀가 죽기 이전의 삶에서 로웰을 만났었다니. 베로니카는 쉽게 그 충격에서 벗어날 수 없었다.

“에스텔 백작, 당장 베르에게서 떨어져.”

거칠게 문을 열고 들어선 것은 아리스타였다. 불같은 얼굴로 성큼성큼 그가 주방으로 들어섰다. 베로니카는 화들짝 정신이 든 얼굴로 자리에서 일어섰다.

야차 같은 얼굴로 아리스타가 그들에게 다가왔다. 금방에라도 살인을 저지를 것 같은 그 얼굴에 베로니카는 질린 낯빛으로 뒷걸음질을 쳤다. 죽기 이전엔 익숙하게 보던 아리스타의 분노였다. 그의 분노는 뼈가 사무치도록 격렬해서 도무지 쉽게 뇌리에서 떨칠 수 없었다. 옛날의 기억이 이토록 새록새록 떠오르는 것을 보아하니 말이다.

“카쟌.”

로웰이 누군가를 부르자, 그들 앞으로 검은 망토를 두른 남자가 나타났다. 언제부터 그들 곁에 있었던 것인지 모르겠다. 낯선 남자의 갑작스러운 등장에 베로니카는 당황하여 로웰을 보았다. 그러자 그가 그녀를 향해 옅은 미소를 지으며 웃었다.

“나의 사람입니다. 걱정 마십시오.”

"에스텔 백작, 또 이런 수법을 쓰는군."

아리스타가 검을 빼어든 채 카쟌이라는 사내와 대치하며 이를 갈았다. 그리고 베로니카는 검은 망토를 두른 남자의 가슴에 새겨진 문양을 보았다. 푸른 들판에 그려진 커다란 눈동자. 그것은 리비엘라 제국 최고 어둠의 세력 테라(Terra)의 문양이었다. 미란다가 사용한 독을 알아보기 위해 소피아와 메이를 잠입시켰던 몬티아 상단, 루젠 상단 모두가 테라의 휘하 세력이었다.

"베르, 이리와."

아리스타가 그녀를 바라보며 말했다. 베로니카는 멀뚱히 서서 검은 망토를 두른 테라의 암살자와 로웰을 봤다가, 다시 아리스타를 보았다.

"내가 왜?"

그녀가 어깨를 으쓱이며 날카로운 눈매를 치켜뜨고 그를 보았다. 새침하고 도도한 베로니카의 눈빛에 아리스타가 당황한 얼굴로 그녀를 보았다. 그리고는 다시 사납게 변해 그녀를 향해 호통쳤다.

"이리 오지 못해!"

"착각하지 마, 아리스타 리차드."

베로니카는 싸늘하게 굳은 얼굴로 그를 노려보았다.

"난 베로니카가 아니야."

그녀의 말에 아리스타가 순식간에 손을 뻗었다. 카쟌과 로웰이 재빨리 손을 뻗었을 땐 이미 그녀는 아리스타의 손에 팔이 붙잡혀 있었다. 그리고 그녀는 다시 사라졌다.

＊　　＊　　＊

"정말이지 짜증 나."

베로니카가 거친 말을 내뱉으며 로브를 둘러 입자, 소피아가 화들짝 놀라 그녀를 보았다. 소피아가 보아온 베로니카는 늘 우아하고 까다롭게 격식을 차리는 사람이라 격렬한 말투를 사용하지 않는다.

소피아는 새삼 그녀의 새로운 면모들이 여행 같지 않은 여행을 하면서부터 뚜렷하게 보이는 것 같다고 생각했다. 사실 고생 한 번 하지 않고 자란 귀족 영애가 겪기에는 믿을 수 없을 정도로 힘든 일이 베로니카 앞에 닥쳤다. 하지만 베로니카는 그동안 그것을 불평하거나 불만스러워한 적이 없었다.

베로니카는 여느 소녀들과도 다르다. 그녀는 특별했다. 그렇기 때문에 소피아와 메이, 그리고 루시아가 굳게 믿고 의지하는 사람이었다.

지금은 그들이 어려운 일에 봉착해 신경이 날카로워져 있지만, 머지않아 베로니카가 늘 그랬던 것처럼 현명한 판단을 내리리라는 것을 소피아는 알았다.

그녀는 휴버트와 시선이 마주치자 함께 미소를 지었다. 그 사실을 아는 것은 그녀뿐만이 아니다. 베로니카의 진가는 그녀와 오랜 시간 함께해 온 사람이라면 누구나 아는 사실이 아니던가. 소피아는 조용히 미소 지으며 베로니카의 시중을 들었다.

에라드의 경계 끝자락. 늦은 밤이다. 밤의 고요함 속에서 베로니카는 돌부리라도 걷어차고 싶은 심정으로 이를 악물었다. 소피아와 휴버트, 템베른은 조용히 제 할 일을 했고, 로웰도 어딘가 깊은 생각에 잠겨 헤어 나오지 못하고 있었다. 베로니카는 아무도 제 심경을 알아주는 이가 없다고 생각했다.
그녀 눈에는 그들의 행동이 마땅치가 않았다. 관심병이라도 생겼나. 베로니카는 그런 자신에게 신물이 났다.
그녀는 또한 자신의 신경이 극도로 날이 서 있다는 사실도 알고 있었다. 머릿속에서 '잠들어 있는 세계' 의 아리스타와 로웰이 그녀의 심정을 어지럽게 만들었다.
이 세상에 똑같은 두 세계가 약간의 시간 차만 가지고 공존한다는 사실만으로도 충분히 놀랍고 복잡하다. 더군다나 그녀가 이미 죽고 없는 '잠들어 있는 세계' 의 아리스타와 로웰마저 그녀를 새삼스러운 감정에 시달리게 만들었다.
게다가 줄곧 라미스 레일의 목소리가 좀처럼 뇌리에서 사라지지 않았다.
'넌 곧 죽을 거야.'

죽는 게 아쉬운가? 예전의 그녀라면 하나 아쉬울 게 없다고 생각했을지도 모른다. 하지만 이곳의 그녀에겐 모두 버리고 떠나기엔 소중한 것이 너무 많았다.

한데 그녀에게 늘 숨통이 되어주고 의지처가 되어주던 이곳 '깨어나는 세계의' 의 로웰이 어딘가 이상하다. 란드마의 숲에서 그를 발견하고서부터 그는 어딘지 이상했다. 대체 그곳에서 무엇을 보았기에.

"베르, 그런다고 알아주지 않아."

얌전히 그녀를 지켜보던 아리스타가 말했다. 그는 단번에 그녀의 심중을 꿰뚫었다. 하지만 그녀는 민망한 기색 하나 없이 아리스타를 바라보았다.

"상관없어."

그녀는 새침한 얼굴로 고개를 돌렸다.

"또 꿈에서 나를 훔쳐보았니?"

그녀의 물음에 아리스타가 미간을 찌푸렸다.

"내가 보고 싶어서 보는 건 아니야, 베르. 악마의 영향이 아직 내게 남아 있어서 그래."

베로니카는 신탁을 풀기 위해 여정을 준비하는 일행을 보고 있었다. 견고한 벽처럼 미동 없는 그녀에게 아리스타가 가까이 다가갔다.

"하지만, 한 가지는 알 수 있지. 네가 아는 나도, 지금의 나도, 너를 진심으로 생각하고 있다는 것."

아리스타의 말에 베로니카의 얼굴 위로 잠시 격렬한 감정이 스치고 지나갔다. 그녀가 고개를 돌려 그를 노려보았다.

흉흉한 분위기에 일행이 모두 동작을 멈추고 그들의 눈치를 살폈다. 하지만 아리스타도 베로니카도 신경 쓰지 않았다. 일행 중 그들을 제지할 수 있는 사람은 로웰뿐이었지만, 그는 그들에게 관심 두지 않은 채 골몰히 생각에 잠겨 있었다.

"진심으로 나를 생각한다고? 그 아리스타가?"

베로니카는 진심으로 조소를 뱉었다. 그에 아리스타는 천근같은 무게가 실린 한숨을 토했다. 감정의 끝자락이 삐져나온 듯한 그의 한숨에 베로니카는 입술을 앙다물었다.

그에게 화풀이할 문제는 아니었다는 사실을 그녀도 알고 있었기 때문이었다.

"그만하자."

그가 등을 돌렸다. 베로니카는 아랫입술을 지그시 물고 멀어져 가는 아리스타의 등을 보았다. 그는 베로니카를 뒤로 하고 잔뜩 짜증스러운 얼굴로 곧장 로웰에게로 다가갔다.

"신탁에 관한 건 생각해 봤나, 반 렘프루."

그의 물음에 그제야 로웰이 고개를 들었다.

"나는 죽음이 아닐까 생각한다. 거기 요정의 의견도 듣고 싶군."

아리스타가 가만히 자신의 창을 손질하고 있는 템베른을 향해 물었다. 템베른은 바위에 앉아 차분한 얼굴로 창을 내리고 아리스타를 보았다.

"같은 생각이다."

"그렇다는군, 반 렌프루. 모두의 곁에 있으면서도 그렇지 않니한 것. 그리고 언제나 삶과 죽음의 경계에 서 있는 만물의 첫 번째 길이라. 삶과 죽음의 경계에서 인간들의 영혼을 관장하는 운명의 신 바르센트를 말하는 것이 아니겠나. 나는 그렇게 생각하는데 자네 의견은 어떤가, 반 렌프루?"

비아냥거리는 듯한 아리스타의 냉랭한 물음에도 로웰은 이렇다 할 대답이 없었다. 베로니카는 한숨을 내쉬었고, 소피아와 휴버트는 그들을 신경 쓰지 않고 준비한 마차를 손질하기에 여념 없었다.

"그럴듯한 것 같아."

베로니카의 동의에 아리스타가 옅게 웃음을 흘리고는 그녀를 돌아보았다.

"바르센트의 신전으로 가보자."

그녀의 말에 템베른이 자리에서 일어서 먼저 마차 안으로 들어갔다.

"로웰."

휴버트가 마부석에 앉고, 소피아가 베로니카를 보며 기다리고 있었다. 아리스타는 로웰에게 다가서는 베로니카를 바라보고는 고개를 저으며 먼저 마차 안에 들어섰고, 로웰은 여전히 바위 위에 앉아 깊은 생각에 잠겨 있었다.

"로웰."

두 번째로 그를 부르고서야 그가 고개를 들었다.

"무슨 문제 있나요?"

베로니카의 물음에 로웰은 잠시 그녀의 새하얀 얼굴을 빤히 바라보았다. 그의 시선에 베로니카가 일말의 기대를 하고 발갛게 물든 얼굴로 입을 열자, 그가 자리에서 일어섰다.

그녀는 채 말을 꺼내보지도 못하고 등을 돌려 마차 안으로 성큼 올라타는 로웰의 뒷모습을 보았다.

베로니카는 인내했다. '잠들어 있는 세계'에서 그녀와 로웰은 만난 적이 있었다. 그러므로 언젠가 그가 말했던 것처럼, 현재 '깨어나는 세계'에서 위기에 처해 있는 그녀의 비장의 카드는 그가 아니다.

하지만 그렇다고 해서 로웰의 그녀의 소중한 사람이 아니게 되는 것 또한 아니니 베로니카는 인내하기로 했다. 로웰이 무슨 생각을 하고 있는지 알 수는 없지만, 그가 그동안 그녀를 이끌어주었던 것처럼 그녀 역시 그를 이끌어주면 될 것이라 생각했다.

"베로니카 님."

소피아의 부름에 그제야 베로니카는 미간을 찌푸리곤 몸을 두른 로브 자락을 여미며 마차에 올랐다. 소피아가 휴버트와 함께 마부석에 타자 마차 안에는 베로니카와 아리스타, 로웰과 템베른이 서로를 마주 보며 앉게 되었다.

"바르센트의 신전이 아니라면 어떡하지?"

베로니카의 물음에 아리스타가 잠시 골몰하는가 싶더니 어깨를 으쓱였다.

"바르센트의 신전은 그저 추측일 뿐이야, 베르. 아니라면 다시 생각하면 돼. 초조해하지 마."

아리스타가 그녀의 어깨를 토닥이며 말했다. 베로니카는 마차에 등을 기대앉으며 고개를 끄덕였다. 그녀의 시선 끝에 턱을 괴고 앉아 있는 로웰이 보였다.

로웰을 가만히 바라보고 있자니 머리가 지끈거리는 것 같아 베로니카는 가만히 시선을 돌렸다.

"신경 쓰지 마."

아리스타가 베로니카를 향해 말했다. 그러면서도 그의 시선은 로웰을 향해 있었는데, 굳이 감추지 않고 말을 하였음에도 로웰은 그의 말을 들은 체도 않고 생각에 잠겨 있었다.

베로니카는 결국 템베른에게로 시선을 돌렸다.

"템베른, 당신에겐 미안하게 됐어요. 의도치 않게 저희 일정에 맞추게 되었군요. 굳이 함께 가지 않으셔도 되었는데……."

"그렇지 않습니다. 모든 것은 엘자이트 님의 뜻이었을 뿐."

템베른의 대답에 아리스타가 어깨를 으쓱이고는 팔짱을 꼈다. 아리스타는 무신론자다. 그는 기본적으로 '숭배'라는 개념의 단어를 이해하지 못하는 사람이기도 했다. 그가 템베른의 말에 비꼬는 듯한 태도를 하는 것 역시 그런 신념에 기인한 것이 분명했다. 베로니카는 남의 신념에 왈가왈부할 만큼 자신이 완벽하다고 생각하지 않기 때문에 잠자코 눈을 감았다. 템베른도 크게 그를 신경 쓰는 눈치가 아니었기 때문이었다.

"뭐하는 거야?"

베로니카가 다시 눈을 뜨고 아리스타를 보았다. 그가 그녀의 손을 잡고 있었기 때문이었다.

"또 꿈에 들어갈 것 같아서 말이지. 이러면 안심이 되지 않을까?"

입가에 미소를 달고 그녀를 향해 묻는 아리스타가 어딘지 천진한 어린아이 같아서 베로니카는 선뜻 거절하지 못했다. 덕분에 그녀는 거절할 타이밍을 놓치고 한쪽 손을 그에게 내주었다.

하지만 마주 잡은 손이 워낙 따뜻해서 베로니카는 가슴 한구석에 작은 안도감이 퍼지는 것을 느낄 수 있었다. 예상치 못한 오랜 일정에 저도 모르게 초조하고 두려운 감정이 꿈틀거리고 있었던 모양이었다.

"고마워."

그녀의 말에 아리스타가 웃음을 터뜨렸다.

"이건 내가 더 고마워해야 하는 일인데?"

그가 그녀와 잡은 손을 흔들어 보이며 말했다. 익살스러운 그의 표현에 베로니카는 끝내 웃음을 터뜨렸다.

＊　　　＊　　　＊

"나타났군, 잡아."

낡고 허름한 집에서 눈을 뜨자마자 잔뜩 갈라지고 쉰 음성
이 귓가에 들려왔다. 베로니카는 곧장 낯선 이들에게 온몸이
꽁꽁 묶인 채 밖으로 끌려나왔다.

범인은 미루어 짐작하지 않아도 '잠들어 있는 세계'의 아
리스타다.

불처럼 뿜어져 나오는 그의 강렬한 카리스마에 짓눌리듯
베로니카는 입을 다물었다. 아리스타는 그녀가 주눅 들었다
고 확신했다. 베로니카는 굳이 그의 믿음을 배반하지 않았다.
지금으로썬 얌전히 그에게 끌려가는 것이 이롭다고 여긴 탓
이다.

베로니카는 그녀를 억누르고 싶어 하는 아리스타의 내재
된 욕망을 알았다. 죽기 이전의 그녀는 어느 정도 그의 욕구
를 충족시켜 주는 충실한 애완견이기도 했다. 그런 자신의 지
난날을 기억하고 싶지 않았다.

그녀의 머릿속엔 하루 빨리 이곳의 일을 해결하고 싶다는
마음만이 간절했다.

"미란다는 어쩌고 나를 이곳에 데려온 거지? 이젠 너 스스

로 위험을 자초하는 거니?"

조용히 있던 베로니카가 입을 떼자 아리스타가 웃음을 터 뜨렸다. 단순히 베로니카가 입을 열었다는 것에 대한 쾌감 같은 것이 아니다. 그것은 즐거움이라곤 전혀 없는 공허한 웃음이었다.

"아직도 그녀가 신경 쓰여서 그러나? 그녀는 널 죽였다."

"미란다를 사랑했다는 말도 거짓이었니? 내게 했던 달콤한 거짓처럼?"

한 자 한 자 짓이겨 말하며 베로니카가 그를 노려보았다. 그러자 아리스타가 이번에야말로 크게 웃음을 터뜨렸다.

"사랑? 사랑이라. 그래, 그녀를 사랑한다고 착각할 때가 있었지."

베로니카는 속이 들끓는 기분을 느꼈다. 쌓이고 쌓여 제 빛을 잃은 증오가 그녀 속에 가득했다. 그의 해탈한 웃음 따위에 쉬이 풀릴 분이 아니다.

"미안하지만, 반 캐드릭. 나는 네가 아는 베로니카가 아니야."

그녀는 신랄하게 그를 비난하며 웃었다. 명백한 비웃음이다.

"착각하지 마. 베로니카는 네가 죽였잖아!"

끌려가는 와중에도 그녀가 크게 웃음을 터뜨렸다. 그 모습이 한없이 당당하고 위엄이 있어, 그녀를 이끄는 기사들도 그녀를 함부로 대하지는 못하였다.

"내가 정말 네가 아는 베로니카 같아? 정말로 웃기는군! 베로니카의 시체를 확인하지 않았니? 그녀는 죽었어. 나는 그녀가 아니야."

얼핏 광기마저 서린 그녀의 외침에 아리스타가 걸음을 멈추었다. 그녀를 돌아보았을 때 그의 얼굴 위에는 완전히 표정이란 것이 지워지고 없었다.

새벽녘의 캐드릭 저택은 고요했다. 하지만 베로니카의 소란 탓에 저택에 하나둘 불이 들어오기 시작했다.

"다시 한번 말해봐라."

높낮이 없이 일정한 톤으로 그가 물었다. 그에 베로니카는 헛웃음을 감추지 못하고 말했다.

"죽었어, 네가 아는 베로니카는. 네가 죽인 거야. 인제 그만 인정하지그래? 네가 죽였다고 말이야."

물론 실제로 그녀를 죽인 것은 미란다였지만, 베로니카는 그녀를 원망하지 않았다. 정말 원망해야 할 대상은 아리스타뿐이다.

"대체 이게 무슨 소란이냐!"

아리스타가 분을 못 이겨 검을 빼 들어 그녀를 향해 겨누었을 때였다. 저택 안에서 다소 메마른 여인이 걸어 나왔다.

정말로 오랜만에 마주친 그녀의 '친구였던' 미란다. 그녀에게서 옛날의 사랑스러운 모습은 찾아보기 어려웠다. 지금의 그녀는 왜소하고 여위어서 신경질적인 이미지뿐이었다. 옛날의 생기발랄한 모습 따위는 없었다.

베로니카는 웃음을 멈추고 그녀를 빤히 바라보았다.

미란다 역시 다소 신경질적인 걸음으로 걸어오다 베로니카를 발견하고 걸음을 멈추었다.

고요한 침묵 속에 아리스타가 짜증스럽게 검을 내렸다.

"허억."

숨을 들이켜는 소리는 그녀, 미란다의 것이었다.

"아아, 맙소사."

연신 괴이한 탄성을 내지르던 그녀가 자리에 털썩 주저앉았다. 주변에 있던 시녀들이 일제히 그녀를 부축했다. 베로니카는 여전히 결박된 채로 그녀의 모습을 지켜보았다.

"제발 살려줘! 아아, 이럴 수가. 안 돼! 너도 저게 보이니? 이제는 낮에도 환영이 보이는구나."

미란다가 베로니카를 손가락질하며 말했다. 그녀는 경련을 일으키듯 온몸을 벌벌 떨며 이를 달그락거렸다.

"제발 그만해! 아아! 인제 그만 사라지란 말이야!"

악을 쓰는 미란다의 목과 이마에 핏줄이 섰다. 그녀는 제 머리카락을 쥐고 소리를 지르며 발작을 일으키기 시작했다.

그리고 캐드릭 가문의 사람들은 정신이 온전치 않아 보이는 그녀가 익숙하다는 듯이 별다른 반응을 보이지 않았다.

아리스타가 잔뜩 성가시다는 얼굴로 시녀들을 향해 고갯

짓하자, 그녀들이 재빨리 미란다를 부축해 저택 안으로 사라졌다.

그 모습에 베로니카는 결국 허탈한 웃음을 터뜨렸다.

"그 많은 것을 버리고, 짓밟아가면서 네가 얻고자 했던 게 고작 이따위 삶이었니?"

힘없는 목소리로 베로니카가 물었다. 그녀는 이제 더는 말할 힘도 남아 있지 않았다. 그는 대답 없이 그녀를 보았다. 얼굴 위로 가득 고여 있는 찌든 피로가 이제는 확연히 보일 정도다. 베로니카는 아리스타의 곪아가는 감정을 보며, 생각 외로 그리 통쾌하지도, 유쾌하지도 못했다.

저택 안 고요한 복도. 아리스타의 뒤를 따라 기사들에게 이끌려 가며 베로니카는 지친 기색을 표했다.

"또 떠날 것이냐."

긴 침묵 끝에 아리스타가 입을 열었다. 앞서 가는 그는 등을 돌리지도 않은 채 그녀에게 물었다. 베로니카는 대답하지 않았다. 그리고 그 역시 아무 말이 없었다.

그리고 그녀는 '깨어나는 세계'에서 다시 눈을 떴다.

눈을 뜨자마자 보이는 것은 우유보다 말갛고 하얀 아리스타의 얼굴이었다. 시린 거울처럼 상대를 투영할 것만 같은 맑은 벽안이 그녀를 뚫어져라 바라보고 있었다.

달그락달그락.

아직 그들은 마차 안이었다.

"또 엿봤어?"

"그래."

베로니카의 물음에 아리스타는 간단명료히 대답했다. 그들은 맞은편의 로웰과 템베른이 자신들을 어떻게 바라보든 상관없이, 마차에 등을 기대고 한참을 말없이 서로를 마주보기만 하였다.

"이제야 분명히 알겠어."

그녀의 말에 아리스타의 눈썹이 의아한 듯 치커 올라갔다. 표정으로 대답하는 그를 보며 베로니카는 미소를 지었다.

"이곳 '깨어나는 세계'와 또 다른 '잠들어 있는 세계'가 서로 똑같은 모양을 가지고 공존하고 있어. 그리고 나는 이 두 세계를 위해 무언가 해야만 하는 거지."

아리스타의 얼굴과 베로니카의 얼굴이 서로의 이마가 닿을 듯 가까웠다. 그리고 베로니카는 그에게 밀어를 속삭이듯 부드러운 어조로 낮게 속삭였다.

"나는 회귀를 한 것이 아니야. 이곳 '깨어나는 세계'가 과거인 것도, 그곳 '잠들어 있는 세계'가 미래도 아니었던 거지. 시간은 다르지만, 그저 쌍둥이 같은 두 개의 세계가 평행하듯 공존하고 있었던 거야. 그리고 내가 그 틀을 깨게 되어 '깨어나는 세계'에 수만 가지의 변화가 찾아온 것이고. 세계는 내가 무언가를 해주길 바라고 있는 것 같아."

그럴듯하다며 아리스타가 고개를 끄덕였다.

"그럼 문제는 신탁의 비밀을 푸는 거군."

"그래. 그렇지 못한다면, 내가 또 다시 목숨을 내놔야 할지도……."

그녀의 대답에 놀란 것은 아리스타뿐만이 아니었다. 마지막 그녀의 대답이 조금 컸던 모양인지 템베른과 로웰의 시선마저 그녀에게 닿았다.

"그게 무슨 소리야?"

아리스타가 얇고 길쭉한 눈썹을 치켜올리고 그녀를 노리듯이 보았다.

"라미스 레일의 말이야. 그는 내가 곧 죽을 거라더군."

그녀의 덤덤한 대답에 아리스타가 잔뜩 흥분한 얼굴로 상체를 꼿꼿이 세워 그녀를 보았다. 베로니카는 쉽게 흥분하고 분노하는 그의 반응이 이제는 익숙하다는 얼굴이었다.

"용병 라미스 레일?"

"맞아."

"내 꼭 그자를 잡아서 다시는 그따위 허튼소리 못하게 혀를 뽑아버리겠……."

쾅!

아리스타가 미처 말을 잇기 전에 마차가 무언가에 크게 충돌하면서 멈추었다. 베로니카는 순식간에 몸이 튕겨져 나가 로웰의 품에 안겼고, 아리스타는 창틀을 부여잡은 채 욕설을 뱉었다.

"무슨 일이지, 져스틴 경?"

아리스타가 재빨리 로웰의 품에서 베로니카를 떼어내며 밖을 향해 소리쳤다.

그 와중에도 시종일관 그의 시선은 볼을 발갛게 물들인 베로니카에게 닿아 있었다.

"마물입니다!"

휴버트의 다급한 외침과 함께 어디선가 끔찍하고 기괴한 비명 같은 것이 대지를 울렸다. 베로니카는 그 날카로운 소리에 땅이 진동하는 것을 느끼며 화들짝 정신을 차렸다.

괴기한 음성들이 낯설지 않다. 베로니카는 그것들이 그녀를 끈질기게 쫓던 마물이라는 사실을 직감했다.

"나가봐야겠군."

리스타가 검을 챙겨들었다. 그 사이 템베른은 창을 들고 먼저 마차 밖으로 뛰쳐나갔다. 아리스타는 그의 재빠름에 혀를 차며 로웰을 흘끔 바라보았다.

"반 렌프루."

아리스타의 부름에 로웰이 고개를 들고 그를 보았다. 아리스타는 검을 어깨에 걸치고 시건방진 자세로 로웰을 향해 비아냥거리는 어투로 말했다.

"그댄 여기서 베르를 지켜."

아리스타는 그 말을 끝으로 로웰이 대답을 하기도 전에 마차 밖으로 나갔다. 베로니카는 한숨을 뱉으며 긴장된 얼굴로 깍지를 끼고 얌전히 앉아 있었다. 그때 다시 마차 문이 열렸다. 아리스타가 험악하게 일그러뜨린 얼굴을 마차 안으로 불쑥 들이밀었다.

"만약 베르에게 무슨 일이 생기면 가만 두지 않겠어."

로웰은 여전히 그의 말에 대답하지 않았고, 아리스타는 짜증스러운 얼굴로 혀를 차고는 완전히 사라졌다.

마차 밖으로는 마물과 뒤섞인 전투가 한창이었다. 밖으로는 전투, 안으로는 로웰에게 온 신경이 빼앗겨 베로니카는 쉽게 정신을 집중할 수가 없었다. 자신이 정신을 똑바로 차리고 정령들을 불러내야만 마차 밖의 사람들을 도울 수 있다는 것을 알면서도 그것이 쉽지 않았다.

쾅!

다시 한 번 육중한 무언가가 마차에 부딪혔고, 잔뜩 분노한 아리스타의 욕설이 가까이서 들려왔다. 베로니카는 마차의 창틀을 부여잡고 다시 자리에 앉으며 한숨을 내쉬었다.

"괜찮으십니까?"

그녀가 화들짝 놀라 고개를 들었다. 그녀 앞에 앉은 로웰이 다소 걱정스러운 얼굴로 그녀를 보고 있었다. 평소의 로웰로 돌아온 것 같은 느낌이었다.

이마 위에 송골송골 맺힌 식은땀을 닦아내는 그녀에게 로웰이 자신의 손수건을 건넸다. 베로니카는 조용히 그의 손수건을 바라보다가 품에서 자신의 손수건을 꺼냈다.

"신경 쓰지 마세요."

그녀는 제 손수건으로 이마의 땀을 닦아내며 차갑게 대답했다. 로웰이 뻗었던 손을 다시 갈무리하며 주머니에 손수건을 집어넣었다. 그리고 서로 민망한 기색 없이 시선을 돌렸다.

"그대의 냄새를 맡고 마물들이 자꾸 모여드는 모양입니다."

마차의 커튼을 걷고 밖의 상황을 주시하며 로웰이 말했다. 베로니카는 별다른 대꾸 없이 그의 옆모습을 가만히 지켜보았다. 그를 바라보는 베로니카의 얼굴에는 복잡한 심경이 고스란히 드러나 있었다.

"…하실 말씀 있으십니까?"

빤히 바라보는 그녀의 시선을 느낀 모양인지 그가 의아한 얼굴로 물었다.

"요즘 이상해요."

"아무래도 마물들이……."

"그게 아니고, 로웰 당신 말이에요."

로웰이 입을 다물었다.

"제가 뭘 잘못했나요? 그렇다면 말해주세요. 고치도록……."

"아닙니다."

“…….”

“그대와 관계없는 일이니 신경 쓰지 않으셔도 됩니다.”

그렇게 말하는 그의 목소리는 그녀를 달래듯 부드럽고 다정하기 짝이 없었다. 하지만 베로니카는 그 말에 가슴 한구석이 싸하게 시려오는 것을 느꼈다.

그와 그녀 사이에 냉정하고 견고한 벽이 하나 들어선 것 같다.

크오오오!

마물들의 괴음이 귓가를 자극했다. 베로니카는 마차를 뛰쳐나가고 싶은 충동을 억누르며, 심호흡했다.

“그 신전 안에서 무얼 보았나요?”

혈전이 이뤄지는 전투 한복판에서 그녀는 차분하게 그와 대화로 심리전을 치러야만 했다. 지끈거리는 이마를 부여잡고 그녀는 속눈썹을 느릿하게 깜빡이며 그를 보았다.

“신전… 신전이라…….”

하지만 오히려 그는 그녀의 말에서 무언가 단서를 얻은 사람처럼 골똘히 생각에 잠겨 있었다. 베로니카는 한쪽 눈썹을 치켜 올렸다.

참 어렵다. 베로니카는 로웰이 낯설었다. 그녀는 그를 많이 알고 있다고 자부했는데, 사실 그녀는 그에 대해서 아는 것이 많지 않았다.

로웰은 늘 그녀를 도와주고 지켜주었고, 그녀의 이야기를 들어주기만 하였다. 그는 자신의 이야기를 하지는 않았다.

그녀가 그에 대해서 아는 것이라곤 그가 그림자 황족이라는 사실, 아그네스 황녀의 친동생이었다는 사실뿐이다. 그 외에 그녀가 아는 것이 또 있던가. 란드마의 숲에서 보았던 그 잠깐의 과거? 그것으로 그를 전부 안다고 확신할 수 있나?

베로니카는 새삼 자신이 얼마나 이기적이었는지를 깨달았다.

그녀는 결국 한숨을 내쉬며 그와 대화하기를 포기하고 눈을 감았다. 어쩐지 눈시울이 뜨거워지는 것 같기도 하였다.

로웰로 인해 그녀의 감정 기복이 심해졌다. 다시는 느끼지 못할 줄 알았던 감정들이 또다시 상처로 남을까 봐 그녀는 지레 겁먹고 있었다. 로웰이 손을 내밀어주는가 싶어 그녀는 용기를 내었다. 오랜 고민과 망설임 끝에 손을 뻗었지만, 그는 그녀가 채 손을 잡기도 전에 자신의 손을 도로 거두었다. 그녀는 도무지 어찌해야 할지 감을 잡을 수가 없어 혼란스러웠다.

그때 로웰이 자리에서 벌떡 일어섰다. 그는 무언가 생각이 떠오른 것처럼 다급해 보였다.

"죄송합니다, 베로니카. 아무래도… 아무래도 가봐야 할 것 같습니다."

그가 그녀를 향해 진심으로 미안하다는 얼굴로 사과했다. 베로니카는 쿵, 심장이 내려앉았다고 생각했다. 이미 마차 밖은 아수라장이다. 그 와중에 그는 그녀를 떠나겠다고 선언했다. 그는 갑작스럽게 그녀 일행을 떠나야 하는 이유가 무엇인지는 말해주지도, 말해줄 필요도 느끼지 못하는 것 같아 보였다. 베로니카는 어쩐지 만성이 되어버린 두통이 오늘따라 유독 심하게 지끈거린다고 느꼈다.

“그래도 밖은 위험하니, 마물만 모두 처리하고⋯⋯.”

“그러면 너무 늦을 것 같습니다. 전 찾아야만 하는 사람이 있습니다, 베로니카.”

그녀의 만류에도 로웰은 단호했다. 그의 결심이 어찌나 굳세던지 베로니카는 민망한 얼굴로 입을 다물었다. 로웰은 그녀에게 흘리는 말투로 사과하고는 급히 마차를 나갔다.

쿵.

그때였다. 로웰이 온전히 마차 밖을 나서자마자 커다란 마물이 마차를 덮쳤다. 마차의 일부분이 맥없이 무너져 내렸고, 베로니카는 비명과 함께 그 아래 깔렸다.

“베로니카!”

아리스타가 멀리서부터 그녀를 향해 달려오는 것이 보였다. 베로니카는 정령을 부르고자 했지만, 그보다 눈앞에 있던 마물이 더 빨랐다. 그녀는 성인 남자의 수십 배는 더 거대한 몸짓을 자랑하는 마물의 발에 짓눌렸다.

“아윽.”

마차에서 나오자마자 뛰어 멀리 사라지던 로웰이 놀라 그녀를 돌아보았다. 베로니카는 마룰의 발에 깔린 채 멈춰선 그와 눈이 마주쳤다. 그의 황금색 눈동자가 정확히 그녀를 보았다. 시간이 정지한 것처럼 느릿하게 흘러가는 것 같았다.

로웰을 바라보는 베로니카의 눈동자 속에 간절함이 가득했다. 다리가 으스러지는 것만 같은 고통 속에 베로니카는 이를 악물었다. 그녀의 볼을 타고 눈물이 흘러내렸다.

그녀가 구조를 요청하듯 로웰을 향해 손을 뻗었다.

하지만 그녀의 기대와 다르게 로웰은 자신이 가야 할 길과 그녀를 번갈아 보며 한참을 망설였다. 느리게 정지되었다고 생각했던 찰나의 시간이 흐르고, 로웰은 매우 안타깝다는 표정을 그녀에게 보내고는 등을 돌려 사라졌다.

그 순간 베로니카가 느꼈던 감정은 다리에서 느껴지는 고통보다도 더 충격적이었다.

지금 자신이 보고 있는 것이 로웰의 냉정한 등이 맞는가? 로웰이 위험에 처한 그녀를 외면했다? 베로니카는 믿을 수가 없었다. 가장 믿어 의심치 않던 이에게 뒤통수를 얻어맞은 것만 같았다. 다리의 고통 따위는 모두 잊힐 정도의 충격이다.

베로니카는 결국 고개를 숙였다. 더는 멀어지는 로웰의 뒷모습을 보기가 힘겨웠다. 그녀의 붉은 입술을 비집고 참기 힘든 울음이 봇물처럼 터져 나왔다.

그런 로웰의 모습을 본 것이 그녀뿐만은 아니었는지, 아리스타가 그녀의 이름을 크게 불렀다.

　아리스타의 목소리에 베로니카가 힘겹게 고개를 들었다. 그녀는 이때까지 살면서 들어보지도 못한 온갖 저주와 욕설을 뱉으며 달려오는 아리스타를 보았다. 눈에 살기가 등등한 것이 로웰이 당장에라도 눈앞에 있다면 눈빛만으로도 찢어 죽일 것 같은 모습이었다.

　베로니카는 구세주처럼 다가온 아리스타의 모습에 서러움이 복받쳐 올라 더 큰 울음을 터트렸다.

　"베로니카! 괜찮아?"

　휴버트와 템베른, 소피아와 한꺼번에 달려들어 그녀를 깔아뭉갠 마물을 쓰러뜨렸다. 그들은 곧장 그녀를 보호하며 둘러싼 대형으로 마물을 상대했고, 아리스타는 검을 내던지고 그녀에게 다가왔다.

　베로니카는 마치 어린아이처럼 끅끅 울음을 삼키며 아리스타의 품에 매달리듯이 안겼다.

　"윽."

　아리스타가 그녀를 부축했지만, 마물의 발에 직접적으로 짓뭉개진 다리는 온전치 못했다. 제대로 서지도 못하고 고통에 젖은 얼굴로 신음을 참는 그녀의 모습에 아리스타가 분에 못 이겨 괴성을 내질렀다.

　"내 그렇게 당부했건만! 그 녀석 절대 가만 안 두겠어! 내 눈에 띄면 결단코 사지를 갈기갈기 찢어발기고 말 거다!"

　그는 진심이었다. 하지만 베로니카는 그의 말에 차마 이렇다 할 대꾸도 하지 못한 채, 이슬 같은 눈물방울만 흘렸다. 그녀의 눈물을 본 아리스타가 결국 입을 다물었다. 베로니카는 쉼 없이 계속 눈물을 흘렸다.

소리 한 번 내지 않고, 비명 한 번 지르지 않고 흐르는 눈물이었다.

그녀의 과거를 알고 있는 아리스타는 그 소리 없는 눈물이 얼마나 뼈가 저리고 가슴이 아픈 눈물인지 알았다. 때문에 입을 다물었다. 섣부른 위로로 그녀의 기분을 헤아릴 수 없다고 생각했기 때문이었다.

그는 이를 악물고 그녀를 세심하게 안아 들었다. 그리고 베로니카는 결국 그의 품에 안긴 채 고통에 못 이겨 까무룩 정신 줄을 놓고 말았다.

Chapter 2
해
방

Veronica Requiem
베로니카 레퀴엠

　베로니카는 어둠 속에서 눈을 떴다. 잊을 만하면 '잠들어 있는 세계'에서 깨어난다. 그녀는 피곤한 얼굴로 느릿하게 눈을 깜빡였다.

　금방에라도 부서질 것만 같이 낡고 허름한 그녀의 옛날 집이었다. 삐걱거리는 나무 마루가 찼다.

　베로니카는 조심히 상체를 일으켰다. 그녀가 움직이자 바닥에서 먼지가 뿌옇게 활개를 치며 일어났다. 그녀는 옷자락으로 코를 틀어막고 미간을 찌푸렸다.

　이전에는 그녀가 없어도 누가 관리한 듯이 먼지 한 톨 없던 집이었다. 하지만 오늘은 마치 오랫동안 발길을 끊은 것처럼 사람의 흔적이 없었다.

그녀는 기억을 더듬어 촛불을 밝히고는 주위를 살폈다. 간신히 얼굴을 내밀 수 있을 정도의 창에서 어스름한 달빛이 새어 들어왔다. 그녀는 촛불의 불씨를 이용해 화로를 지폈다. 제법 날씨가 쌀쌀했다.

베로니카는 가슴 한구석에서 느껴지는 공허함을 참을 수 없었다. 화로 앞에 웅크리고 앉아 제 몸을 감싸 안았다. 오래되어 낡고 헤졌지만, 익숙한 향기가 집 안에 남아 있었다.

그녀는 제 팔에 얼굴을 묻고 숨을 죽였다. 그러지 않으면 공허함을 참지 못하고 무슨 일이라도 저지를 것만 같았기 때문이었다.

무엇이 잘못되었고, 어디서부터가 잘못되었을까.

문제는 그녀가 로웰의 단순한 호의를 저에 대한 특별한 감정이라고 착각했던 것에서부터 기인했다. 어느 순간부터 그런 생각을 하게 되었는지 모르겠다. 그저 자연스럽고 아주 당연하게 어느 순간부터 그와 그녀의 관계를 그렇게 단정 짓고 있었다. 그것부터가 문제였다. 베로니카는 자신의 어이없는 착각이 창피해서 어디론가 멀리 사라져 버리고 싶다고 생각했다.

그녀에게 당당히 제 감정을 고백하던 아리스타보다 스스로가 더 못나 보였다.

부스럭.

어디선가 들려온 소리에 베로니카는 팔에 고개를 파묻은 채 천천히 손을 움직였다.

부스럭.

그녀는 드레스 자락을 걷어 단검을 뽑아들고 눈을 떴다.

챙.

갑작스러운 공격에도 그녀는 차분히 단검으로 막아섰다. 화로 가까이 있던 탓에 상대방의 얼굴이 어렴풋이 비쳤다. 그녀를 공격한 이는 작고 어린 소년이었다.

어둠에 파묻혀 있어서 잘 보이진 않지만, 결 좋은 금발에 시리도록 푸른 벽안을 가진 소년이었다.

다소 선이 가늘어 소녀처럼 오인할 만큼 예쁘장하게 생긴 소년이 날카롭게 눈을 치켜뜨고 그녀를 노려보았다.

"너로군. 베로니카 클라라의 악령이."

베로니카는 어처구니가 없어 웃었다. 하지만 소년은 더없이 진지해 보였다. 베로니카는 가볍게 소년을 밀어내고 드레스 자락을 들어 올렸다. 태연한 그녀의 반응에 오히려 소년이 당황하여 얼굴을 붉혔다. 하지만 그녀는 눈 하나 깜빡하지 않고 단검을 제 다리에 매단 띠에 꽂은 뒤 다시 드레스 자락을 내렸다.

예의, 예절, 예법을 그 누구보다 준수하던 옛날의 그녀는 찾아볼 수가 없을 정도로 대담한 모습이었다.

"여긴 어떻게 들어왔니?"

그렇게 묻고서 베로니카는 생각 없이 말을 뱉은 자신을 책
망했다. 본래 경계라고 할 것도 없이 허름하고 낡은 집이었
다. 더군다나 지금은 주인도 없는 집이 아니던가.

"매일 널 기다렸어, 여기서."

이 집에서 그녀가 나타나기를 기다리는 사람이 뭐 이리도
많은지. 베로니카는 손수건을 꺼내 먼지를 털어낸 후 소파에
앉았다. 소년은 자신의 말을 진지하게 받아들이지 않는 베로
니카를 보며 울컥한 것 같았다. 하지만 그녀는 소년의 말을
받아줄 정도로 여유롭지 못했다.

"이곳에 다른 사람은 오지 않았니?"

그녀의 물음에 소년이 한쪽 입꼬리를 올려 웃었다.

"아버진 더 이상 널 보러 오지 않을 거다. 이제야 네가 죽
었다는 사실을 깨달으신 모양이더군."

베로니카는 의아한 얼굴로 고개를 갸웃거렸다.

"무슨 소리니?"

"기필코 네년을 이 집에 묻어버리겠어."

기껏해야 열두 살 남짓 되었을까. 소년의 언어 선택이 격하
고 천박했다. 베로니카는 잔뜩 피곤한 얼굴로 이마를 매만지
며 소년을 보았다.

"클라라 디자인의 옷을 입은 것을 보아하니 귀족, 그것도
중앙 귀족에 속한 자제인 모양이구나. 모습은 그럴듯해 보이
지만, 너희 가문의 교육 방침이 형편없음이 눈에 보인다."

“뭐?”

“어디서 그런 천박한 말투를 배웠느냐. 평민과 다름없어 보이는구나. 더군다나 교육도 제대로 시키지 않은 채 밖으로 나돌아 다니는 것을 묵인하다니, 혹 사생아인 것이냐. 아니면 이미 네 가문에서 내놓은 망나니인 것이냐?”

“뭐야?”

소년이 얼굴을 벌겋게 물들이며 그녀를 노려보았다. 들고 있는 검으로 금방이라도 그녀를 찌를 기세였다. 하지만 베로니카는 소파 팔걸이에 몸을 기댄 채 한숨을 내쉬었다.

“‘이곳에는’ 내게 원한 있는 자들이 많다. 너도 그중 한 명이거나, 혹은 그와 관계된 사람 중 하나겠지.”

자조 어린 그녀의 목소리에도 소년은 볼을 씰룩이며 분노를 감추지 않았다. 베로니카는 소년의 모습이 어딘지 어릴 적의 아리스타와 닮았다고 생각했다. 금발에 푸른 눈을 가진 것부터 외모와 성격까지 그야말로 아리스타의 축소판이었다.

“나를 정말 죽이고 싶니?”

그녀의 덤덤한 물음에 소년이 잠시 주춤했다. 베로니카는 흐르는 웃음을 삼켰다. 좋은 의미의 웃음은 아니었다. 살인 한번 해보지 않은 소년이 독기를 품고 그녀를 죽이겠다는 모습이 우스워서였다.

“나도 이제 지친다.”

그녀가 결국 눈을 감았다. 소년은 어쩐지 그녀를 공격하려는 저 자신이 우스워서 검을 내렸다. 죽고 싶다는 사람을 죽이는 것만큼 허탈한 것이 어디 있겠는가.

"그래도 예전의 나였다면, 이미 스스로 목숨을 끊고도 남았겠지."

그녀의 입가에 잠시 미소가 어렸다. 그리운 누군가를 떠올리듯 그녀의 미소가 아련했다. 아버지, 안젤리카, 휴버트, 소피아, 메이, 루시아, 캐서린, 보나, 그녀를 생각해 주는 웨일스 가문의 사람들, 그리고 아리스타. 이제는 많은 사람이 그녀 옆에 있었다.

하나를 갖자고 그 모든 것을 버리는 행위는 그들에 대한 예의가 아니다.

"너는 내게 무슨 원한이 있어 찾아온 거니."

어르고 달래듯 그녀가 소년을 향해 손짓했다. 하지만 소년은 자리에 못이 박힌 듯 굳어 움직이지 않았다. 좋지 못한 기억을 떠올린듯 그는 딱딱하게 얼어 있었다.

그리고 베로니카는 예상하고 싶지 않은 추측과 함께 소년을 보았다.

"설마 너……."

소년이 말없이 고개를 움직여 그녀를 보았다. 베로니카는 허탈한 얼굴로 한숨을 쉬었다.

"아리스타의 아들이니?"

"그 더러운 입으로 아버지의 이름을 담지 마."

소년이 다시 검을 들었다. 얼굴 위로 그녀를 향한 적대심이 가득했다. 자신을 노려보는 소년의 반응에 아랑곳없이 베로니카는 잠시 기억을 더듬었다.

"그래……. 맞아, 미란다에게 아이가 있었지."

"얼마 전에 네가 생각 없이 캐드릭 저택에 발을 들이는 바람에 어떤 사단이 일어났었는지, 발뺌하지는 않겠지."

차라리 아리스타가 미란다와 결혼하기 전에 그를 끌어안고 함께 죽었어야 했다. 베로니카는 옛날의 비뚤어지고 잔뜩 어그러진 아리스타와 똑 닮은 소년을 보았다. 베로니카는 제게로 달려드는 소년을 그저 가만히 바라만 보았다. 얼핏 소년의 얼굴에서 미란다의 모습이 겹쳐 보이는 것 같다고도 생각했다.

아리스타의 아들이지만, 미란다의 아들이기도 해서일까. 베로니카는 조용히 눈을 감았다.

"그 아버지에 그 아들이로군."

로웰의 목소리가 들려왔다. 심장이 간질거리면서 저도 모르게 손이 떨려왔다. 눈을 뜨기가 두려워 가만히 있는데 커다란 손이 그녀의 이마를 덮었다. 그것에 용기를 얻어 그녀는 천천히 눈을 떴다.

"오랜만이군요."

그가 부드러운 미소와 함께 그녀에게 인사를 건넸다. 그녀는 멍한 얼굴로 그를 한참이나 바라보았다. 그리고 뒤늦게 참았던 눈물이 봇물처럼 터져 나왔다.

검은 로브를 입고 있던 로웰이 후드 자락을 걷으며 그녀를 향해 환한 웃음을 지었다. 그리고 로웰의 그림자 카쟌에게 뒷덜미가 잡혀 발버둥 치던 소년은 베로니카의 눈물에 동작을 멈추었다. 소리 한 번 내지 않는 눈물이 너무도 익숙하고 자연스러워서 더 가슴이 시렸다.

"…로웰."

한참만에야 겨우 그의 이름을 불렀다. 하지만 목이 메어 결국 도로 입을 다물고 고개를 숙였다.

"그대가 찾고 있는 것. 캐드릭 공작부인께 있습니다."

베로니카는 번쩍 고개를 들었다. 그리고 그녀는 로웰의 얼굴을 마주하는 순간 발끝부터 머리끝까지 온몸에 소름이 끼쳤다. 그의 변한 모습에 경악을 감출 수가 없었다.

그의 눈동자는 황금색이었다.

"마, 맙소사."

그녀의 심정을 이해한다는 얼굴로 로웰이 웃었다.

"그 눈……!"

"진실을 보는 자. 신의 증표입니다."

그의 대답에 베로니카는 아연해지는 정신을 애써 부여잡았다.

"대체 언제부터……? 전에는 분명 자주색이었는데……!"

"그대가 마지막으로 이곳을 떠나고 바뀌었습니다."

로웰은 그녀가 진정하고 차분히 생각하기를 기다려 주었다. 그는 카쟌의 품에 얌전해진 소년을 흘끔 바라보고는 다시 베로니카를 보았다. 여전히 작은 체구의 소녀와 다를 바 없었다. 죽기 이전의 그녀가 요염한 여인에 가까웠다면, 지금은 그저 사람을 끌어당기는 매력이 있는 어린 소녀일 뿐이었다.

"그럼 평행하는 '두 세계' 도 알고 있나요?"

그녀의 물음에 그가 고개를 끄덕였다.

"저쪽, '깨어나는 세계' 의 로웰을 알고 있다는 말이에요?"

거의 비명과도 같은 물음이었다. 로웰은 그런 그녀를 안타깝다는 듯이 바라보았다.

"알고 있습니다, 이 눈은 진실을 볼 수 있으니까요. 그곳의 로웰도 저를 어렴풋이 느끼기 시작했을 겁니다."

혹시 로웰이 이상했던 점이 이것 때문일까. 그녀는 아랫입술을 잘근잘근 깨물며 고개를 숙였다. 베로니카는 그 이상 별다른 질문을 그에게 하지 않았다. 어떤 대답이 돌아올지 두려워 피하고 싶은 것이 가장 큰 이유였다.

"내가 찾고 있는 것이란 게 뭐죠?"

막연히 자신이 '잠들어 있는 세계' 와 '깨어나는 세계' 를 잇는 무언가를 해야 한다고 생각만 했지 아무런 단서도 잡지 못한 채였다.

그녀의 궁금증을 해소해 주듯 로웰이 시원스럽게 웃었다.

"오색 돌 말입니다. 당신이 두 세계를 오갈 수 있게 만들어

주는 징검다리."

그녀는 이레인이 주었던 돌을 떠올렸다. 그녀에게서 그 돌을 받은 뒤로 작은 주머니에 넣은 채 한 번도 품에서 떼어놓지 않았었다.

"그게 이곳에도 있다는 말인가요?"

로웰은 간단히 고개를 끄덕였다.

"캐드릭 공작부인께 있습니다."

왜 하필 미란다에게. 베로니카는 입술을 자근자근 깨물었다.

"대체 신은 제게 원하는 것이 뭐죠?"

"고인 물은 썩는 법이죠. 간단히 설명하자면, 세계라는 것에도 자아가 있습니다. 두 세계는 자신의 살길을 도모하기 위해 당신을 이용하는 것입니다. 똑같이 평행하게만 가던 세계 간에 구멍을 뚫어 숨통을 트이게 하려는 거죠."

완전히 이해할 수는 없지만, 어렴풋이 자신이 어떤 상황에 놓인 건지 알 수는 있었다. 진실의 눈을 가진 로웰의 말이니 거짓은 없을 것이다.

"작은 변화가 큰 태풍을 불러올 수도 있다는 사실을 아십니까. '잠들어 있는 세계'가 '깨어나는 세계'보다 시간의 흐름이 더욱 빠릅니다. 썩어가는 세계를 변화시키기엔 시간의 흐름이 더 느린 쪽이 효과적이라는 사실을 두 세계는 일찍이 알아차린 거죠. 그래서 '베로니카'라는 초기 조건의 사소한 변화를 만들어 '깨어나는 세계' 로 보낸 것입니다."

그가 말하는 충격적인 사실에 그녀는 잠시 말을 잇지 못했다.

"그대로 인해 '깨어나는 세계' 는 완벽하게 변했습니다. 그리고 그대가 떠나고 남은 '잠들어 있는 세계' 또한 서서히 변화를 맞이합니다. 그 첫 번째가 바로 '진실을 보는 자' 의 변화. 즉, 제 금안입니다. 그리고 두 번째 변화는 당신을 잠시 이곳으로 이끌 수 있던 원동력인 오색 돌입니다."

베로니카는 떨리는 양손을 맞잡으며 그를 보았다.

"이 사실을… '깨어나는 세계' 의 로웰도 모두 알고 있나요?"

그녀의 물음에 그는 대답하지 않았다. 그녀는 그것이 무언의 긍정임을 알았다.

"그 오색 돌을 찾으면, 이제 모든 게 완벽하게 끝나는 건가요?"

그녀의 물음에 그는 고개를 저었다.

"오색 돌은 그저 두 세계를 잇는 징검다리 역할을 할 뿐입니다. 오색 돌의 역할은 그저 그뿐입니다. 그대가 이곳의 오색 돌을 가지고 떠난다면, 앞으로 이쪽 세계로 넘어올 일은 없을 겁니다."

그렇게 말하는 로웰의 얼굴은 쓴 약을 삼킨 사람처럼 떨떠름했다. 아무리 자신이 아는 베로니카는 죽었다고 한들 지금 눈앞에 있는 그녀 또한 베로니카다. 로웰은 도저히 다시 만난 그녀를 보내고 싶지 않아서 눈을 질끈 감았다.

베로니카는 로웰이 세계의 비밀을 이야기하는 동안 카쟌과 소년이 깊은 잠에 빠져들었다는 사실을 알아차렸다. 그들이 잠든 것은 세계의 비밀을 유지하기 위한 세계의 규칙일지도 몰랐다.

베로니카의 시선에 그제야 심란한 마음을 정리한 로웰이 어깨를 으쓱였다.

"세계의 비밀을 누설할 수는 없지 않습니까. 규정을 어기면 길 잃은 영혼이 되어 영원히 차원을 떠돌게 될 것이라는 소리를 들어서 말이죠."

"그보다 당신은 테라와 어떤 관계인 거죠? 왜 저 암살자가 당신을 그림자처럼 따라다니며 지키는 거예요?"

그녀의 물음에 그가 다시 한 번 난감한 기색으로 볼을 긁적였다.

"곤란한 질문입니다."

"……."

"…좋습니다. 말씀드리죠."

베로니카의 노골적인 시선에 로웰이 한숨과 함께 고개를 숙였다. 그는 잠시 말을 멈추고 마른세수를 했다. 그리고는 고개를 들고 다시 말을 이어갔다.

"정확히 언제부터인지는 기억나지 않습니다. 하지만 분명한 것은 '깨어나는 세계'의 로웰과 저는 완전히 다른 인생을 걸어왔습니다. 저는 그와 다르게 그림자 황족의 족쇄에서 벗어난 적이 없으니까요. 지금도 에스텔 백작이라는 이름으로 그림자 황족의 의무를 다하고 있습니다. 그러니 제가 테라의 수장이라는 것쯤은 이상한 일도 아닙니다."

테라의 수장. 그것의 의미를 모르지 않았다.

본래 그녀가 알던 로웰 역시 그리 평탄한 삶을 살아오진 않았다. 하지만 지금 이곳의 로웰은 그런 그보다 더 힘든 길을 밟아가고 있었다. 그녀가 알던 로웰은 일찍이 선택을 받아 그림자 황족의 길을 어느 정도 피해올 수 있었지만, 이곳의 그는 그림자 황족이란 굴레에서 벗어나지 못했다.

그동안 '그림자 황족'이란 존재조차 알지 못했던 베로니카는 그들이 비밀리에 황족들을 위해 무엇을 해야 하는지 짐작조차 하지 못했었다. 하지만 그가 가장 큰 어둠의 세력 테라의 수장이라 말하는 순간 어렴풋이 짐작할 수 있었다.

황금색 눈동자를 가진 황족들은 환한 빛 속에서 축복받은 인생을 산다. 하지만 그림자 황족은 어둠 속에서 비밀리에 그들을 대신해 손에 피를 묻혀가며 살아온 것이다.

즉, 그림자 황족이란 황실에서 공식적으로 행하지 못하는 비합법적인 일들을 비공식적으로 행하는 황실의 바람막이라고 할 수 있다.

베로니카는 숙연해진 얼굴로 고개를 숙였다. 그에게 쓸데

없는 질문을 했다. 그의 문제를 해결해 줄 수도 없으면서 상처만 후벼판 꼴이지 않은가.

"죄송해요. 괜한 질문을 했군요."

"아닙니다. 그대는 그와 같은 질문을 할 권리가 있다고 생각합니다."

베로니카는 그와의 대화로 점점 마음이 차분해지는 것을 느꼈다. 그가 누구든 늘 언제나 로웰이란 사람은 그녀에게 마음의 평화를 주었다.

"으음."

소년이 몸을 비척거리며 깨어났다. 카쟌이란 암살자는 이미 어둠 속의 그림자처럼 사라지고 없었다. 소년이 비적비적 눈을 비비며 상체를 일으키더니, 베로니카와 로웰을 보고 화들짝 놀라 벌떡 일어섰다.

"내게 무슨 짓을 한 거야!"

"나는 에스텔 영지의 백작, 로웰 클라우스라고 하네. 예의를 갖춰줬으면 하는군."

로웰을 알아보지 못한 소년은 금세 놀란 얼굴로 그를 보았다. 베로니카는 여전히 소파에 앉아 그런 소년을 아무런 표정 없는 얼굴로 바라보았다.

"저는 캐드릭 공작가의 차남. 케이단 크라츠 반 캐드릭이라고 합니다. 에스텔 백작, 부디 백작을 미처 알아보지 못한 제 무례를 용서하시기 바랍니다."

소년 케이단이 자세를 바로하고 정중하게 로웰을 향해 허리를 숙였다. 로웰과 베로니카는 아무런 말없이 그런 그를 보았다.

"한데 백작께서는 저 악령이 보이지 않으십니까?"

케이단이 의아하다는 얼굴로 로웰을 향해 물었다. 그의 물음에 베로니카는 기가 차 웃음을 터뜨리지 않을 수 없었다.

"정말 제가 악령이라 생각하는 모양이군요. 뭐, 완전히 틀린 말도 아니긴 합니다."

베로니카의 장난 어린 말에 로웰마저 웃음을 터뜨렸다.

"그녀는 악령 따위가 아닙니다."

로웰의 대답이 케이단에게는 베로니카를 옹호하는 것처럼 들렸던 모양이다. 로웰을 바라보는 케이단의 눈빛이 금세 매섭게 변했다. 아리스타를 똑 닮은 탓인지 말투 하나 몸짓 하나에 마치 아리스타의 모습이 비치는 것 같았다.

"그녀는 악입니다, 백작. 당장 그녀에게서 떨어지시는 게 좋을 겁니다."

케이단의 적의가 강렬했다. 베로니카는 심기가 불편한 듯 눈썹을 치켜떴다.

"미안하지만, 케이단. 나는 네게 관심 없어."

베로니카는 성가시다는 표정을 굳이 감추지 않았다.

"네 어머니는 어디 있니?"

"감히 네가 우리 어머니를 찾다니! 파렴치한 것!"

그녀는 결국 짜증스럽게 한숨을 내쉬었다.

"직접 가야겠군요."

"캐드릭 공작에게 말입니까?"

자리를 털고 일어서는 그녀를 보며, 로웰이 물었다.

"함께 가겠습니다."

드레스 룸에서 겉옷을 챙겨 입고 나온 베로니카는 제 앞에 서 있는 로웰과 케이단을 보았다. 케이단은 여전히 검을 들고 그녀를 향해 겨누고 있었는데, 로웰도 베로니카도 그런 그를 신경 쓰지 않았다.

"비켜주실래요?"

"캐드릭 공작의 얼굴을 보고 그대의 감정을 제어할 수 있다고 장담하십니까?"

그의 물음에 베로니카는 침묵했다. 오색 돌의 영향으로 '잠들어 있는 세계'에서 깨어난 날, 아리스타의 얼굴을 보고 분노를 감추지 못했던 자신의 모습이 떠올랐던 탓이다.

그녀는 민망한 기색을 감추며 몸을 돌렸다. 그녀의 무언을 긍정으로 알아들은 모양인지 로웰이 곧장 그녀를 따랐다.

"너는 왜 따라오니?"

문을 열고 집을 나서며, 베로니카가 케이단을 향해 물었다. 앙증맞게 익은 체리 같은 케이단의 입술이 불만스럽게 씰룩 거렸다.

"네가 어머니를 만나도록 둘 것 같아?"

그녀를 향한 그의 증오가 생각보다 강렬했다. 베로니카는 가만히 그를 보았고, 로웰은 아예 그에게 관심이 없어보였다.

"마음대로 해라. 따라 오고 싶으면… 그러든가."

그녀는 다시 걸음을 옮겼다. 어느새 머릿속에서 그녀를 외면했던 로웰에 대한 생각이 사라졌다. 어쩌면 눈앞에 있는 또 다른 '로웰'이란 사람의 존재 때문일지도 모른다고 그녀는 생각했다.

"미안해요."

로웰이 구해온 마차 안에 조용히 앉아 있던 베로니카가 입을 열었다. 그러자 맞은편에 앉은 로웰이 고개를 들고 그녀를 보았다. 확실히 그녀가 마음을 내준 '그' 로웰과는 어딘지 모르게 많이 달랐다. 같은 사람이면서도 같은 사람이 아니다. 베로니카는 그 사실을 확실하게 자각했다.

"무엇이 말입니까?"

로웰은 여전히 다정한 미소로 그녀의 말을 받았다. 케이단은 다리를 꼬고 앉아 팔짱을 끼고 그녀와 로웰을 주시하고 있었다.

베로니카는 그를 보았다.

"…모든 것이요."

그녀의 대답에 로웰은 그저 웃었다. 하지만 그녀는 진심이었다. 또한 로웰도 그녀의 마음을 어느 정도 아는 것 같았다.

베로니카는 안타까움의 탄성을 내뱉었다. 죽기 이전에 좀 더 빨리 그를 알았더라면 지금과는 완전히 다른 삶을 살았을지도 모른다. 어쩌면 그랬을지도 모른다는 생각이 들었다.

"에스텔 백작께 허튼수작 부리지 마."

둘 사이의 묘한 분위기가 못마땅한 모양이었는지 케이단이 끼어들었다. 베로니카는 흘끔 그를 보았을 뿐이고, 로웰은 끼어든 그를 스리슬쩍 노려보았다.

베로니카는 가만히 생각에 잠긴 얼굴로 마차 밖을 내다보았다. 익숙한 거리의 풍경이 보였다. 그녀가 좋아하던 수도 아트라한 태양의 광장. 멀리 나타의 종탑이 보였다. 죽기 전 그녀와 미란다가 마지막으로 있었던 장소.

새벽 동이 트는 것을 보며 베로니카는 잠시 걱정스러운 얼굴로 로웰을 보았다.

"이 시간에 저택의 문을 열어줄까요?"

그녀의 물음에 로웰은 어깨를 으쓱였다.

"저택의 주인이 여기 있지 않습니까."

그가 케이단을 가리키며 말했다. 베로니카는 그제야 케이단을 바라보았고, 케이단은 미간을 찌푸리고는 그녀를 노려보았다.

"나를 이용할 셈이군."

정확히 그를 지목하여 말을 한 것은 로웰이었지만, 그는 모든 잘못을 오로지 베로니카의 탓으로 돌리려고만 했다.

그녀는 한참 동안 케이단을 바라보기만 했다. 그녀의 시선이 그의 얼굴을 배회했다. 케이단은 눈싸움을 벌이듯 그녀를 노려보았지만, 얼마 가지 않아 그녀의 노골적인 시선에 얼굴을 붉혔다.

녹색의 눈동자는 흔하지 않았지만, 그렇다고 본 적이 없었던 것은 아니다. 하지만 베로니카의 에메랄드 빛 눈동자는 유독 영롱하고 보석처럼 아름다웠다. 어딘지 모르게 사람을 끌어당기는 힘이 있었다.

케이단은 이를 악물고 주먹을 움켜쥐었다. 고개를 절레절레 흔들며 그녀의 눈동자에 대한 생각을 떨쳤다. 그녀는 본래가 사람을 홀리는 재주를 타고난 요부라 들었다. 그는 미란다가 베로니카의 이름만 나오면 그렇게 중얼거리는 것을 수없이도 들었었다.

"어머니를 생각하는 마음이 기특하다."

턱을 괴고 케이단을 바라보던 베로니카가 말했다. 어린아이를 어르고 칭찬하는 것 같은 그녀 말투에 케이단은 금세 울컥했지만, 베로니카의 표정엔 거짓이 없었다.

"난 어머니를 사랑할 시간도 없었는데 말이지………."

과거를 회상하듯 그녀가 중얼거렸다. 케이단은 하려던 말을 감추고 입을 다물었다.

"원래 사랑받고 자란 이가 더 사랑에 목마른 법이란다. 어머니께 잘하렴."

그의 어머니 미란다와 비슷한 또래라고 하기에 베로니카

의 모습은 그보다 십 년은 더 어려 보였다. 아직 스물도 되지 않은 그녀가 쓰는 귀부인의 말투가 어색한지 케이단은 다소 복잡한 시선으로 그녀를 보았다.

"저택이 보이는구나."

그녀의 말에 케이단의 시선이 마차 창밖으로 향했다. 그들은 예상대로 무사히 저택 안으로 들어갈 수 있었다.

그리고 그녀에게 손님방을 내어주지 않으려던 케이단은 웃는 얼굴로 협박하는 로웰에게 못 이겨 방을 내어주었다. 하지만 정작 베로니카는 방으로 들어가지 않고 정원에 나와 있었다.

정원에 만들어진 인공 연못 앞에 그녀는 한참을 앉아 있었다. 미란다의 취향이 가득 담긴 정원은 인공적인 화려함을 가지고 있었다.

이곳은 그녀가 알던 캐드릭 저택이 아니다. 혼동하면 그녀 자신만 힘들어질 뿐이다. 베로니카는 한 손으로 눈가를 가리며 한숨을 쉬었다.

"무슨 꿍꿍이니?"

조용히 서 있던 베로니카가 입을 열었다. 그러자 나무 사이로 수척한 얼굴의 아리스타가 나왔다. 그는 무슨 생각을 하는지 알 수 없는 얼굴로 그녀를 보았다.

"이제야 베로니카가 죽었다는 사실을 자각한 거야?"

그는 대답하지 않은 채 그녀에게 다가왔다. 베로니카는 고개를 돌려 커다란 키의 그를 올려다보았다.

"…하고 싶은 말 있어?"

"정말이냐."

그는 어딘지 넋이 나간 사람 같았다. 베로니카는 의아함에 고개를 갸웃거리며 그를 보았다. 마치 못 볼 꼴을 본 것처럼 그녀의 얼굴이 일그러졌다.

"머리 굴리지 마. 내게서 이젠 동정이라도 얻어볼 속셈이니?"

그녀의 말에도 그는 시종일관 처음과 같은 표정으로 그녀를 보았다.

"정말이냐 물었어. 정말… 정말로……."

"……."

"정말 네가 죽은 것이 확실하냐."

그녀는 짜증스러운 얼굴로 그를 보았다.

"장난하니? 몇 번을 말해야 알아들어? 시체 확인했다고 하지 않았어? 네가 보기엔 내가, 네가 알던 베로니카처럼 보이니?"

그녀의 신경질적인 물음에 아리스타가 허탈감에 젖은 얼굴로 웃었다.

"아니, 전혀 아니다."

그가 느릿하게 움직이던 걸음을 멈추었다. 베로니카는 두어 발 멀리 서 있는 그를 보았다. 새벽 동이 트는 태양을 등진 그의 얼굴 위로 무거운 그림자가 졌다.

"처음 본 순간 알았지. 내가 알던 베로니카는 너처럼 감정 표현을 다양하게 하던 여자가 아니었다. 외모도 비슷한 것처럼 보이지만 달라. 골격도 그녀보다 네가 더 왜소하고 작지. 메말라 비틀어진 나뭇가지 같던 몸집이 지금은 보기 좋게 살점이 올라 있어. 더군다나 내가 알던 그녀는 지금 너처럼 제 속을 훤히 드러내지 않았지. 그녀는 도무지 무슨 생각을 하는지 알 수 없는 얼굴이었고, 상대방을 꿰뚫듯 바라보는 눈동자가 소름이 끼치도록 역겨웠어."

베로니카는 할 말을 잃고 그를 보았다. 그가 본래 이리도 말이 많던 사람이었나. 그녀는 당황했다. 하지만 아직 그의 말은 끝나지 않았다.

"그녀의 시선은 늘 공허해 보였는데, 넌 그렇지 않아. 뚜렷하고 맑은 눈동자를 지녔군. 달라, 모든 것이 다르다."

어렴풋이 자조가 섞여 있는 것 같기도 했다. 그는 한순간에 노쇠한 얼굴을 하고 마른세수를 했다. 그의 어깨가 무거운 짐을 얹은 듯 축 처져 있었다.

"상대방을 바라보는 시선, 말투, 외모, 성격. 그 모든 것이 달라. 달라. 다르다……. 내가 알던 베로니카는… 베로니카는……."

그가 제 양손에 얼굴을 파묻고 길고 깊게 한숨을 토했다.

"내가 알던 베로니카는 네가 아니다."

어느새 그는 그녀의 코앞까지 다가와 있었다. 그가 손을 내려 달처럼 시린 눈동자로 그녀를 낱낱이 훑어보았다.

"'네가 알던 베로니카'를 죽인 건 미란다가 아니야. 바로 너지."

베로니카는 단호하고 냉정했다. 그녀는 나약해진 아리스타를 배려하지 않았고, 돌아보지도 않았다. 그러자 그가 다리에 힘이 풀린 듯 그녀 앞에 털썩 무릎을 꿇었다.

"그래… 내가, 내가 모든 것을 망쳤어. 그녀의 성격, 대인관계, 가족, 가문, 인생, 미래, 친구, 그 모든 것을 망친 것이나다."

베로니카는 어쩐지 그의 목소리에 자책이 서려 있는 것 같다는 느낌을 받았다. 하지만 그녀는 여전히 싸늘한 표정을 지우지 않고 그를 보았다.

아리스타가 자책을 하든 후회를 하든, 그녀는 그를 동정하지 않았다.

"처음에는 보복이었고, 복수였지만 나중에는 욕심이었고, 질투였다."

"뭐하자는 거야, 아리스타. 지금 내게 고해성사라도 하는 거니?"

베로니카는 비웃음을 감추지 않고 물었다. 그러자 그가 잠시 말을 멈추었다. 그때였다.

"아스에게서 당장 떨어지지 못해!"

온 저택을 울리듯 날카로운 비명이 울렸다. 베로니카는 급하게 뛰어왔는지 정원 입구에 서서 숨을 몰아쉬는 미란다를 보았다.

그녀는 잔뜩 헝클어진 머리카락을 한 채 숨을 헐떡이며 베로니카를 매섭게 노려보았다. 베로니카는 아무런 감흥도 없는 얼굴로 그녀를 보았다.

지금에 와서 미란다가 자신을 어떻게 여기든 상관이 없다고 생각했기 때문이다.

안타깝지만, 미란다와의 인연은 그녀가 베로니카의 찻잔에 독을 탄 순간 끝이었다. 이제 베로니카는 그녀를 바라봐도 아무런 감정도 들지 않았다. '깨어나는 세계'의 미란다를 바라볼 때 또한 마찬가지다.

"오랜만이야, 미란다."

베로니카가 그녀를 보며 인사하자, 그녀의 얼굴이 금세 새하얗게 질렸다. 좀 전에 비명 같은 외침을 내지르던 기백은 사라지고 없었다.

"아, 아… 아아……. 저리 꺼져! 베로니카! 제발 꺼지라고! 죽어서까지 날 괴롭혀! 대체 왜!"

미란다는 늘 베로니카에게 열등감을 가지고 있었다. 지금에서야 베로니카는 그 사실을 더 뼈저리게 느낄 수 있었다. 왜 그 시절에는 미란다라는 보기 좋은 꽃에 취해만 있었을까. 무작정 미란다라면 좋아했던 자신의 어리석은 순진함에 기가 차기도 했다.

오죽했으면 사랑스럽기만 하던 소녀가 저렇게 변했을까. 아리스타라면 몰라도 베로니카는 미란다라면 얄팍한 동정이 가기도 했다.

더군다나 베로니카를 살해한 직후 그 단순하고 멍청한 머리로 얼마나 초조해했을까.

베로니카의 예상처럼 스트레스가 극심했던 모양인지 그녀는 머리숱이 확연히 줄어 있었다. 하지만 베로니카는 전혀 아무렇지도 않은 표정으로 그녀를 보았다.

"말이 지나치네. 피해자인 척할 것 없어, 미란다. 베로니카를 죽인 건 너잖니."

베로니카는 무심한 얼굴로 대답했다.

그리고 아리스타는 미란다는 안중에도 없이 베로니카의 얼굴만을 바라보고 있었다.

괴이하게도, 예전 같았으면 그 모습을 참지 못하고 히스테리 부렸을 미란다가 잠잠했다. 오히려 미란다 역시 아리스타는 관심도 없다는 듯이 머리를 쥐어뜯으며 그녀만을 보고 있었다.

베로니카는 현재의 상황이 그저 웃기기만 한지 웃음을 터뜨렸다.

"그렇게 받고 싶던 관심을 죽어서야 이리 과하게 받다니. 그때의 베로니카도 그렇지만, 너희도 참 못났구나."

그저 가슴이 먹먹해서 베로니카는 눈을 감았다. 왜 그녀는 이와 같은 상황에 놓여 이와 같은 시련을 겪어야 하는가. 그저 한탄만이 나왔다.

베로니카는 다시 눈을 뜨고 주위를 둘러보았다. 그들의 소란에 어느새 이른 새벽 정원엔 많은 사람이 나와 있었다. 그 중에는 로웰과 케이단도 있었다.

"네게 받을 것이 있어서 왔어, 미란다."

베로니카가 자리에서 일어섰다. 그러자 미란다가 화들짝 놀라 다시 발작을 일으키기 시작했다. 발작은 베로니카가 그녀에게 가까이 다가갈수록 더욱 심해졌다.

"다가오지 마!"

울음 섞인 외침과 동시에 그녀의 앞을 케이단이 가로막았다. 그녀는 걸음을 멈추었다. 케이단은 고집이 서린 얼굴로 입술을 한일자로 다문 채 그녀를 쏘아보고 있었다.

"제발 어머니를 그만 괴롭혀! 제발!"

울음 한 번 흘리지 않을 것 같이 독한 구석을 보이던 소년이 눈썹을 찡그리고 눈물을 흘렸다. 베로니카는 움직이지 않은 채 가만히 그 자리에 서서 그런 그를 바라보기만 했다.

"이곳에 오는 것이 내겐 괴로워. 정말 싫어서 잠을 자기도 거부했었지."

문득 베로니카가 입을 열었다. 미란다의 발작이 잦아들자 저절로 소란도 잦아졌다. 때문에 그녀의 목소리가 유독 크게 들렸다.

베로니카가 고개를 돌렸다. 멀리서 가만히 상황을 관망하는 로웰이 보였다.

"로웰, 당신의 말이 맞아요. '잠들어 있는 세계' 는 썩어가고 있어요. 이미 이곳엔 깊이 병든 사람들뿐인 것 같아요. 내가 보기엔 모두 병들어 있어. 심지어 이곳에 있는 나조차도."

로웰은 그녀 말에 답하지 않았다. 베로니카 역시 그에게서 어떤 답을 원한 것은 아니었는지 금세 고개를 돌렸다.

기사들이 날카롭게 경계를 세우며 그녀를 주시하고 있었다.

"하지만 걱정 마, 케이단."

베로니카는 천천히 소년에게로 가까이 다가갔다. 그는 눈물을 흘리면서 애처롭게 그녀를 바라만 보았다.

"난 이제 이곳의 사람이 아니지만, '잠들어 있는 세계' 도 '깨어나는 세계' 처럼 모든 것이 변할 거야. 난 그러길 정말 바라."

그녀가 소년의 머리카락을 부드럽게 쓸어 넘겼다. 그 손길이 더없이 세심하고 다정해서 케이단은 결국 소리 내어 참던 울음을 터뜨렸다.

이제야 케이단에게서 제 나이에 맞는 모습이 엿보였다. 베로니카는 옅은 미소와 함께 그를 포근히 안아주었다.

"내 아들에게서 떨어져!"

그때 그들의 분위기를 깨고 악에 받친 미란다의 목소리가 들려왔다. 그러자 케이단이 화들짝 놀라 베로니카에게서 바람처럼 떨어져 나왔고, 그 순간 기사들이 재빠르게 베로니카를 에워싸고 검을 겨누었다.

"당장 저년의 목을 쳐! 당장! 내 눈앞에서 당장 치워 버리란 말이야!"

미란다의 외침에 기사 두 명이 그녀를 포박했고, 기사들 사이로 제일 지위가 높아 보이는 남자가 검을 들고 나타났다.

베로니카는 망설임 한 번 없는 미란다의 말에 새삼스러운 기분을 느꼈다. 아리스타라는 존재가 그녀를 망쳐놓은 것인지, 아니면 본래 그녀라는 사람이 그랬던 것인지 감을 잡을 수가 없었다.

하지만 분명한 것은, 이제 더 이상 미란다는 자신의 친우가 아니다. 한순간이나마 그녀에게 과거의 추억을 떠올리며 동정을 느꼈던 자신을 비웃으며 베로니카는 가만히 눈을 감았다.

이대로 다시 깨어나면, 이제는 온전히 현실이기를 바라면서.

"제가 있는 한 그 누구도 베로니카 클라라를 해할 수 없습니다."

그녀에게 떨어지는 검을 막아선 것은 로웰이었다. 그는 아무런 무기도 들지 않은 채 가뿐히 신성력을 사용하여 기사들을 멀리 내동댕이쳤다.

그녀는 자신을 보호하듯이 막아선 로웰의 넓은 등을 보았
다.

"로웰."

"그대가 옛날의 베로니카든 아니든, 그대가 베로니카라는
사실은 변하지 않는 것이 아닙니까. 베로니카, 당신을 보는
것은 이 순간이 마지막일 것인데, 그 마지막 기회조차 놓치자
면 제가 너무 처량하지 않겠습니까?"

로웰이 등을 돌려 그녀를 보았다. 이제는 온전히 하늘 위로
태양이 떠오른 아침이었다. 그 아침 햇살을 환히 받으며 로웰
이 미소 지었다.

"지금은 이 세상을 뜨고 없는 베로니카를 알고 있다면 전
해주시겠습니까."

지금까지 그 어느 때보다 그가 빛나보였다. 아무리 똑같은
사람이어도 이쪽의 로웰에게선 아무런 느낌도 없다고 여겼는
데, 베로니카는 그 순간 제 심장이 뜨겁게 타오르는 것 같다
고 느꼈다.

"용기가 없는 저는 당신이 이렇게 세상에 없고서야 뒤늦은
후회를 합니다."

로웰이 그녀의 한 손을 잡고 손등 위에 부드럽게 키스했다.
그가 하는 말투와 몸짓이 모두 애잔했다. 베로니카는 떨리는
손을 거두고 로웰의 수려한 얼굴을 보았다.

"그대는 나의 첫사랑이자 마지막 사랑입니다."

로웰이 매우 신사다운 자세로 허리를 숙여 그녀에게 인사했다. 베로니카는 그 순간 입술을 잘근 물었다. 입술을 비집고 울음이 새어 나올까 겁이 났기 때문이다.

가슴이 벅차도록 아름다운 고백이다. 그녀가 로웰이란 사람에겐 한없이 관대하므로 그렇게 느끼는 것일지도 모른다는 생각도 들었다. 하지만 지금 이 순간, 그의 고백에 가슴이 떨렸던 것은 부정할 수 없는 진실이었다.

"오색 돌은 여기 있습니다."

로웰이 자신의 품 안에서 무지개색으로 찬란히 빛나는 돌을 꺼내었다. 뜻밖의 사람에게서 제가 찾는 것이 나오자 그녀가 당황하여 그를 보았다.

"그대에게 거짓말을 하진 않았습니다. 이 돌은 본래 미란다의 것이니까요."

"대, 대체 지금 이게 무슨 상황……."

"미란다와 제가 같은 핏줄이라는 사실을 기억하고 계셨더라면 이해하기 쉬우실 겁니다. 그저 그대와 조금이라도 더 오래 함께하고 싶었던 저의 욕심으로, 이 돌이 제게 왔다는 사실을 미리 말하지 않았습니다."

그제야 베로니카는 로웰과 미란다가 황제의 핏줄로 배다른 남매라는 사실을 떠올렸다.

"베로니카."

한참을 오색 돌을 바라보고 있는데 이제야 정신을 차린 모양인지 아리스타가 기사들을 밀어내고 그녀에게 다가왔다. 그녀가 로웰을 흘끔 바라보자, 그는 그녀를 향해 어깨를 으쓱이며 웃어 보이고는 한발 물러났다.

"베로니카……. 베르."

아리스타는 빠르지도 느리지도 않은 걸음으로 그녀에게 다가왔다. 아리스타는 낯선 얼굴을 하고 있었다. 지금까지는 보지 못했던 묘하게 어지러운 분위기가 풍겨왔다. 갈망하고, 자책하고, 후회와 패배감이 가득 섞인 표정이 그의 얼굴에 모두 담겨 있었다.

베로니카는 그의 새로운 모습에 당황하여 잠시 넋을 놓고 그를 보았다.

"베로니카."

아리스타는 그녀 앞에 천천히 무릎을 꿇었다. 그리고 베로니카는 전혀 예상치 못한 그의 행동에 놀라 숨을 들이켰다. 정신이 멀쩡한 상태의 그가 좀 전과 같은 행동을 보이리라 기대도 하지 않았던 그녀였다.

하지만 그는 그녀의 예상을 보기 좋게 무너뜨렸다. 그가 절절한 분위기를 깊게 풍기며, 그녀 앞에 무릎을 꿇었다.

"제발 떠나지 마라."

본능적으로 그녀가 떠날 거라는 사실을 알아차린 그의 뛰어난 직감에 베로니카는 감탄을 금치 못했다.

“일어나, 아리스타. 보는 눈이 많아.”

그녀의 말에도 그는 요지부동이었다.

“나를 용서해, 베로니카. 제발 용서하고 나를 떠나지 마.”

거의 애원에 가까웠다. 이처럼 절실하게 무언가를 바라는 아리스타는 처음이었다. ‘깨어나는 세계’의 아리스타도 이처럼 세상이 무너져라 절박한 얼굴로 그녀에게 애원하지는 않았다.

가주의 행동으로 인해 캐드릭 가문의 정원에는 무게 있는 침묵이 감돌았다. 절로 숙연해지는 분위기 속에 아리스타와 베로니카는 서로를 마주보았다.

“왜 이래, 대체.”

그녀가 눈썹을 치켜올리고 반문했다. 그녀의 얇은 입술이 불만스럽게 씰룩였다.

“네 인생은 오롯이 내 것이라는 오만함이 있었다.”

떨리는 목소리로 그가 말했다. 떨고 있는 아리스타라니, 베로니카는 대체 어떤 얼굴로 그를 봐야 할지 모르겠다고 생각했다. 그녀는 복잡한 얼굴이 되어 가만히 그를 보았다.

“내가 어리석었어. 내 아둔함에 경멸이 이는군.”

베로니카는 차마 그의 말에 대꾸할 생각도 못했다. 그녀 앞에 무릎 꿇고 숙연하게 고개를 숙인 그는 잔뜩 긴장한 모습으로 옅게 떨고 있었다. 그 모습이 동정을 자아낼 만큼 안쓰러워서 그녀는 결국 시선을 피했다.

"그러니 제발……. 제발 날 떠나지 마, 베르."

그가 양손으로 바닥을 짚은 채 그녀를 향해 허리를 숙였다.

"아리스타, 갑자기 왜 그래? 이러지 마. 보는 눈이 많다고 했잖아."

"상관없다. 네가 내 곁을 떠나는 데 그깟 것들이 무슨 소용이야!"

그의 외침은 거의 울부짖음에 가까웠다.

"네가 없는 삶은 숨이 막혀! 네가 없으니 나 역시 사는 것에 아무런 의미가 없다는 사실을 깨달았다. 그러니 제발……!"

결국 그의 볼을 타고 눈물방울이 흘러 내렸다. 그것에 베로니카는 충격을 받고 입을 다물었다.

"네가 없인 살아갈 수 없다, 베르! 네가 없는 삶을 단 한 번도 생각해 본 적이 없어! 네가 죽었을 때 내가 얼마나……! 얼마나 고통스러웠는지 넌 몰라! 모른다!"

분노와 절규와 비명이 한데 어우러져 질척였다. 베로니카는 무너져 가는 아리스타를 보았다. 또한 그를 따라서 그녀의 가슴도 거침없이 무너져 내렸다. 영원히 변치 않을 거라 여겼던 사람이 가차 없이 무너졌다. 언젠가는 지금 이 순간을 간절히 바라기도 했었지만, 막상 겪고 보니 결코 통쾌하지도, 유쾌하지도 않았다. 도리어 상처 입어 더 이상 찢길 것도 없는 가슴이 휑하게 공허해지는 느낌이었다.

"내가 알아야 하니?"

베로니카가 지친 얼굴로 대꾸했다.

"네가 내게 한 짓을 생각해봐. 그러고도 내가 네 고통 따위를 알기 바라니? 감히 내 앞에서 그까짓 고통도 고통이라 지껄이는 거야?"

옅은 분노가 서린 베로니카의 목소리에 그는 다급함을 느낀 모양이다. 온 세상이 무너져 내린 얼굴로 그가 그녀의 발밑에 매달려 애원했다.

"그런 뜻이 아니다. 결코 그런 뜻이 아니야, 베르. 그러니 날 버리지 마라. 제발!"

그는 이미 반쯤 미쳐 있었다. 베로니카는 그렇다고 생각했다. 그렇지 않고서야 그가 그녀에게 이런 반응을 보일 수는 없었다. 도무지 두 눈으로 보고서도 믿기지가 않아 그녀는 입을 다물지 못했다.

"평생 네게 회개하며 살겠다. 약속할 수 있어!"

그녀가 오색 돌을 손에 쥐자 아리스타가 다급하게 외쳤다.

"너를 사랑한다는 사실을 뒤늦게 깨달은 내게도 기회 한 번을 줘야 하지 않겠어? 베로니카!"

지금 그녀가 떠나면 두 번 다시 나타나지 않을 거라는 예감이 있었던 모양이다. 아리스타는 그 어느 때보다 절실하고 다급하게, 그가 일생을 거쳐 한 번도 해본 적이 없던 구걸과 애원을 모두 동원하여 그녀를 잡으려고 했다.

"기회?"

새파랗게 질린 입술이 바들바들 떨려왔다. 베로니카는 이를 악물었다. 하지만 얼마 가지 않아 그녀의 잇새 사이로 억눌린 울음이 흘러나왔다. 베로니카는 느릿하게 눈을 감았다 뜨며 주먹을 강하게 움켜쥐었다.

"네가… 네가 감히."

드레스 자락을 움켜쥐고 베로니카가 잠시 숨을 들이켰다. 로웰이 걱정스러운 얼굴로 그녀에게 다가갔지만, 베로니카가 손을 들어 그의 걸음을 막았다.

베로니카는 눈물을 굳게 참아 붉게 충혈된 눈으로 아리스타를 노려보았다.

"감히 네가 내게 기회를 말하는 거니?"

기가 차다는 얼굴로 그녀가 헛웃음을 터뜨렸다. 한참을 계속되던 헛웃음은 곧 형체를 알 수 없게 몽우리져 울음이 되었다. 베로니카는 웃음인지 울음인지 모를 소리를 내며 이마를 짚었다.

"그렇게 나를 보아 달라 내가 애원을 하고 네게 사랑을 말할 때, 네가 내게 무어라 했지?"

베로니카가 다시 드레스 자락을 움켜쥐고 아리스타 가까이 얼굴을 들이밀며 물었다.

아리스타도 그녀도 눈물로 범벅된 얼굴로 추레했지만 그 점은 그들에게 중요하지 않았다. 베로니카는 당장에라도 그의 얼굴을 제 손으로 후려치고 싶어 했고, 아리스타는 베로니카에게 분풀이를 당하는 한이 있어도 그녀를 잡고 싶어 했다.

"베로니카 제발……."

"시끄러워! 뚫린 입이라고 함부로 지껄이지 마라! 아리스타, 말해봐. 그때의 네가 나를 어떻게 대했는지 말이야!!"

베로니카는 목에 핏대를 세우고 악을 쓰듯이 외쳤다. 그녀가 누군가에게 지금처럼 분에 못 이겨 소리를 지르는 것은 태어나 처음이다. 그것도 다름 아닌 아리스타에게.

베로니카는 아직도 잊을 수 없는 말이 있었다.

'내가 널 사랑했다고? 어리석은 소리.'

사랑을 논하는 그녀의 모습이 우습다는 듯이 비웃던 아리스타.

'넌 그저 정치적 도구로 쓰기 좋은 미끼였을 뿐이지.'

귓가에 아직도 그의 목소리가 선연했다.

"내가 그저 죽고 싶단 이유 하나만으로 미란다가 건넨 독을 마셨던 건 줄 아니?"

베로니카의 목소리가 건조하게 갈라졌다. 그런 그녀의 어깨를 부드럽게 잡아준 것은 가만히 그 상황을 지켜보던 로웰이었다. 그런 그들의 모습에 아리스타가 두 눈을 부릅뜨고 로웰을 노려보았다.

"에스텔 백작. 내가 전에 경고하지 않았나?"

그 와중에도 그녀를 향한 집착을 놓지 않는 아리스타를 보고 그녀는 허탈한 한숨을 내쉬었다.

"그만해, 아리스타. 네가 아직도 정신을 못 차렸구나."

아리스타가 화들짝 놀라 그녀를 보았다. 베로니카는 복잡한 심경에 사로잡혀 그를 보았다. 이미 그녀 가슴속엔 그에 대한 특별한 감정이라곤 하나 없었다.

그런데 이제와 후회하며, 그녀를 사랑한다 말하는 아리스타라니. 그녀는 그저 허탈했다.

복수? 애초에 하고 싶은 마음도 없었다. 그녀는 미란다가 어떤 여자인지 아주 잘 알고 있었다. 때문에 그녀를 독살하고 미란다가 어떻게 변할지 눈에 선했고, 그로 인해 그들의 가정이 결코 평탄하게 흘러가지만은 아닐 것이란 것을 알았다.

또한, 다시는 이때의 이들과 만날 수 없으니 애초에 쓸데없는 감정 소모는 말고, 잊을 수 있도록 노력하자고 생각했었다.

"네가 사람이라면 내게 이럴 수 없어. 그거 아니? 날 사랑한다고 말했어? 그랬니?"

베로니카는 점점 절망 어린 표정으로 잠식되어 가는 그를 보며, 웃었다. 비틀린 웃음이 아니라 정말로 즐겁다는 웃음이었다.

"넌 사랑이 뭔지 몰라. 날 정말 사랑했다면, 내게 이런 행동을 보일 수 없어. 네가 정말 양심이 있는 인간이라면, 내게 죄책감을 느끼고서라도 감히 사랑한다 말할 수 없지."

아침 태양이 완전히 떠오르고 주위는 고요한 침묵이 계속되었다. 미란다는 끝내 기절하여 저택 안으로 후송되었고, 케이단도 그녀를 따라 사라졌다. 정원 안에는 그저 몇 명의 기사들과 로웰, 아리스타, 그리고 그녀만이 남아 있을 뿐이었다.

"내 가문을 멸하고, 내 가족을 죽이고, 내 친우를 빼앗아 가고, 사람들로부터 나를 고립시키고, 내 명예를 실추하고, 결국 나를 죽음으로까지 내몬 게 누구니. 말해봐, 아리스타. 그게 누구야, 대체?"

아리스타는 확실하게 그녀가 예전 그가 알던 베로니카가 아니라는 사실을 깨달았다. 이처럼 생기발랄하게 제 할 말을 하고, 제 감정을 있는 그대로 표현하는 여자는 그가 알던 베로니카가 아니었다. 하지만 '미련' 이란 이름의 감정은 늘 일말의 '희망' 을 붙잡게 마련이다. 혹시나, 혹시나 하는 마음에 붙잡는 그 간절함.

"그 모든 것을 종용하고, 침묵하고, 외면하고, 묵인했던 사람이 너야. 너란 인간이야."

아리스타는 한 자 한 자에 특별한 감정을 실어 넣듯 이를 악물어 얘기하는 그녀의 말에 고개를 숙였다. 반박할 말이 생각나지 않았던 것도 있었으나, 무엇보다 제 지난날에 대한 짙은 후회로 머릿속이 어지러웠기 때문이었다.

"베로니카는 이미 죽었어. 아직도 정신 못 차리겠어? 죽은 사람은 돌아오지 않는다는 말이야. 후회는 아무리 빨라도 늦는 거 알잖아. 그걸 몰라서 지금 후회하는 거니? 네 인생 최대의 오점이 바로 베로니카구나. 넌 후회란 걸 해본 적이 없는 사람이었으니 말이야."

그녀는 제 손에 쥔 매끈한 돌이 오색 빛을 찬란하게 뿜어내는 모습을 가만히 바라보았다. 그 빛을 본 것이 그녀만은 아니었는지 아리스타가 다급하게 그녀 앞에 고개를 숙였다.

"베로니카, 제발……."

그녀는 냉정하게 그를 보았다.

"그 모든 게 '사랑해서' 그랬다는 웃기는 말은 하지도 마. 그럼 내가 얼마나 비참해지겠니."

그녀는 피곤한 얼굴로 눈두덩을 매만졌다.

"그래. 이 결말에 대해서는 내 잘못도 있다는 생각이 들어. 그걸 인정하기 때문에 아무 말 하지 않으려 했었어. 옆에서 내가 제대로 이끌어주었다면 다른 세계에서의 아리스타처럼 달라질 수도 있었을 테니까."

아리스타는 그녀 말을 이해하지 못했다. 하지만 로웰은 그녀 말을 이해했다는 얼굴로 그녀를 다정하게 바라보았다.

베로니카는 괜스레 얼굴이 붉어지는 것을 느끼며 재빨리

시선을 돌렸다. 문득 그녀는 에라드 남쪽 평원에서 그녀를 외면하고 사라지던 로웰의 뒷모습이 떠올랐다. 절로 기분이 우울해지는 것을 느끼며 그녀는 화려하게 빛을 발하는 오색 돌을 보았다.

"이젠 다시 이곳에 오지 못할 거야."

그 말에 아리스타가 안달이 난 얼굴로 다급히 그녀를 잡았다.

"내가 너 없이는 안 된다고 하지 않았나! 왜 내 말을 듣지 않는 거냐! 내가 이렇게까지 하는데 대체 왜!"

그는 정말로 이해할 수 없다는 얼굴이었다. 베로니카는 잠시 그를 복잡한 시선으로 보다가 로웰을 향해 고개를 돌렸다.

"이만 가볼게요."

그녀는 비명처럼 울부짖는 아리스타를 돌아보지 않았다. 기사들이 잡고 있는 건지 로웰이 잡고 있는 건지 모르겠지만, 그녀는 모든 사람으로부터 등을 돌리고 섰다.

"이거 놔라! 놓지 못해! 베로니카! 가지 마! 안 돼! 베로니카!"

그녀는 천천히 눈을 감았다.

"사랑한다! 사랑해 베로니카!"

아리스타의 울분과 절박함이 섞인 외침을 마지막으로 그녀는 다시 그녀가 생각하는 '현실'에서 눈을 떴다.

Chapter 3
공격

Veronica Requiem
베로니카 레퀴엠

　　아리스타의 얼굴 위로 구름처럼 근심이 밀려들었다. 그는 눈물이 메말라 붙은 얼굴로 힘겹게 잠든 베로니카를 보았다. 그는 천천히 그녀 얼굴에 눌어붙은 머리카락을 떼어내었다.

　　꿈에서 그녀를 보았다. 마지막으로 오색 돌과 함께 잠에서 깨어난 그녀는 한참을 소리 없이 눈물만을 흘렸다. 그녀 옆에 앉아 그녀가 깨어나기만을 기다리던 아리스타는 화들짝 놀라 그녀를 진정시켰다. 하지만 그녀는 쉽게 눈물을 그칠 줄 몰랐고, 또 잠을 자는 것을 두려워했다.

　　그녀 다리가 심상치 않았다. 그럼에도 그녀는 다리에 대한 통증은 잊은 듯이 다른 걱정으로 가득했다.

"베로니카님은…."

"겨우 잠들었다."

소피아의 물음에 아리스타가 간단히 대답하고는 다시 그녀의 머리카락을 쓸어 넘겼다. 마물들을 피해 간신히 근처 동굴로 몸을 피신한 그들은 베로니카를 간호하기에 여념이 없었다.

그리고 아리스타는 그녀가 잠든 사이에 그녀에게 어떤 일이 있었는지 알았다. 잠깐 잠들었을 때, 꿈을 통해 보았다. 때문에 그녀가 눈을 뜨자마자 눈물을 흘리는 것에 대한 이유도 묻지 않았다. 그녀는 자신의 옆에 누가 있다는 사실도 모르는 듯이 그렇게 울다가 지쳐 잠들었다.

"밖의 상황은 어떠한가."

아리스타는 동굴 입구를 지켜 서고 있던 템베른과 휴버트를 바라보고 물었다.

"아직 위험 수준은 아니지만 마물들이 점차 포위망을 좁혀 오고 있는 것 같습니다."

더는 동굴에서 시간을 지체할 수 없을 것 같았다.

아리스타는 동굴 어두운 안쪽을 바라보았다. 밖으로 나간다면 마물과의 전투를 피할 수 없을 것이 분명하다. 하지만 동굴 안쪽으로 들어간다고 해서 출구를 찾을 수 있을지 장담할 수도 없었다. 또한 이와 같이 잘 다듬어진 동굴에는 주인이 있게 마련이라는 사실을 알고 있는 그로서는 동굴 안쪽도 그리 좋은 방편은 아니라는 생각이 들었다.

"지금 케안으로 바로 가는 것은 위험해. 조금 돌아갈 필요가 있겠군."

바르센트 신전은 에라드에서 그리 멀지 않았다. 서쪽 지역 케라드를 한 번만 거치면 바로 바르센트 신전에 당도할 수 있었다. 하지만 마물들이 그들 앞길을 가로막은 이상 남쪽으로 돌아가는 것이 불가피해졌다.

"시간이 걸리더라도 베로니카가 위험한 것보단 나아."

그의 대답에 템베른은 아무 말이 없었고, 소피아와 휴버트는 묵묵히 고개를 숙여 동의를 표했다.

"그럼 베로니카는 소피아 네가 지키도록 해라."

아리스타의 명령에 그녀가 자리에서 일어나 재빨리 베로니카에게 다가왔다. 아리스타가 만족스러운 얼굴로 검을 뽑아들었다.

"내 몸은 내가 지킬 수 있어."

잠에 잠겨 평소보다 더욱 허스키한 목소리가 들려왔다. 아리스타가 시선을 돌리자 베로니카가 부스럭 자리에서 힘겹게 일어나고 있었다.

"넌 아직 환자야."

그의 말이 의미하는 바를 아는지 그녀가 인상을 쓰고 자신의 다리를 내려다보았다.

"감각이 없어."

“네가 가지고 있던 신성수를 사용했다.”

아리스타의 말에 베로니카는 자신의 다리를 만져보았다. 다행히 통증 따위는 없었으나, 감각이 전혀 느껴지지 않았다.

“걸을 수 있겠어?”

그의 물음에 그녀가 고개를 저었다.

“움직여지지 않아. 감각이 없어.”

그녀는 덤덤한 얼굴로 대꾸했다. 하지만 반대로 그녀를 제외한 이들이 모두 심각해진 얼굴로 그녀에게 모여들었다.

“정말 다리가…….”

소피아는 다리를 움직이지 못하는 그녀를 보며 울먹였다. 아리스타와 휴버트는 침묵했고, 템베른이 조심히 다가와 그녀 앞에 한쪽 무릎을 꿇고 앉았다.

“마물의 힘이었으니 신성력을 사용하면 완화가 될지도 모릅니다. 하지만, 그것도 빠른 시일 내에 치료를 받는다는 가정하에 입니다만…….”

템베른의 말에 모두는 침묵했다. 이 세상에 신성력을 사용하는 사람이 딱 두 명뿐이라는 사실을 모두 알고 있었기 때문이었다.

한 명은 라미스, 또 한 명은 그녀를 두고 사라진 로웰.

라미스는 용병 대장이긴 하지만 워낙 신출귀몰한 자라 찾기가 쉽지 않았고, 로웰은 그녀를 버리고 떠난 이다. 모두 심각해진 얼굴로 그녀의 다리를 내려다보았다.

"난 괜찮아. 하지만 도움은 필요할 것 같아. 미안하지만 져스틴 경, 날 좀 업어……."

"내가 업어줄 테니 다른 이에게 그런 부탁은 하지 마."

아리스타가 험악하게 일그러진 얼굴로 휴버트를 제치고 그녀에게 다가갔다.

베로니카는 소피아의 부축을 받으며 완전히 자리에 앉아 그를 올려 보았다. 그녀는 잠시 굳게 서린 의지로 똘똘 뭉친 아리스타의 얼굴을 바라보더니, 한숨을 내쉬며 고개를 끄덕였다.

"그럼 부탁해."

그녀의 한마디에 아리스타의 얼굴빛이 눈에 띄게 밝아졌다. 베로니카는 그 모습에 어쩔 수 없다는 얼굴로 웃으며 그에게 손을 내밀었다. 아리스타가 그녀를 업고 일어섰고, 소피아와 휴버트가 짐을 챙겨 들고 동굴 밖으로 나섰다.

"이쪽으로 가요."

베로니카가 길이 조금 험한 숲 속을 가리켰다.

"숲의 정령들이 이쪽에는 마물이 없다고 하네요."

그녀의 말에 모두가 고개를 끄덕이며 그녀가 가리킨 곳을 향해 걸음을 옮겼다.

아리스타는 그녀를 최대한 조심히 다뤘고, 베로니카는 마치 자신이 정말로 소중한 사람이 된 것 같아 묘한 기분을 느꼈다. 아리스타에게서 이와 같은 반응을 이끌어내게 되리라고는 상상조차 하지 못했던 일이었다. 그녀는 새삼스러운 기분을 느끼며 그의 어깨에 얼굴을 묻었다.

가만히 있으면 또다시 '잠들어 있는 세계'에서의 상념과 그녀를 두고 사라진 로웰에 대한 생각으로 눈물이 흐를 것 같았기 때문이었다.

"어디 가는 거야?"

그녀는 뜻밖의 목소리에 고개를 들었다. 어느새 나타난 디아보루스가 그녀 옆에 서 있었다. 아리스타가 재빨리 몸을 틀어 그를 노려보았다.

"그리 경계하지 않아도 된다, 금발. 조금 있으면 네가 가진 용의 알이 1차 파동을 일으킬 예정이라 온 거니까."

그의 말에 베로니카는 그제야 아리스타가 가지고 있던 용의 알을 떠올렸다.

"그 알은 캐드릭 저택에 있지 않아?"

그녀의 물음에 아리스타가 고개를 끄덕였다.

"위치 따위는 중요하지 않아. 용은 인간에 비할 바 없이 지혜로운 동물이거든."

디아보루스의 말에 베로니카는 고개를 갸웃거리며 아리스타의 뒤통수를 보았다. 그에게 업혀 있는 상태라 반응을 볼 수 없음이 안타까웠다.

"1차 파동?"

아리스타가 영문을 모르겠다는 얼굴로 물었다. 어느새 그들 일행은 디아보루스로 인해 걸음을 멈추고 서 있었다.

"로웰 녀석이 내가 이 말을 하는 사실을 알면 난리를 칠지 모르겠군."

'로웰'을 언급하는 디아보루스의 말에 아리스타의 분위기가 험악해졌다. 베로니카는 표정을 보지 않아도 그의 분위기가 흉흉하게 변했음을 알았다.

"용은 화려한 종족이야. 다른 동물들과 달리 개인주의라 무리 지어 생활하지 않는 습성도 있지. 조금 부풀려서 말하자면, 용의 1차 파동은 세상을 울리고 2차 파동은 세상을 밝힌다고 하지. 너 같은 인간 따위가 다룰 수 있는 종족이 아니라는 말이야. 용의 파동이 시작되면 용의 알을 가지고 있다는 것을 감추기 어려울 거다."

한 번도 본 적 없는 진지한 얼굴로 디아보루스가 말했다. 덩달아 심각해진 얼굴로 그들이 조용히 침묵하자 숲 속에 적막이 찾아왔다.

"용의 알을 노리는 놈이 많아. 더군다나 부활 전의 용은 아직 힘이 온전치 않아서 마물들에겐 최상의 먹잇감이지."

베로니카는 아리스타의 어깨를 툭툭 쳤다.

"리비엘라로 가봐야 하는 거 아니니?"

그녀의 물음에 아리스타는 단호했다.

"너를 두곤 절대 안 가."

베로니카는 걱정스러운 얼굴로 아리스타를 보았다.

"네가 없으면 그 아이가 죽지 않겠어? 부활 전이라면 아직 네 도움이 필요할 텐데."

"그래도 안 돼. 난 네가 더 중요해."

사실 아리스타 없이도 여정을 할 수 있다는 것을 알지만, 베로니카는 어쩐지 그의 말에 가슴이 뭉클해지는 기분이었다.

"…고마워."

그녀가 쑥스러운 얼굴로 말했다. 그녀의 감사 인사에 아리스타가 조금 전과 다르게 들뜬 모습이었다. 하지만 그들의 분위기가 마땅치 않은 듯 디아보루스가 미간을 찌푸렸다. 그가 붉은 혀를 내밀어 입술을 핥으며 그녀를 보았다.

"지금 상황이 어떤 줄 알고 하는 소리야?"

그가 팔짱을 낀 채, 그들을 돌아보았다.

"너희 나라가 마물들에게 공격을 받고 있다. 에라드도 무사하진 못할 거야. 리비엘라로 돌아가지 않을 것이라면, 어서 빨리 신탁을 해결해. 베로니카, 네가 이 세계의 축이야. 네가 안정되어야 마물들이 날뛰지 않을 것 아니야?"

베로니카는 아리스타의 어깨에 턱을 괴고 말이 없었다. 템베른과 휴버트, 그리고 소피아는 아리스타와 베로니카의 명령을 기다렸고, 아리스타는 베로니카를 따라 말이 없었다.

"신전까지 얼마나 남았니?"

휴버트를 향해 베로니카가 물었다.

"보름 정도 쉬지 않고 간다면 도착할 것 같습니다."

휴버트의 대답에 베로니카는 잠시 입을 다물었다.

"신전에 간단 말이야?"

디아보루스가 어이가 없다는 얼굴로 물었다. 베로니카가 가만히 고개를 끄덕이자, 그가 고개를 저었다.

"내가 그놈의 신족들을 좀 아는데 말이야. 그놈들이 원래 쓸데없이 겉멋만 든 놈들이야. 신탁이 해석하기 어려워 보여도 알고 보면 허탈할 정도로 단순하다고."

디아보루스의 말에 그녀가 짜증스럽게 눈을 치켜떴다.

"그럼 네가 신탁을 해석해 보지 그러니?"

그녀 말에 그가 웃었다.

"그야 쉽지. 하지만 그럼 내게 무얼 해줄 건데?"

"베르, 됐어. 저런 녀석에게 휘둘리지 말고 우리 문제는 우리끼리 해결하자."

아리스타가 가차 없이 그녀를 업고 걸음을 옮겼다. 그가 걸음을 옮기기 시작하자, 그를 따라 일행이 일제히 움직였다.

"알았어! 해석해 주면……."

디아보루스가 도중에 말끝을 흐렸다. 아리스타가 의아한 얼굴로 돌아보자 디아보루스가 심각한 얼굴로 주위를 면밀히 살피는 모습이 보였다.

"녀석이 오는군."

디아보루스가 자신의 검은 날개 네 쌍을 모두 펼치고 공격

태세에 돌입했다. 그를 따라 다른 이들도 영문 모를 얼굴로 함께 검을 빼어 들고 주위를 경계했다.

"왜 그래?"

아리스타에게 업혀 있던 베로니카가 디아보루스를 향해 물었다.

"내가 말했지. 나 말고도 너를 노리는 자들은 많다고 말이야. 나와 같은 악마 녀석이 이쪽으로 오고 있다. 물의 기운도 함께 느껴지는군."

디아보루스의 말에 아리스타가 베로니카를 조심히 바닥에 내려놓았다. 그들이 그녀를 에워싸고 일제히 전투 대형으로 서서 다가올 이들을 대비해 촉각을 곤두세웠다.

"위니, 켈란, 코이, 란피."

그녀는 제가 움직이지 못하는 대신 온 힘을 다해 정령들을 각성시켰고, 일제히 그녀 앞으로 위니와 켈란, 코이, 그리고 란피가 등장했다.

[물의 정령이 오고 있어.]

위니가 양손을 자신의 볼에 얹으며 시끄럽게 비명을 질렀다. 켈란이 날개를 펄럭이며 그런 위니를 향해 무섭게 경고했고, 란피와 코이는 얌전히 다가올 적들을 맞이할 준비를 하고 있었다.

휘몰아치는 바람과 바스락거리는 낙엽 소리가 귓가에 유난히 크게 들려왔다. 베로니카는 흐트러지는 머리카락을 정돈하며 긴장된 얼굴로 전방을 주시했다.

"이런, 내가 올 줄 미리 알고 있던 모양이군."

분명 전방을 똑바로 주시하고 있었지만 남자는 어느 순간 그들 앞에 서 있었다. 팔짱을 끼고 검은 날개를 가진 그는 영락없이 디아보루스와 같은 악마가 분명했다.

베로니카는 저를 빤히 바라보는 그의 시선에 마른 침을 삼켰다. 디아보루스와 달리 회색 머리카락에 보라색 눈동자를 지닌 악마가 송곳니를 드러내며 웃어 보였다. 그리고 그의 옆으로는 물의 정령으로 추정되는 푸른 머리카락의 남자가 서 있었다.

"켈란, 너는 물의 정령을 상대해. 그리고 나머지는 저 악마에게 주력하도록 하고."

남자가 무언가 행동을 하기도 전에 베로니카가 정령들을 향해 말했다. 그러자 일제히 숲 속으로 바람과 물과 불, 그리고 흙이 뒤엉겼다.

그녀는 그 소란스러움 속에 얌전히 앉아 정령들에게 집중하도록 노력했다.

디아보루스는 애초에 자신의 동족과 싸울 마음이 없었는지 팔짱을 끼고 서서 상황을 관망했다.

"이 조무래기들이 어디서……."

회색 머리카락을 가진 악마가 짜증스러운 얼굴로 정령들을 보며 시근덕거렸다. 하지만 그와 동시에 아리스타와 휴버트, 그리고 템베른이 일제히 악마에게 달려들었다.

베로니카는 시선을 돌려 물의 정령을 보았다. 물의 정령은 심기 불편한 얼굴을 감추지 않고 켈란을 노려보았다. 반면 켈란은 그와 마주한 것이 즐거운 모양인지 유쾌하게 웃었다.

[네 꼴이 아주 기도 안 찬다. 푸핫!]

[여전히 경박하군.]

[그러는 넌 정령이란 이름을 버릴 참이냐? 타락도 그런 타락이 없군그래?]

켈란의 비아냥거림이 멈추지 않자, 물의 정령이 거대한 물기둥을 만들어 그에게 쏟았다. 하지만 순식간에 물을 증발시키는 뜨거운 공기로 인해 공격도 무산되었다. 물과 불은 누가 우위에 있다고 말할 수도 없이 같은 공격이 계속 반복되자 지겨운 얼굴로 서로 노려보았다.

[이제 그만하지그래? 반항도 그쯤이면 귀엽지 않다고.]

[누가 반항한다 하더냐.]

물의 정령이 울컥한 얼굴로 반박했지만, 켈란은 그저 코웃음을 칠 뿐이었다.

[베로니카에게 질투하는 것이 눈에 빤히 보여서 그래. 신의 사랑이 세분되는 것이 싫었던 것 아니야?]

켈란의 물음에 물의 정령은 대답이 없었다. 대답 대신 그는 베로니카를 흘끔 바라보았다. 그녀는 악마에게 고전하는 정령들에게 시선을 주며 잔뜩 식은땀을 흘리고 있었다.

악마의 뒤로 모습을 드러낸 마물들을 상대로 고전을 면치 못하는 이들을 보며, 그녀가 잔뜩 근심 서린 얼굴로 입술을 물었다.

[넌 저 인간 여자가 자격이 있다고 여기나?]

물의 정령이 켈란을 향해 물었다.

[부정할 셈이야? 그녀가 이름을 주고 나서 우린 힘이 더 강해지고, 속박에서 자유로워졌어.]

물의 정령과 켈란은 공격을 멈춘 채 서로 노려보며 긴 시간 동안 대치 상태에 있었다. 베로니카는 그런 그들을 걱정스러운 얼굴로 보았다.

"같은 정령끼리 싸우지 말고 말로 해결하는 게 어때?"

그녀 물음에 물의 정령이 울컥한 얼굴로 그녀를 보았다.

[지금 내게 명령하는 것이오?]

베로니카는 지나친 그의 피해 의식에 미간을 찌푸렸다. 하스비체에서도 그랬다. 그는 지나치게 그녀를 의식했고, 경계했다. 지금도 그와 별반 다르지 않음을 느끼며 그녀는 다소 신경질적인 얼굴로 그를 보았다.

"그래, 명령했어. 그게 뭐 나쁘니?"

그녀의 당당함에 외려 물의 정령이 할 말을 잃은 듯 보였다. 오히려 켈란이 그 모습에 크게 웃음을 터뜨렸다.

"네가 그렇게 아끼는 자연의 모습이 지금 어떻게 되어가는지 좀 보지 그러니."

그녀의 말에 물의 정령이 시선을 돌려 마물들에 의해 숲이 망가져 가는 모습을 보았다. 그가 잠시 침묵한 채 그 모습을 보고 있자, 베로니카는 한숨을 내쉬었다.

[자연을 파괴하는 것으로 치자면, 인간이 가장 심하오.]

"그래, 인간이 자연을 파괴하는 것을 부정하지는 않을게. 하지만 자연을 사랑하는 인간들도 그에 반해 아주 많아. 소수 인간을 보고 그 모두를 결론짓는 편협한 네 사고에 문제가 있다고 내가 전에도 지적하지 않았니? 그때보다 나아진 것이 하나 없구나. 네가 그렇게 신을 사랑한다니 한마디 할게. 그렇다면 신은 왜 인간을 만들었을까? 신이 만든 자연을 파괴하는 인간을 왜 신은 멸종시키지 않고 두는 걸까. 게다가 그를 유지하기 위해 '베로니카' 라는 선택지까지 세계에 강요하고 말이야."

물의 정령이 미간을 모으고 그녀를 보았다. 켈란은 어깨를 으쓱이며 그녀의 말을 가만히 경청했다.

"네가 인간을 싫어한다는 것을 지적하는 것이 아니야. 내가 지적하는 건, 자연을 파괴하는 인간이 싫다 말하면서 정작 너는 그 인간들을 파멸시키기 위해 악마와 손을 잡고 자연을 파괴하고 있지 않니."

[그건 인간들이 멸종되면, 자연히…….]

"핑계 대지 마. 네가 지금 자연을 파괴하고 있다는 사실은 변하지 않으니까."

그녀의 냉랭한 말에 물의 정령은 기어코 입을 다물었다. 그러자 켈란이 통쾌하게 웃음을 터뜨렸다.

[역시 베르의 언변은 따라갈 자가 없군!]

"베로니카!"

어느새 마물들을 모두 처리한 모양인지 아리스타가 다급한 얼굴로 그녀에게 다가왔다. 그녀의 몸을 살피며 다친 곳은 없나 살피는 아리스타를 보며 그녀가 웃었다.

"그보다, 악마는?"

베로니카는 고개를 돌려 정령들이 모두 사라진 자리를 보았다. 그 자리에서 홀로 악마를 상대하고 있는 건 위니였다.

[베르, 베르! 저 악마 정말 무식해!]

"이 버러지 같은 정령이!"

[꺄아! 말투도 정말 천박해!]

위니가 비명을 지르며 악마의 공격을 피해 허공을 날아다니는 모습이 보였다. 그 모습이 썩 고상해 보이지는 않았고, 켈란이 그를 보며 또 웃음을 참지 못하고 바닥을 굴렀다. 아리스타는 정령이 보이지 않아 영문 모르겠다는 얼굴로 혼자 싸우고 있는 악마를 보았다.

"내가 원하는 것은 하나야!"

악마의 살기가 베로니카 있는 자리까지 뿜어져 나왔다. 그녀는 디아보루스의 것 못지않은 강력한 미향에 코를 틀어쥐었다.

위니가 어느새 악마의 손길에 타격을 받고 멀리 떨어져 나간 것이 보였다.

"드디어 떨어졌군."

악마의 시선이 그제야 베로니카에게 닿았다. 그가 그녀를 발견하고는 입맛을 다시며 웃었다.

"디아보루스에게 들었지만, 가까이서 보니 더 달콤한 향내가 풍기는군."

악마가 손으로 턱을 쓰다듬으며 그녀를 보았다. 베로니카는 길게 자란 그의 날카로운 손톱을 흘끗 보고는 불쾌한 얼굴로 그를 보았다.

"미안하지만, 난 네 먹이가 아니거든."

차갑고 단호한 그녀의 대꾸에 악마가 웃었다.

"상관없어. 어차피 넌 내게 사냥될 거니까."

하지만 악마가 다가오기 전에 아리스타가 가로막았다. 베로니카는 아리스타의 갑작스러운 등장에 재빨리 그를 막기 위해 손을 뻗었다. 하지만 그녀의 제지보다 악마에게 달려드는 그의 행동이 더 빨랐다.

그녀의 예상보다 아리스타의 검술 실력은 훨씬 더 출중했다. 세간에 파다한 그의 실력이 그제야 빛을 발하는 것처럼 보였다.

베로니카는 처음 보는 그의 검술에 잠시 감탄했다. 그의 검술에 악마가 고전을 면치 못하는 모습이 보였다.

하지만 문제는 그 뒤로 다시 꾸물거리며 등장하는 마물들이었다. 휴버트와 템베른, 그리고 소피아가 상대적으로 지친 얼굴로 수십 마리의 마물을 보았다.

[이 상태로 싸우는 건 힘들 거 같은데?]

켈란의 말에 그녀 역시 고개를 끄덕였다.

"하지만 너희가 도와주면 다를지도 모르지."

그녀 말에 켈란이 제 가슴을 팡팡 치며 웃었다.

[그거야 당연하지.]

그가 금세 날개를 펼치고 허공을 날아올랐다. 마물들 사이를 곧장 가로지르고 불길을 만드는데 반대편에서 거대한 물방울이 형성되어 마물들을 차례대로 가두는 것이 보였다. 물방울 안에 갇힌 마물들은 차례로 질식사했다.

베로니카는 고개를 들고 물의 힘을 사용하는 정령을 보았다. 그는 덤덤한 얼굴로 그녀를 흘끗 바라보았을 뿐, 아무 말 없이 켈란과 함께 마물들을 처리해가기 시작했다.

문제는 '악마' 라는 작자였다.

"아리스타!"

그녀가 시선을 돌렸을 때, 아리스타는 악마의 기다란 창에 볼을 크게 베였다. 하마터면 목이 날아갈 뻔했던 순간이었다. 아리스타는 입술을 씰룩이며 악마를 노려보았다.

"젠장, 시간이 없는데……."

그가 다소 초조한 얼굴로 검을 쥐고 악마를 노려보았다. 반대로 악마는 상당히 여유로운 얼굴로 아리스타를 보고 있었다.

베로니카는 아랫입술을 잘근잘근 씹으며 그들을 바라보았다.

"디아보루스! 제발 뭐라도 좀 해!"

그녀의 외침에 상황을 관망하던 디아보루스가 어깨를 으쓱이며 시치미를 뗐다.

"내가 동족을 상대해야 해?"

그의 물음에 그녀가 입술을 다물고 그를 노려보았다.

"당장 해. 내 손에 죽기 싫으면."

그를 노려보는 그녀의 시선이 살벌했다.

이전에 없던 그녀의 분노에 디아보루스가 당황한 얼굴로 그녀를 보았다. 그가 그녀를 죽이고자 했을 때도 덤덤한 얼굴로 죽음을 기다리던 그녀였다.

"디,아,보,루,스!"

"알았어! 알았다고!"

그는 그녀가 지어준 제 이름이 불리자 허겁지겁 날개를 펼쳐 들고 싸움 한복판으로 끼어들었다. 베로니카는 그 모습에 다소 시름을 덜고 아리스타를 보았다.

아리스타는 놀랍도록 침착하게 악마를 상대하고 있었지만, 그대로는 도저히 둘의 싸움이 끝날 것 같지 않았다.

그녀의 예상대로 디아보루스가 끼어들자 그들의 싸움은

금세 끝이 났다.

"너, 두고 보자."

회색 머리카락의 악마가 아리스타의 검에 찔린 복부를 움켜쥐고 분노 어린 얼굴로 디아보루스를 노려보았다. 그의 방해 공작으로 인해 생긴 빈틈으로 아리스타가 악마를 공격했기 때문이었다.

악마의 분노 어린 외침에도 디아보루스는 내키지 않는다는 얼굴로 귀를 후볐다.

"두고 보기는, 네가 나보다 약한데."

디아보루스의 말이 거짓은 아닌 모양이다. 악마는 반박 한 번 하지 못하고 입술을 잘근잘근 씹다가 사라졌다. 마지막으로 그녀를 노려보는 것도 잊지 않았다.

그가 사라지자마자 베로니카는 안도의 한숨을 내쉬었다.

그 뒤로 마물들도 어느 정도 처리가 되었는지 모두 검을 내리고 숨을 돌리는 모습이 보였다.

베로니카는 긴장이 풀리자 피곤이 몰려오는 것을 느꼈다. 또한 신탁을 풀기 위한 여정이 쉽지만은 않아 걱정이 밀려왔다. 베로니카는 아리스타의 부축을 받으며 피로 어린 얼굴로 한숨을 뱉었다.

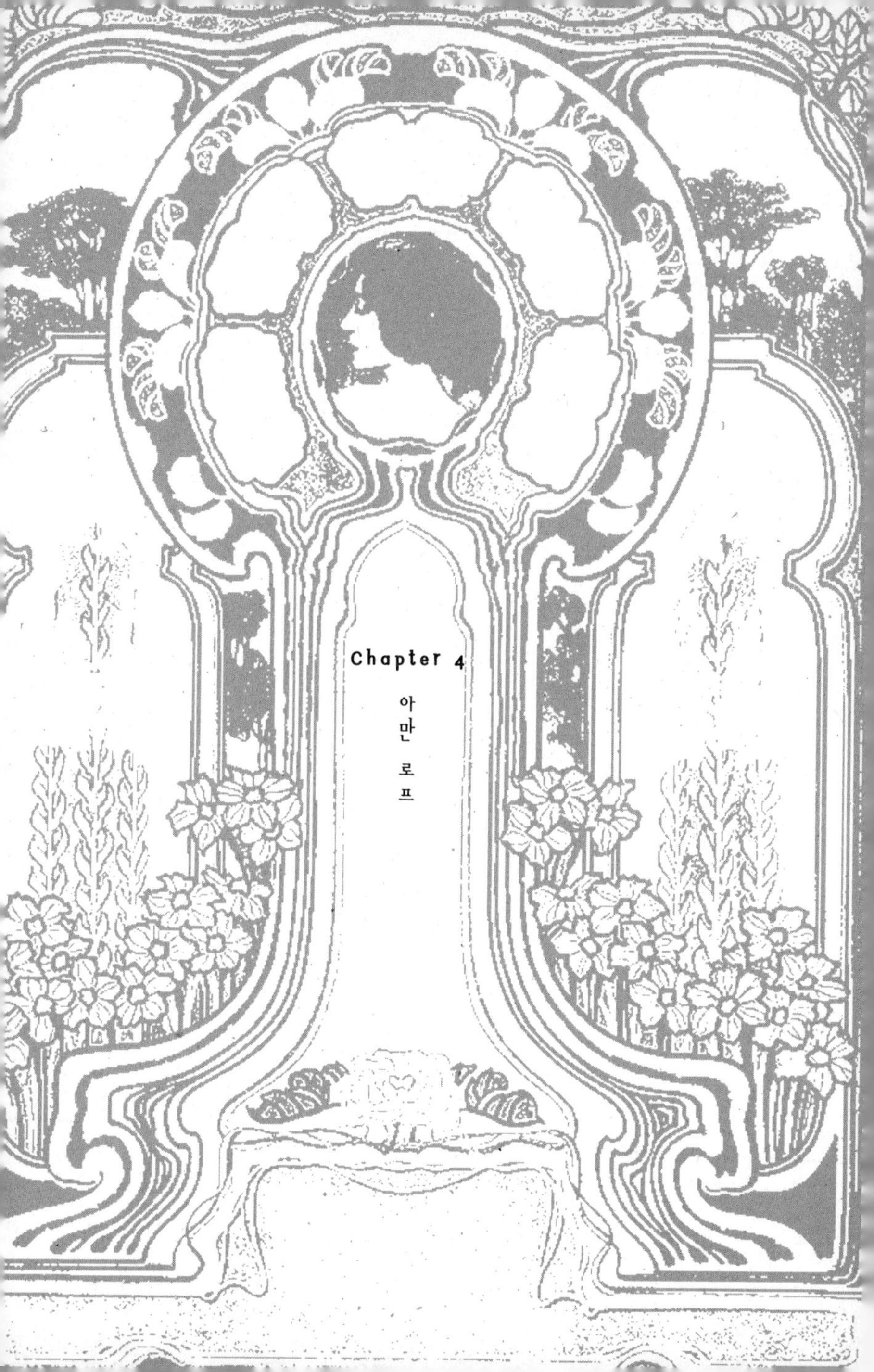

Chapter 4
아 만
로 프

Veronica Requiem

베로니카 레퀴엠

　아리스타의 등에 업힌 채 눈을 감고 있던 베로니카가 고개를 들었다.

　"확실해?"

　디아보루스를 향해 묻는 그녀의 눈동자엔 불신이 가득했다.

　"확실하다니까? 모두의 곁에 있으면서도 그렇지 아니한 것. 인간이 가장 필요로 하는 것이면서도 때로는 두려워하는 것. 그게 물밖에 더 있어? 단순하게 생각하라고."

　베로니카가 그에게 확신을 바라고 묻는 말이 이것으로 열 번째다. 그녀는 신중한 편이라 좀처럼 확신하지 않았다. 디아보루스가 제 머리를 털며 성가시다는 기색을 감추지 않고 대답했다.

그들은 마물들과 전투를 치른 장소에서 한참을 지나 숲 속을 걷고 있었다. 하지만 디아보루스의 지적으로 목적지가 불분명해지고 말아 그들은 예기치 않게 걸음을 지체하게 되었다.

아리스타가 그녀를 조심히 바닥에 내렸고, 그녀는 그의 부축을 받아 무사히 자리에 앉으며 다시 디아보루스를 보았다.

"그런데 왜 하필 물이야?"

그녀 물음에 디아보루스가 당연하다는 얼굴로 어깨를 으쓱였다.

"문장의 앞뒤가 맞아야지. 뒤에 나온 문장이 '인간이 가장 필요로 하는 것이면서도 때로는 두려워하는 것. 그것을 뛰어넘어 언제나 삶과 죽음의 경계에 서 있는 만물의 첫 번째 길'이잖아? 물이라고 생각한다면 유추하기가 쉽지. 망자들의 강을 지칭하는 것이 분명해."

뜻밖에 날카롭고 냉철한 설명이다. 디아보루스의 말이 반박하기 어려울 정도로 일리가 있었는지 아무도 그 말에 토를 달지 않았다.

베로니카는 아리스타의 상처 위에 약을 바르며 입을 다물었다.

아리스타 역시 그녀에게 몸을 맡기고 눈을 감고 있었으며,

소피아와 휴버트는 애초 베로니카의 의견만을 따랐으므로 아무 말이 없었다.

템베른만이 마땅치 않다는 듯이 디아보루스를 보고 있었을 뿐이었다.

"망자들의 강이라면, 너희 악마들의 세계에 있는 것이 아닌가."

템베른이 그에 대한 의문을 제기하자, 그제야 베로니카와 아리스타가 고개를 돌려 디아보루스를 보았다. 그는 나무토막 위에 앉아 어디서 구해온 것인지 핏물이 뚝뚝 떨어지는 생고기를 뜯고 있었다.

모두가 질린 얼굴로 그를 보는 가운데 템베른의 지적에 발끈한 디아보루스가 잔뜩 찌푸린 얼굴로 자리를 박차고 일어섰다.

"멍청하긴! 이래서 요정들은 안 돼. 이건 '베로니카'에게 내려진 신탁이야. 신족 놈들은 단순해서 그런 복잡한 일은 시키지 않아. 그리고 인간들의 땅에도 망자의 강은 있잖아?"

"그게 무슨 소리야? 이 땅에도 망자들의 강이 있단 말이니?"

베로니카의 의아한 물음에 그가 이마를 치며 고개를 저었다.

"이래서 무식한 것들이랑 얘기하면 피곤하다니까. 망자의 강은 신성국에 있잖아? 그리고 그 강에 망자들의 강이라는 칭

호를 붙인 것은 너희 인간들이고 말이야."

하지만 여전히 베로니카는 고개를 갸웃거렸다. 그녀는 신성국에 대해 아는 것이 없었다. 과거에 배웠던 역사를 뒤집어도 기억이 나질 않았다.

신성국에 대한 지식이 많은 휴버트만이 디아보루스의 말을 알아듣고 탄성을 내질렀다.

"축복의 산으로 가기 위한 관문입니다."

굵직하게 들려온 휴버트의 목소리에 모두가 시선을 집중했다.

"축복의 산을 가기 전에 강을 하나 건너야 하는데 신성국 사람들은 그것을 망자들의 강이라고 부릅니다."

그의 말에 소피아가 탄성을 내질렀다. 그리고 베로니카 역시 그제야 이해가 간다는 얼굴로 고개를 끄덕였다.

"'삶과 죽음의 경계'가 망자들의 강을 지칭하는 것이고 '만물의 첫 번째 길'이 축복의 산을 말하는 거였어. 축복의 산은 태초에 창조주가 가장 먼저 만들었다는 전설이 있는 곳이잖아. 성물이 봉인되었다는 소문도 있고. 또 다른 말로 신께 가는 여러 갈래 중 첫 번째 길로 통하는 문이라고 했지. 그래서 삶과 죽음의 경계에 서 있는 만물의 첫 번째 길을 찾으라는 거였어."

그녀의 말에 모두가 그제야 온전히 신탁을 이해하고는 고개를 끄덕였다.

“망자의 강은 에라드의 북쪽에 있어.”

베로니카의 말에 아리스타는 한숨을 내쉬었다.

“우린 계속 에라드의 남쪽으로만 왔고 말이지.”

그의 대꾸에 다시 긴 침묵이 맴돌았다. 결론은 그들이 왔던 길을 다시 돌아가야 한다는 말이었다.

“그런데 그 녀석은 정말로 떠나고 없는 모양이군.”

디아보루스가 깍지 낀 손바닥에 뒤통수를 기대며 말했다.

그의 말에 돌연 베로니카가 고개를 들었고, 아리스타는 매서운 눈빛으로 디아보루스를 노려보았다.

“그 녀석 이야긴 하지 말았으면 좋겠군. 심기가 불편해서 말이지.”

아리스타의 냉랭한 말에 디아보루스의 눈이 반짝거렸다.

“오래간만에 나와 의견이 맞는 인간이 다 있군. 그 녀석 이야기는 나도 하고 싶지 않단 말이야.”

디아보루스가 짜증스럽다는 듯이 고개를 저었다.

“그런데 이상한 건, 그 녀석이 신탁의 장소를 찾고 있더란 말이지.”

“로웰 클라우스가 말인가?”

아리스타의 물음에 그가 가볍게 고개를 끄덕였다.

베로니카는 세상만사 지루한 얼굴을 한 디아보루스를 보았다.

로웰을 가장 싫어하면서도 그의 정보에 대해 가장 빠삭한

이가 디아보루스라는 사실을 그녀는 그제야 인지했다.

"지금 어디에 있는지 알아?"

그녀의 물음에 아리스타의 분위기가 다시 흉흉하게 변했다.

"그걸 알아서 뭐하게?"

아리스타의 날카로운 외침에 베로니카가 어리둥절한 얼굴로 그를 돌아보았다.

"궁금해서 그래. 물어보는 것도 안 돼?"

"널 버린 놈이야!"

그의 외침에 그녀가 미간을 찡그렸다. 그녀는 대꾸할 말이 없었는지 도로 입을 다물고 고개를 돌렸다.

"흐음. 그 녀석 누군가를 찾는 것 같은데, 목적지가 우리와 같더군."

가만히 그들을 지켜보던 디아보루스가 입을 열었다. 그는 장난이 가득한 얼굴로 눈웃음치며 베로니카를 보았다. 베로니카는 그의 미향에 정신을 못 차리는 소피아를 가로막으며 그를 노려보았다.

"머리 쓰지 마. 여기 있는 사람은 단 한 명도 건드릴 수 없어."

그녀의 단호한 말에 디아보루스가 아쉽다는 얼굴로 입맛을 다시며 쯧, 혀를 찼다.

"됐다, 됐어. 그나저나 네 다리는 어떻게 할 거지?"

그제야 모두는 베로니카의 마비된 다리를 다시 상기했다. 하지만 베로니카는 그들의 안타까운 시선에도 애써 태연한 얼굴을 가장하며 어깨를 으쓱였다.

"어떻게 하긴 뭘 어떻게 하니?"

"영영 다리를 못 쓰게 될지도 모르잖아?"

마치 그녀의 불행이 자신의 행복이라는 듯이 그가 씩 웃으며 물었다.

"그런 재수 없는 소리 할 거면 당장 꺼져."

단번에 검을 빼 들고 아리스타가 디아보루스를 향해 협박했다. 그의 협박에 디아보루스는 그제야 양손을 들어 항복의 의사를 밝혔다.

"진정하지, 금발. 내가 못할 소리 한 건 아니잖아?"

그의 말이 오히려 아리스타의 화를 돋운 모양인지, 칼날이 디아보루스의 목을 파고들어 한줄기 핏방울을 떨어뜨렸다.

그 느낌이 가히 좋지는 않았던지 디아보루스가 인상을 찌푸리고는 그를 보았다.

"알았으니, 이거 그만 치우지."

"……"

"아리스타, 치워."

결국 베로니카의 제지가 있고서야 아리스타가 검을 거두었다.

"망자의 강을 건너려면, 허가증이 필요합니다."

잠시 조용한 분위기 속에 휴버트의 목소리가 파고들었다. 베로니카가 시선을 들자 어느새 가까이 다가온 휴버트가 그녀를 향해 고개를 숙였다.

"망자의 강을 건너기 위해선 성전에서의 허가증이 반드시 필요합니다."

"신탁의 내용을 진즉 파악했더라면 이런 헛수고는 하지 않았을 텐데."

왔던 길을 다시 돌아가야 한다는 말에 디아보루스가 쯧, 혀를 찼다.

"넌 좀 조용히 할래?"

이제는 베로니카마저 짜증스러움을 감추지 못하고 그를 향해 외쳤다.

"신탁의 비밀을 풀어준 건 난데, 날 너무 홀대하는 거 아닌가?"

디아보루스가 미간을 찌푸리고 대꾸했다. 하지만 그의 말을 귀 기울여 듣는 이는 없었다. 결국 그는 하품을 내지르며 평평한 바위 위에 드러누웠다.

"당장 출발해야 하는 거 아니야?"

그녀의 물음에 아리스타 역시 고심하는 얼굴로 말이 없었다.

"리비엘라의 상황은 좀 어떤지 알아?"

베로니카는 바위 위에 눈을 감고 드러누운 디아보루스를

향해 물었다.

"별거 없다. 전처럼 마물들의 습격을 받는 것뿐이지. 그 빈도가 조금 높아졌다는 것을 제외하고."

눈도 뜨지 않은 채 디아보루스가 대꾸했다.

침체한 분위기가 주위를 덮었다. 템베른과 디아보루스를 제외하곤 모두 리비엘라 사람인 탓이다.

"허가증이라면 성녀가 내어줄 테니 우선 다시 에라드로 가는 것이 좋겠네요."

침묵을 깨고 베로니카가 말했다. 그리고 모두가 암묵적으로 그녀 말에 동의했다.

*   *   *

"괜찮겠어?"

아리스타의 물음에 베로니카는 가만히 고개를 끄덕였다. 불편하긴 하지만, 그녀는 손수 휠체어를 만들어준 성전 측의 배려에 감사를 표했다.

그녀의 행색을 살피던 이레인이 크게 혀를 찼다.

떠날 때와 너무 다른 베로니카의 모습에 그녀는 그저 기가 막혔다. 세상이 위험하게 돌아간다는 사실은 알았지만, 실제로 베로니카가 절름발이가 되어 돌아올 줄은 몰랐기 때문에 그 충격이 더했다.

“그래서 제대로 움직이기나 하겠어? 지금 에라드도 마물 때문에 심각한 지경인데, 망자의 강까지 또 얼마나 많은 마물들이 덮치겠어?”

이레인의 가시 돋친 말에 아리스타의 눈빛이 날카롭게 변했다. 아리스타는 마치 베로니카의 대변인이라도 되는 것처럼 반응했다. 그는 늘 그녀의 일에 제가 나서서 해결하지 못해 안달이 나 있었다.

그리고 이레인 역시 그의 기백에 질린 얼굴로 꼬리를 내렸다.

“너희 일은 너희가 알아서 하겠지⋯⋯. 큼.”

이레인은 불편한 심기를 감추지 않으며 그녀에게 망자의 강을 건널 수 있는 허가증을 내어주었다.

성녀의 승인이 있으니, 이것으로 강을 건너는 데 큰 걸림돌은 없을 것이다. 길을 가로막는 마물이 없다면 말이다.

“클라우스의 일은 안타깝게 됐어.”

이레인이 로웰을 입에 담자, 베로니카는 한숨을 내쉬었다. 여기저기서 로웰의 이야기를 꺼내기에 정신이 없으니, 이제는 날이 선 아리스타를 말리는 것도 넌덜머리가 날 지경이다.

“그 자식 이야긴 하지 않았으면 좋겠군.”

심기 불편한 얼굴로 아리스타가 말했다. 그 말을 들은 이레인도 썩 좋은 얼굴은 아니었다. 곱게 자란 그녀에겐 아리스타의 냉대가 익숙하지 않은 듯 보였다.

"로웰이 얼마 전에 내게서 너희들과 같은 허가증을 받아갔는데도?"

그녀의 말에 베로니카는 번쩍 고개를 들고 이레인을 보았다.

"베로니카의 다리를 이렇게 만든 장본인이다. 그 자식 얘기는 입에 담지도 마."

온갖 음습한 기운을 죄 모아 만든 듯이 서늘한 기운을 뿜으며 아리스타가 말했다. 결국 이리엔은 기가 질려 입을 다물었다.

아리스타는 충분히 그녀에게 위협적인 인물이다. 그녀는 그가 얼마만큼의 인내력이 있는가 시험하고 싶지 않았다.

베로니카는 멀리서 휴버트와 이레인의 보좌관 자칸이 소소한 잡담을 나누는 것을 보았다. 소피아는 신전의 신녀들에게 주의사항을 듣고 물건을 챙기기에 여념이 없었다.

"그나저나 대체 저건 왜 달고 온 거야?"

이레인이 팔짱을 끼고 불만스럽게 디아보루스를 보았다. 자신이 지목되었다는 사실에 관심도 없다는 듯이 그는 귀를 후비며 창밖을 보고 있었다.

"낯짝도 두껍지. 어떻게 악마가 이리도 당당하게 성전에 들어올 수 있는 거지?"

그녀의 중얼거림을 듣고도 디아보루스는 이렇다 할 반응 없이 어깨를 으쓱였다. 그는 신성력 앞에서를 제외하고는 늘

여유로운 면이 있었는데, 그것이 이레인의 심기를 불편하게
만든 모양이었다.

디아보루스는 입가에 가소롭다는 미소를 지우지 않고 그
녀를 보았다.

"이름만 신성한 땅이지, 실제 이곳에 신성한 힘이 있는 건
아니잖아? 있다고 해도 미미한 정도지. 내가 이따위 기운을
감당 못할 리가 없다는 걸 알았으면 좋겠군."

디아보루스가 어깨를 들었다 났다 으스대며 말했다. 이레
인이 그 꼴을 그녀답지 않게 잘 참아 넘겼다.

"내 말이 틀렸나? 이미 성전이라는 곳도 타락할 대로 타락
했잖아?"

반박할 말이 없었는지 이레인은 시근덕거리기만 할 뿐, 더
는 말없이 입을 다물었다.

"내게서 빼먹을 건 다 빼먹었잖아. 너희 언제까지 여기 머
물 거야?"

이레인의 표적은 곧바로 베로니카와 아리스타에게로 돌아
갔다. 그 반응이 마땅치 않은지 아리스타가 잔뜩 험악한 얼굴
로 이레인을 위협하듯이 으르렁거렸다.

"성녀란 여자가 신탁의 내용도 해석 못하면서 뭐가 그리
당당한지 모르겠군. 넌 성녀의 옷을 벗어야 해. 자질 미달로
말이지."

아리스타의 빈정거림에 이레인이 발끈한 얼굴로 그를 노

려보았다.

"지금 말 다했어?"

자칫 큰 싸움으로 번질 기세다. 베로니카는 결국 의자를 움직여 그들 사이를 가로막았다.

"둘 다 그만해. 이제 떠날 거니까."

베로니카의 말에 그제야 시름을 던 얼굴로 이레인이 한숨을 내쉬었다.

"갈 거면 제발 빨리 좀 가줄래? 너희랑 있으면 머리가 아파."

"핑계거리도 참 다양하군."

"그만하랬지, 아리스타."

결국 아리스타가 양손을 들어 보이며 물러났다. 베로니카를 대신해 허가증을 받은 소피아가 품에 그것을 챙겼다.

베로니카는 이레인에게 특별하게 고맙다는 말을 전하지는 않았다. 아직도 베로니카 마음속에는 그녀에게 농락당해 휴버트가 큰 부상을 입었던 기억이 남아 있었기 때문이었다.

"성녀님, 법황 성하께서 오셨습니다."

문을 열고 들어선 사제의 말이 끝나기 무섭게 한 무리가 거침없이 방 안으로 난입했다.

베로니카는 '난입'이란 표현이 가장 정확하다고 생각했다. 아무리 법황이라 할지라도 방 주인의 허락이 내려지기도 전에 들어서는 무례함이라니. 그녀가 눈살을 찌푸렸다.

“법황 성하를 뵙습니다.”

아리스타가 익숙한 얼굴로 노인에게 인사했다. 베로니카는 법황을 만난 적은 없었지만, 그의 얼굴이라면 로웰의 과거를 통해 보아 알 수 있었다.

회색 머리카락의 노인은 깔끔하고 새하얀 법의에 대주교의 지팡이를 들고 서 있었다.

“자네가 왔다는 소식을 내 이제야 들었지 뭔가.”

법황이 아리스타를 보며 반갑게 인사했다.

“한데, 이쪽 아가씨는?”

베로니카는 본능적으로 법황이 이 방에 들어온 목적이 자신에게 있음을 알아차렸다.

그녀의 눈치가 빠르기 때문이 아니다. 베로니카를 바라보는 법황의 시선이 노골적이었기 때문이다.

아리스타와 이레인이 금세 그녀 앞을 가로막고 섰다. 베로니카는 평소처럼 아무런 표정 없는 얼굴로 덤덤히 자리에 앉아 있었다.

그녀가 고수하는 예법대로라면, 그녀가 먼저 법황에게 인사를 건네야 하는 것이 맞다. 하지만 아리스타와 이레인의 반응을 보아 굳이 그녀가 나서서 법황에게 인사를 올릴 필요는 없어 보였다.

“법황 성하께서 이 누추한 곳까지 오시다니요.”

이레인이 잔뜩 신경이 곤두선 얼굴로 말했다. 베로니카는 그녀가 상당히 긴장하고 있다는 사실을 알았다. 법황을 대하는 이레인의 태도가 전에 없이 딱딱하게 굳어 있었기 때문이다. 평소 새침하고 천진하던 소녀는 없었다. 법황을 바라보는 이레인의 시선에는 감출 수 없을 정도로 깊은 증오가 서려 있었다.

그리고 그제야 베로니카는 그녀의 동생 루제를 마녀로 몰아 화형을 집행했던 것이 법황이라는 사실을 떠올렸다.

아리스타가 말하길, 현재 법황의 입지는 점점 좁아지고 있단다. 그의 독재적인 정치가 폭군과도 다를 바가 없었기 때문이다. 거기다 마물의 습격까지 빈번하게 일어나니 에라드는 현재 폭풍전야와도 같더란다.

"흠, 나는 신경 쓰지 말게. 그보다 그쪽 아가씨는……."

"부르셨다면 제가 직접 찾아뵈었을 텐데 송구스럽습니다, 성하."

베로니카를 향한 법황의 질문이 이레인과 아리스타 순으로 가로막혔다. 그러자 법황은 마땅치 않은 얼굴로 인상을 찌푸렸다.

"크흠… 그럴 것 없네. 내가 이리 직접 찾아오면 되는 걸 가지고 뭘 그러나. 그보다 거기……."

"말씀 중에 죄송합니다, 성하. 저희가 중요한 볼일이 있어 급히 떠나야 할 것 같습니다."

아리스타가 법황의 말을 단칼에 잘라냈다. 예법에 한참 어긋나는 무례한 행동이었지만, 그는 눈 하나 깜짝하지 않았다.

법황은 결국 베로니카에게 말 한번 걸어보지 못해 분통을 터트렸다. 하지만 이미 아리스타는 이레인과 법황에게 인사를 건네고 베로니카의 휠체어를 밀어 밖으로 나왔다.

베로니카는 법황에게 이렇게까지 무례할 수 있는 것이 오직 아리스타뿐일 것이라는 생각이 들었다.

뒤에서 이레인과 법황이 무어라 말을 더 주고받는 것 같았으나, 그녀는 아리스타에게 이끌려 한참을 멀어진 뒤였다.

"위험한 사람이야. 엮여서 좋을 것 없어."

방에서 한참을 멀어지고 성전의 입구쯤 왔을 때 아리스타가 말했다. 바로 뒤에서 소피아와 템베른, 휴버트가 얌전히 따라왔고 디아보루스는 또다시 사라지고 없었다.

"그래……. 내가 보기에도 그리 좋은 사람 같지는 않았어."

베로니카는 과거 로웰을 대하던 법황을 태도를 떠올리며 눈살을 찌푸렸다. 그녀는 어린 로웰을 냉담한 무관심으로 대하던 법황을 기억하고 있었다. 로웰에게마저 그런 태도를 보이던 사람이 이레인에게라고 달랐을까.

베로니카는 이레인의 동생을 마녀로 몰아 화형을 시켰다는 대목에서 이미 법황의 인간성을 의심했다.

이레인은 성녀라는 이름 아래 온갖 대우를 받고 자란 소녀라 다소 이기적이고 철이 없었다. 하지만 철이 없다는 것과 인간성이 나쁘다는 것은 다르다고 베로니카는 생각했다.

그녀는 직감으로 법황이 제 자리에 어울리는 썩 훌륭한 인사가 아니라고 생각했다. 어쩐지 느낌이 좋지 않다. 법황이 음모라도 벌일 것 같은 기분이었다.

베로니카는 사람을 쉽게 믿는 편이 아니다. 게다가 그 증상은 그녀가 독을 마시고 죽고 난 뒤 더 심해졌다.

그래서 어느 한 사람에게라도 좋지 않게 평가되는 부분이 있는 사람이라면, 그녀는 일단 경계부터 하고 보았다. 그녀 눈에 법황이란 사람이 그러했다.

"몸은 괜찮으십니까?"

베로니카가 잠시 이마를 매만지자, 휴버트가 걱정스러운 얼굴로 다가와 물었다.

형식적인 물음 따위가 아니다. 휴버트는 늘 그녀를 진심으로 걱정했다. 늘 말없이 그녀를 보필해 주는 든든한 지원자가 아닌가. 그 모습이 어딘지 모르게 보기 좋아 베로니카는 입가에 미소를 그렸다.

"괜찮아요."

"괜찮지 않아 보이십니다. 늘 두통에 시달리지 않으셨습니까."

그의 물음에 아리스타가 재빨리 그녀의 이마 위에 손을 얹었다.

"정말 괜찮아?"

또다시 그녀의 건강 문제로 걱정이 번지기 시작하자 그녀는 눈살을 찌푸렸다.

조금의 걱정은 가슴이 뭉클할 만큼 고마웠지만, 과한 관심은 그녀가 좋아하는 종류의 것이 아니었다.

"괜찮다니까? 두통도 요즘엔 심하지 않아."

베로니카는 그렇게 중얼거리며 잠시 생각에 잠겼다. 그녀가 늘 달고 살던 만성 두통은 그녀가 이 세계의 영혼이 아니란 것을 증명하는 신호 같은 것이었다.

정령들의 말에 따르면, 그녀가 이 세계에 어울리는 영혼이 아니기에 마물들의 표적이 되고, 건강도 좋지 않다고 했다.

그런데 요즘 들어 마물들의 공격 빈도도 낮아진데다가, 두통도 예전만큼은 아니었다.

베로니카는 그 이유가 오색 돌을 찾아 '잠들어 있는 세계'의 일을 모두 마무리하고 돌아온 탓일지도 모른다고 생각했다. 이런 식으로 하나둘 그녀에게 주어진 문제를 해결하면 된다.

그녀는 희망의 빛이 보이는 것 같다고 생각했다. 그녀가 이 세계에 천천히 적응하고 있는 것을 보여주는 것이라는 생각이 들었다.

"리하르까지는 마차를 타고 갈 거야."

아리스타는 소피아와 휴버트가 끌고 오는 마차를 보며 말했다. 베로니카는 아리스타에게 다시금 안겨 마차 안에 안전하게 탑승했다.

그녀 옆에 이제는 자연스럽게 아리스타가 앉았고, 맞은편에는 템베른이 앉았다.

리하르는 에라드의 북쪽에 있는 영지였고, 리하르의 북단 지점에 망자의 강이 있었다.

"베로니카 님."

성전을 벗어나 한참 에라드 북쪽을 향해 움직이던 와중에 마차가 멈추었다. 소피아의 부름에 베로니카가 의아한 얼굴로 고개를 갸웃거리자, 아리스타가 나가려는 그녀를 막아섰다.

"무슨 일인가."

"검문소에서 마차 안을 확인하고자 합니다."

"거 뭘 그리 꾸물거리나!"

소피아의 말 뒤로 재촉하는 병사의 외침이 들려왔다.

"수배 중인 여성이 있다는데, 초상화를 보아하니 베로니카 님과 흡사합니다."

이어서 들려오는 휴버트의 말에 베로니카와 아리스타 모두 당황했다.

베로니카는 직감적으로 조금 전 자신이 느꼈던 불길한 예감이 현실로 들이닥쳤다고 느꼈다.

"그게 무슨 소리지?"

아리스타가 인상을 구기고 대꾸했다. 하지만 그 이전에 병사들이 몰려오는 소리와 함께 예의 없이 마차 문이 강제로 열렸다.

"여기 있다! 잡아라!"

마차 안에 앉아 있는 베로니카를 확인한 병사가 큰 소리로 외쳤고, 그들이 베로니카에게로 손을 뻗었지만, 아리스타와 템베른에게 가로막혀 실제로 그녀를 끌어내리는 것은 불가능했다.

그 사이 베로니카는 재빨리 상황을 판단하고 위니를 불러냈다. 그들은 시간이 많지 않았다. 지금 나서서 수배에 관한 오해를 풀기보단 신탁을 해결하는 것이 더 급한 문제다.

"부탁해, 위니."

그녀의 부름에 등장한 위니가 바람을 움직여 근처 병사들을 가뿐히 날렸다. 그리고 베로니카는 급히 마차 문을 닫았다.

"휴버트, 출발해요. 그리고 위니는 검문소 앞의 병사를 모두 치워주겠니?"

베로니카가 손수건을 꺼내 손을 닦으며 말했다. 그와 동시에 마차가 출발했고, 여기저기 커다란 굉음과 비명이 한데 어우러져 밖은 이미 아수라장이 된 모양이었다.

"가끔 보면 말이지, 너도 그렇고 저 금발도 그렇고, 로웰 녀석도 그렇고, 인간들이 더 악마 같을 때가 있다니까."

언제 나타난 건지 템베른의 옆에 다리를 꼬고 앉은 디아보루스가 감탄했다.

“…시끄러워.”

베로니카가 냉랭한 얼굴로 디아보루스를 흘겨보았다. 그녀는 창의 커튼을 걷어 아수라장이 되어버린 검문소를 보았다.

그들은 위니의 도움으로 무사히 검문소 밖을 빠져나올 수 있었다.

“추격자가 붙겠는걸.”

디아보루스의 말에 템베른이 고개를 끄덕였다.

“리하르도 검문이 심하지 않겠습니까.”

그의 물음에 그녀가 잠시 생각하는가 싶더니 고개를 돌렸다. 그녀의 침묵을 따라 모두 각자 생각에 잠겼고, 마차는 무리없이 리하르로 향했다.

달그락달그락.

한참을 말없이 마차가 이동하던 때였다. 돌연 가만히 창밖을 내다보던 베로니카가 말을 몰고 있는 휴버트를 불렀다.

“리하르로 가지 말고 아만 로프 쪽으로 돌아가는 것이 좋겠다.”

그녀의 말에 모두가 의아한 얼굴로 그녀를 돌아보았다.

“아만 로프면, 서쪽 지방 아니야? 지금 축복의 산으로 가는 게 시급하지 않아?”

아리스타의 물음에 그녀는 잠시 생각에 잠긴 얼굴로 말이 없었다. 그리고는 턱을 쓰다듬으며 아리스타를 돌아보았다.

"지금 나를 쫓고 있는 것이 법황이 확실하다면, 리하르로 들어가기가 쉽진 않을 거야. 망자의 강은 작은 강이 아니야. 리하르만을 끼고 흐르는 강이 아니란 거지."

"그건 나도 안다. 아만 로프뿐 아니라 그 외 여러 지역에서도 망자의 강이 흐르지. 하지만 강이 워낙 크기 때문에 리하르에 있는 배편 이용하지 않고서는 건너기가 어려운 것이 사실이지 않나."

아리스타의 푸른 눈이 조심히 그녀를 살폈다. 베로니카는 얌전히 앉아 그런 그를 보고는 고개를 끄덕였다.

"책에서 본 적 있는데, 아만 로프는 엔프라의 신자가 대부분이라고 들었어. 엔프라에 대한 성서가 처음 발견된 것도 아만 로프고, 여러모로 그 지역이 엔프라의 색을 만들어 내서 '엔프라의 고향'이라는 이름이 있잖아."

"그래서?"

아리스타는 그녀의 말을 이해하지 못하고 되물었다.

"축복의 산이라는 이름과 망자의 강이라는 이름을 처음 붙인 것은 리하르나 에라드가 아니야. 아만 로프 사람들이 처음 붙인 이름이지."

베로니카의 이어지는 설명에도 아리스타는 도무지 그녀가 하는 말을 알아듣지 못하고 고개를 갸웃거렸다.

"지금은 완전히 리하르와 에라드가 관리하고 있는 성지라고 해도, 망자의 강이나 축복의 산에 관해서는 그보다 아만 로프 사람들이 훨씬 많은 것을 알고 있을 거란 거지."

아만 로프 지역을 한 번도 가본 적은 없지만, 귀족들이라면 응당 배워야 하는 세계사, 역사학 시간에 배운 적이 있었다.

특히 그녀를 지도했던 스승이 신성국과 관련하여 지식이 해박했고, 또 흥미로워했기 때문에 베로니카는 어렴풋이 그 내용을 기억하고 있었다.

"아만 로프에 타라크라는 사람이 있어. 그분이 내 어릴 적 역사학을 지도해 주신 스승님의 스승님이야. 법황이 왜 나를 쫓는지는 모르겠지만, 그분에게 가면 아마 해결책이 보일지도 모르겠어."

베로니카는 자신의 스승이었던 트라비 부인을 떠올리며 말했다. 그녀는 트라비 부인이 스치듯 언급했던 존경한다던 스승 타라크를 떠올렸다.

열악한 환경 속에 그들이 할 수 있는 일은 많지 않다. 다리를 꼬고 앉아 가만히 턱을 괴고 그녀를 바라보던 아리스타가 한숨과 함께 고개를 끄덕였다.

"그래, 일단 타라크를 만나야겠군, 져스틴 경! 아만 로프로 방향을 돌리게!"

"알겠습니다."

마차가 급히 방향을 틀었다.

아리스타는 여전히 턱을 괸 채 베로니카의 얼굴을 보았다.

속을 알 수 없는 눈빛이어서 베로니카가 미간을 찡그리고는 그를 보았다.

"왜 그러니?"

그녀 물음에 그가 옅게 웃음을 터뜨렸다.

"그냥… 네가 많이 변해서 말이야."

그 누구보다 베로니카 자신이 더 뚜렷하게 느끼는 변화다. 그녀는 특별히 대답하지 않았다.

그 역시 그녀에게서 어떠한 대답을 바란 것은 아니었던 모양인지, 그저 어깨를 으쓱이고는 자세를 바로 했다.

베로니카는 신탁에 목숨 줄이 묶여있다고는 하나 축복받은 사람이다. 누구든 그녀를 원하고, 누구에게나 사랑받는다. 아리스타는 탐욕에 젖은 눈으로 그녀를 바라보던 법황의 시선을 떠올렸다.

"법황이 네게 뭘 원하는지 알 것 같군."

문득 그녀를 따라 창밖을 내다보던 아리스타가 입을 열었다.

"무슨 소리야?"

"걱정 마."

그녀의 물음에 그는 고개를 살짝 기울여 그녀를 보았다. 그의 시선이 천천히 그녀의 얼굴을 훑어 내리더니 손을 뻗어 그녀의 머리칼을 조심히 쓸어 넘겼다.

"너를 그 탐욕스러운 노인에게 빼앗길 일은 없을 거다."

아리스타의 말뜻을 이해하지 못해 베로니카는 당혹스러운 표정이었다.

하지만 아리스타는 이대로 그녀가 아무것도 하지 않은 채, 가만히 있어만 주었다면 좋겠다고 생각했다.

베로니카가 로웰도 누구도 아닌 자신만을 의지하길 바란다.

하지만 그건 그의 바람일 뿐이겠지. 그가 문득 조소를 터뜨리자, 그녀가 고개를 갸웃거렸다. 그 모습이 사랑스러워 아리스타는 웃음을 감추지 않으며 그녀를 보았다.

디아보루스가 마땅치 않은 얼굴로 그와 베로니카의 묘한 분위기를 살폈다.

템베른은 아무것도 보지 못한 것처럼 그를 신경 쓰지 않았고, 아리스타 역시 특별하게 그들을 신경 써서 행동하지 않았다.

베로니카는 그 점이 못내 불편했던 모양인지 결국 시선을 돌렸다.

"내가 그 시험이란 것을 치르면 마물이 모두 사라지는 거니?"

창밖에 시선을 고정한 채 베로니카가 물었다. 흐트러짐 없는 모습과 우아한 말투는 귀족 여성의 표본과도 같았다.

그런 그녀가 필연적인 여정을 시작하면서부터 자신의 외모와 몸가짐에 그다지 신경을 기울이지 않는 모습은 어쩐지 색달랐다.

디아보루스는 자신의 턱을 매만지며 그녀의 물음에 눈썹을 치켜떴다.

"글쎄, 사라지진 않을 거다. 그 수가 줄어들기야 하겠지만, 인간들은 새로이 탄생한 그 모든 것들과 공존해야 할 거다."

그의 대답이 마음에 들지 않았는지, 그녀가 기어코 고개를 돌리고 그를 보았다.

"없어진다 하지 않았니?"

"그런 말 한 적 없다. 그저 네가 온전히 이 세계와 동화가 된다면 마물이 줄어들 것이라는 뜻이었지."

아리스타는 팔짱을 끼고 맞은편에 앉은 디아보루스를 보았다. 애초 '디아보루스'라는 이름 역시 베로니카가 지어준 이름이라 했다.

디아보루스는 불의를 보고도 아무런 자책 없이 지나칠 수 있는, 남의 일에 관심 하나 없는 악마다.

그런 그가 베로니카에게만은 끊임없이 신경을 쓰고, 무심한 척 관심을 표한다.

아리스타가 보기엔 베로니카를 죽이려 했던 이라 썩 내키지 않았지만, 지금으로써는 그가 보탬이 되는 점이 있으니 할 말이 없었다.

"베로니카."

마차에 머리를 기대고 있던 아리스타가 그녀의 어깨에 손을 올렸다.

"리비엘라에 도착하면……."

베로니카의 에메랄드 빛 눈동자가 아리스타의 새파란 눈동자와 맞부딪쳤다.

"내가 했던 고백, 조금은 진지하게 생각해 봤으면 좋겠다."

지금껏 그녀에게 이처럼 저돌적이었던 이가 없었다. 때문에 그녀는 당혹스러운 표정을 감추지 못하고 그를 보았다.

그녀의 눈동자가 살며시 떨리는 것을 알았는지, 아리스타가 옅게 웃음을 터뜨렸다.

"리비엘라에 도착하면 말이다. 벌써 그렇게 진지해질 필요는 없어. 대답을 바란 것이 아니다. 그저 생각만 해줘. 그것으로 충분해."

베로니카는 차마 대답하지 못하고 시선을 피했다. 그 와중에 그녀의 머릿속을 스친 로웰 때문이었다.

아리스타는 눈치가 빠른 편이다. 그녀는 동요를 보이고 싶지 않았지만, 아리스타는 그녀의 혼란이 로웰에게서부터 비롯되었다는 사실을 알았다.

"후회란 것 말이다."

한참을 입술을 달싹이며 망설이던 아리스타가 다시금 입을 열었다. 베로니카가 천천히 고개를 들어 일그러진 얼굴의 아리스타를 보았다.

"내가 이리 뼈저리게 실감하게 될 줄은 몰랐다."

그가 가슴속에서부터 우러나오는 짙은 한숨을 내쉬었다. 베로니카는 여전히 입을 열지 않았다.

그들의 분위기가 마음에 안 들었던 탓인지, 디아보루스는 짜증스러운 표정으로 이미 사라지고 없었다.

템베른만이 여전히 듣지도 듣지 못한 척, 눈을 감고 있었을 뿐이었다.

"후회하지 마."

베로니카는 안타까운 얼굴로 그를 보며 말했다.

"네가 후회하면 내가 뭐가 되니. 네가 후회한다고 내 고통이 덜어지는 것은 아니야."

그녀 말에 아리스타가 기어코 고개를 숙였다.

"내가 일찍이 너를 알았다면, 지금 네 머릿속에 로웰이 아닌 내가 있었을지도 모르지."

그의 말에 그녀는 고개를 저었다.

"글쎄, 그건 모르지. 하지만 아스, 지나간 시간은 돌아오지 않아."

베로니카는 더 이상 아리스타에게 미움과 증오에 관련된 감정은 없었다. 하지만 안타깝게도 그렇다고 그것이 '사랑'이 되는 것은 아니다.

"아만 로프입니다."

그들 사이에 흐르는 어색한 기류를 깨고 휴버트의 목소리가 들려왔다.

＊　　＊　　＊

"분명 여기에 타라크가 있다고 하지 않았어?"

아리스타의 물음에 베로니카는 난감한 표정으로 빈집을 둘러보았다. 휠체어를 움직여 빈집을 둘러보는 그녀는 말이 없었다. 아리스타는 양손을 허리에 얹고 피곤함에 젖은 한숨을 내쉬었다.

어차피 리하르로 향했어도, 법황의 수배령 때문에 근처에 다가가지도 못했을 터였다. 아리스타는 법황이 무엇 때문에 베로니카를 찾는 것인지 짐작할 수 있었다.

'신탁의 아이' 때문일 것이 분명했다. 보통의 방법으로 그녀의 발걸음을 제지할 수 없다는 것을 알기에 수배를 내려 강제로 그녀를 붙잡아둘 속셈이다.

'신탁의 아이' 라는 명목을 내세워 자신의 입지를 더욱 굳건히 다지려는 것이 분명했다.

아리스타의 매서운 벽안이 집 안을 살피는 베로니카의 옆모습에 꽂혔다. 그는 기다란 손가락으로 턱을 쓰다듬으며 그 모습을 가만히 바라보다가, 문득 조소를 터뜨렸다.

성인식을 앞둔 어느 날이었다. 그를 붙잡아두고 그의 아버지가 당부한 말이 있었다.

'신성국이 앞으로 크게 발전할 것이다. 법황과 안면을 트는 것은 내 자리를 만들어줄 것이다. 허나 그와 친분을 쌓는 것은 네 스스로 해결해야 할 문제다. 나는 그에 관여하지 않을 것이니.'

단지 세상에 마물이란 존재가 드러나고, 그 기세가 나날이 강력해지고 있다는 사실로 그를 판단하고 결정 내린 캐드릭 공작이 그에게 했던 말이다.

하지만 아버지의 말은 반은 틀리고, 반은 맞다. 신성국이 앞으로 크게 발전한다는 것에는 그도 동의한다. 하지만 그때까지 지금의 법황이 멀쩡히 그 자리를 유지할 수는 없을 것이다.

"혹시 타라크라는 인간이, 엔프로의 명맥을 이어온 '엔프로의 후계' 입니까."

난감한 얼굴로 서 있는 베로니카에게 템베른이 물었다. 베로니카는 의아한 얼굴로 그를 바라보다가 잠시 기억을 더듬었다.

"글쎄요……. 음……."

그녀는 천천히 과거를 되짚어 스승과 했던 대화들을 떠올리는가 싶었지만, 곧 고개를 저었다.

"그런 세세한 것까지는 기억나지 않네요."

그녀 대답에 템베른이 고개를 끄덕였고, 다시 분위기는 침체하였다.

"타라크라는 사람도 엔프로의 사제인가?"

아리스타의 물음에 그녀가 고개를 끄덕였다.

"아만 로프는 대부분이 엔프로의 사제들이고, 타라크 역시 엔프로의 사제라고 들었어. 그리고 사제들 중에서도 엔프로에 대한 역사를 가장 많이 알고 있는 아만 로프의 장로이기도 하다고 했는데……."

"장로의 행방이라면, 아만 로프의 성주에게 묻는 것이 좋겠군."

아리스타의 말에 그녀가 고개를 들고 그제야 그의 얼굴을 보았다.

"아만 로프의 성주?"

"신성국이 사제들로 구성된 나라라 하여도 엄연히 영지가 있고, 그 영지의 주인들도 있지. 아만 로프는 12신 주교 중, 성 베네토라 주교 관리하에 있는 영지지. 아마 아만 로프의 서쪽에 베네토라 주교의 성전이 있을 거다."

베로니카는 생각보다 신성국에 대한 지식이 빠삭한 아리스타에게 놀랐다. 하지만 그는 그것이 당연하다는 듯이 까칠하게 수염이 난 턱을 쓰다듬으며 생각에 잠겨 있었다.

"베네토라 주교라면, 전에 법황과 12신 주교들의 만찬에서 본 적이 있다."

베로니카는 잠시 걸음을 멈추고 다시 그를 돌아보았다.

"법황과 12신 주교들의 만찬이라면, 멜자의 의식 아니니?"

멜자의 의식은 법황과 12신 주교들이 멜자의 날(하늘의 여러 신 중 축복의 신 멜자가 이 땅에 강림했던 날)을 기리며, 정기적으로 정책회의를 겸해 여는 만찬이었다.

그 만찬에는 법황과 12신 주교들뿐만 아니라, 각국의 주요 인사와 사자들이 모여 외교를 논했는데 그 자리에 참석할 수 있는 것은 정계에서 크게 영향력 있는 자들 만이다.

아직 공(公)의 자리에 오르지도 않은 아리스타가 낄 만한 자리가 아니었다.

"맞아. 법황의 초대로 멜자의 의식에 참석한 적이 있었지."

베로니카는 놀란 마음을 감추지 않고 터뜨렸다.

"정말이니? 네가?"

그녀 물음에 그가 웃음을 터뜨렸다.

"베로니카, 날 너무 과소평가하는군. 나는 반 캐드릭이다. 그런 일이 가능하지 않을 일도 없지."

그의 말에 베로니카는 긍정도 부정도 없었다.

분명 리비엘라의 캐드릭 가는 다른 제국에서도 무시할 수 없는 가문이었지만, 캐드릭 공작이면 몰라도 그 후계가 멜자의 만찬에 참석할 정도는 아니었다.

그러니까 다시 말해 멜자의 만찬에 참석한 것은 순전히 아리스타 개인의 능력이라는 뜻이었다.

"그래……. 일단 베네토라 주교의 성으로 가자."

그녀 말에 그가 기분 좋은 얼굴로 고개를 끄덕이며 휠체어를 밀어주었다.

그의 말 없는 배려에 베로니카는 웃음을 터뜨렸다. 그리고 그 모습을 휴버트와 소피아는 미소를 지으며 바라보았고, 템베른은 말없이 그 뒤를 따랐다.

그들이 모두 마차에 오르고 마차가 곧 출발했다. 한참 동안 마차 안에는 조용한 침묵이 감돌았다. 무던히 고단한 나날이다. 쉼 없이 빡빡한 일정이 계속되니 모두 지쳐있었다.

베로니카는 의미 없이 창밖을 보았다. 주위가 조용하니 자연스럽게 상념이 머릿속을 어지럽게 돌아다녔다.

"미란다를 만났을 때, 어땠니?"

조용히 있던 베로니카가 문득 입을 열었다. 하지만 그녀의 입술을 비집고 나온 질문은 뜻밖이다. 창틀에 턱을 괴고 있던 아리스타가 의아한 얼굴로 그녀를 보았다.

그는 기억을 더듬는 듯이 미간을 찌푸리고는 다시 그녀를 보았다.

"특별할 것 없었다. 나도 황녀 전하도 말이지."

그 말에 베로니카는 의아한 기색을 표했다.

"미란다도 말이니?"

"그래. 오로지 네 손수건에만 관심을 두더군. 단순히 철이 없는 황녀인 줄 알았다만, 네 손수건을 달라며 내게 당당히 요구할 땐 어찌나 기가 차던지."

아리스타는 그 기억을 떠올리는 것만으로도 불쾌하다는

얼굴이었다. 그의 반응이 그녀가 예상했던 것과 다르다. 베로니카는 믿기 어렵다는 얼굴로 아리스타를 보았다.

“내 손수건?”

그녀의 물음에 아리스타는 다시금 불쾌했던 기억을 떠올리듯 말이 없었다. 그러더니 그는 시선을 피하고는 질문에 대답하지 않았다.

“아리스타.”

베로니카가 타이르는 어투로 그의 이름을 불렀다. 하지만 그럼에도 아리스타는 굳게 다문 입술을 열지 않았다.

“좋아. 말하고 싶지 않으면 하지 마.”

베로니카가 어쩔 수 없다는 듯이 대답했다. 그리고는 다시금 그를 보며 일침을 놓았다.

“대신에 나도 앞으로 너하고 말 섞지 않겠어.”

그녀 대답에 가만히 고개를 숙이고 있던 템베른이 고개를 들었다. 소피아와 휴버트도 마차 안에 있었다면 분명 놀라 그녀를 보았으리라.

베로니카가 투정을 부리며 토라지는 모습은 처음인만큼 신선하기도 했다.

아리스타가 당황한 기색을 얼굴 위로 역력히 표하며 고개를 돌려 그녀를 보았다.

“뭐?”

베로니카는 새침한 얼굴로 턱을 치켜들고 그를 보았다.

"나랑 말하기 싫다는 거 아니야? 그러니까 나도 이제 너하고 말하지 않겠어."

"그 말이 아니잖아!"

아리스타가 짜증스러운 얼굴로 자신의 머리카락을 헤집으며 외쳤다.

"됐어, 말하기 싫으면 관둬."

그녀가 고개를 돌리자, 아리스타가 재빨리 그녀의 어깨를 붙잡아 돌렸다.

"기사 서임식이 있기 며칠 전이었어."

아리스타가 다급하게 입을 열자, 베로니카의 입술 위로 옅은 호선이 그려졌다. 템베른은 당혹스러움을 감추지 않고 그녀를 보았다.

아리스타는 그녀의 미소를 보지 못한 모양이었다.

그는 찬찬히 생각에 잠기는가 싶더니, 과거의 일을 떠올리며 그녀에게 그때의 일을 전했다.

*　　　*　　　*

얼마 남지 않은 기사 서임식 때문에 황실 기사단에서 특별 훈련이 있었다. 아리스타는 그로 황실을 찾았다. 또한 오랜만에 황실 아카데미에도 들러 스승님도 만나볼 생각이었다.

"봤어?"

"베로니카 클라라 말이지?"

사내들이 삼삼오오 모여들어 떠들썩하게 대화를 주고받는 소리가 들려왔다. 아카데미 근처였기에 아카데미 학도들이 분명할 것이다.

아리스타는 확신했다. 하지만 문제는 그것이 아니라 그 안에 섞인 대화 내용이었다.

아리스타는 걸음을 멈추고 몸을 돌려, 모여 있는 남자들을 바라보았다.

몰래 엿듣는 무례를 저지를 필요도 없이, 그들의 목소리는 제법 커다랬다.

"진짜 걸작이더라."

"어린 게 아주 색기가 대단하던데?"

그들의 입에서 오가는 저급한 대화에 아리스타의 얼굴이 험악하게 일그러졌다.

아리스타의 뒤에 서 있던 시종이 불안한 얼굴로 그들을 힐끔거렸지만, 수군거리며 베로니카에 관한 이야기를 늘어놓는 그들은 아리스타의 존재에 대해 알아차리지 못했다.

"이게 뭔지 알아? 베로니카 클라라의 손수건이지!"

그중 사내 하나가 레이스가 달린 실크 손수건을 꺼내어 흔들어 보였다. 으스대는 그의 모습에 사내들의 시선이 그가 든 손수건으로 꽂혔다. 아리스타의 얼굴이 불쾌감으로 일그러졌다.

그는 그들이 베로니카의 손수건으로 어떤 저급한 행동을 할지 어렵지 않게 짐작할 수 있었다.

주먹에 저도 모르게 힘이 들어가 손 마디마디가 새하얗게 변했다.

"맙소사, 로든! 어디서 구한 거야?"

"그건 비밀이지. 어때? 어떤 향이 날지 궁금하지 않아?"

더 이상 구역질 나도록 불쾌한 대화를 계속하게 놔둘 수 없었다. 감히 저런 천박한 자들이 함부로 입에 올릴 만한 여자가 아니었다, 베로니카는!

입을 한일자로 굳게 다물며 아리스타는 긴 다리를 자랑하듯 성큼성큼 걸음을 옮겼다.

"거기서 그만……."

그가 말을 막 꺼낼 때였다.

"그만하시죠?"

흥분한 상태라 누군가 가까이 다가오는 기척을 미처 느끼지 못했다.

자신의 가슴팍에나 미칠까한 화사한 소녀가 얼굴을 잔뜩 일그러뜨리며 사내 무리를 노려보고 있었다.

아리스타는 그녀를 만난 적이 없었지만, 오랫동안 익힌 황실 가계도 덕에 한눈에 그녀를 알아볼 수 있었다.

만인의 사랑을 받으며 자란 소녀, 미란다 클린튼 반 리비엘라. 리비엘라 제국의 황녀였다.

“뭐, 뭐요?”

사내들 사이로 당황스러운 시선이 오갔다. 마지막으로 말을 꺼냈던 남자는 기름을 듬뿍 발라 숱 많은 더벅머리를 정돈한 사내였다.

그는 턱선이 날카롭고 얼굴에 유난히 살이 없었는데 그것이 그를 더 얍삽하고 얌체처럼 보이게 만들었다.

그가 입은 교복은 깔끔했지만, 그 외에 주위를 에워싼 사내들의 품행은 바르지 않은 상태였다.

미란다는 차례로 그들을 훑어보며 눈살을 찌푸렸다. 본래의 그녀였다면, 거들떠도 보지 않을 부류의 사람들이었다.

“이곳은 아카데미이기 전에 황실 내부에 속해 있는 장소입니다.”

미란다가 눈을 부릅뜨고 그들을 차례로 노려보았다. 하지만 동글동글하고 귀여운 인상이라 그저 앙칼진 소녀를 연상시킬 뿐, 위협적으로 보이진 않았다.

그것에 사내들이 서로의 얼굴을 바라보더니 웃음을 터뜨렸다.

“아~ 그러십니까?”

머리에 기름을 잔뜩 바른 얍삽한 인상의 사내가 빈정거리는 투로 맞장구를 쳤다.

비웃음 역력한 말투에 미란다는 피가 머리로 역류하는 느낌을 받았다. 그들을 향해 고함이라도 치고 싶었지만, 그녀는 애써 화를 억눌렀다.

"그대들이 가지고 있는 손수건, 제게 주시겠습니까."

미란다가 그들을 향해 작고 고운 손을 내밀었다.

그녀의 요구에 그들은 서로의 얼굴을 바라보며 어깨를 으쓱였을 뿐, 그녀에게 손수건을 내어줄 생각은 없어 보였다.

"이 손수건은 제가 주운 것입니다. 레이디의 물건이 아니지 않습니까?"

그중 조금 살이 적당히 오른 토실토실한 몸매를 가진 사내가 앞으로 나와 웃으며 말했다. 여유롭게 말을 굴리는 투가 미란다를 적당히 상대하고 있는 태도를 역력히 그대로 보여 주었다.

감히! 모욕감에 분노가 치솟았지만, 미란다는 황녀의 덕목을 생각하며 화를 감추었다. 그리고 다시 입가에 부드럽고 선한 미소를 그리며 그들에게 한 걸음 더 다가갔다.

"제 물건은 아니지만, 그대들의 대화 중 베로니카 클라라의 것이라는 이야기를 들었습니다."

미란다의 말에 사내들이 당황한 얼굴로 서로의 얼굴을 바라보며 소곤거리기 시작했다.

대화 상대를 앞에 두고 저들끼리 속삭이는 저속한 예의에 미란다는 역시나 하는 표정으로 그들을 훑어보았다.

그녀의 얼굴에 깔린 경멸 어린 빛이 은근하게 겉으로 드러난 모양인지 그녀의 표정을 힐끔 바라본 사내들이 불쾌감 어린 얼굴로 그녀를 노려보았다.

"저희 대화를 엿들으셨군요, 레이디. 그런 건 저급한 평민들이나 하는 예의 없는 행동입니다."

처음 말을 꺼냈던 얍삽한 인상의 사내가 비꼬는 투로 말했다. 도리어 추궁을 당하는 모양새에 미란다는 적잖이 당황한 얼굴로 말을 멈추었다.

그에 승세를 잡았다고 생각한 모양인지, 사내들의 눈빛이 차츰 달라지기 시작했다. 그들의 불쾌한 시선에 미란다가 주춤주춤 뒤로 물러날 때쯤이었다.

"이 손수건을 가지고 싶으신 겁니까?"

손수건을 가지고 있는 사내는 그중 가장 평범한 인상의 남자였다.

하지만 미란다를 바라보며 손수건을 흔드는 모습은 비열하기 짝이 없어 미란다는 그를 향한 경멸을 감출 수 없었다.

"손수건이 필요하시다면 제게 와서 가져가 보시지요?"

"와하하하."

사내들이 서로의 얼굴을 바라보며 크게 웃음을 터뜨렸다. 그에 미란다는 참을 수 없는 모욕감에 얼굴을 붉게 물들이고는 그들을 강렬히 노려보았다.

하지만 그들은 미란다의 반응을 그저 귀여운 반항 정도로 치부하며 저들끼리 농담 따먹기 식의 대화를 주고받기 시작했다.

"과연 가져갈 수 있을까?"

"글쎄."

"내기할래?"

미란다는 주먹을 강하게 말아 쥐며 몸을 부들부들 떨었다.

감히! 감히……!

"거기서 그만하지."

아리스타의 낮게 깔린 목소리가 음산한 빛을 띠고 울려 퍼졌다. 그에 화들짝 놀란 사내들이 미란다가 서 있는 반대편에서 나오는 아리스타에게로 시선을 던졌다.

처음에 그들은 아리스타를 알아보지 못하고 불쾌감 어린 얼굴로 시비를 걸듯 몸을 돌리다가, 황실 아카데미에서 유명했던 아리스타를 알아보고 허겁지겁 베로니카의 손수건을 감췄다.

하지만 이미 아리스타의 눈동자에선 불꽃이 타올라 가라앉을 줄 몰랐다.

미란다는 그런 그를 놀란 토끼처럼 눈을 동그랗게 뜨고 보았다.

아리스타는 애써 화를 억누르며 그녀 앞에 다가갔다. 그리고 예법에 맞게 우아한 동작으로 허리를 숙이고 오른팔을 허공에 그리며 배 앞으로 가져와 인사했다.

"로알스의 가호가 언제나 당신께 머물기를. 처음 뵙겠습니다, 황녀 전하. 저는 캐드릭 공작가의 첫 번째 빛. 아리스타

리차드 반 캐드릭 이라고 합니다.”

아리스타의 인사에 미란다가 정신을 가다듬고 그의 인사에 호응하여 자신의 소개를 하자, 순식간에 복도 안에 적막이 내려앉았다.

아리스타가 다시 시선을 돌려 새하얗게 질린 얼굴로 호흡을 멈춘 사내들을 천천히 훑어보며 비웃음을 터뜨렸다.

그리고 그는 천천히 여유로운 동작으로 발을 움직이며 그들의 주위를 돌았다.

“그대들, 황실 아카데미의 학도인가?”

그의 물음에 “네! 맞습니다, 선배님!” 하는 우렁찬 대답이 울려 퍼졌다.

그들 중에 명문가문의 자제는 없었다. 그렇다고 영향력 있는 가문의 자제가 있는 것 또한 아니다. 그 사실이 아리스타의 화를 들끓게 하였다.

이제는 어중이떠중이까지 베로니카를 흠모하며 갈망한다. 그 불쾌한 사실에 아리스타는 참을 수 없는 분노를 느꼈다.

“그대들이 황녀 전하께 저지르는 무례는 잘 지켜보았다. 가히 황족 모독죄로 즉결 처분당할 만한 행동이더군.”

아리스타는 한적한 복도를 둘러보고는 이내 굳게 다문 입술을 하고 사내들을 노려보는 미란다를 힐끔 바라보았다.

미란다 황녀.

처음 보는 얼굴이지만, 별다른 감흥은 없어 그는 곧바로 시선을 돌렸다. 처음부터 강렬한 인상이었던 베로니카와는 너무나도 달라 돌아서면 기억나지 않을 만한 소녀였다.

아리스타는 또다시 다른 누군가와 베로니카를 비교하는 자신을 깨닫고 미간을 모았다. 사실 그는 자신을 밀어내는 베로니카에게 다가가는 것만도 바쁜 사람이다. 누군가를 신경 쓸 겨를이 있을 리가 없었다.

"죄, 죄송합니다!"

"무례를 요, 용서해 주십시오!"

사내들이 차례로 바닥에 엎어지는 것을 아리스타는 싸늘한 시선으로 바라보았다.

그건 미란다 역시 별반 다르지 않았는데, 그녀는 곧 아리스타의 시선이 제게 향하는 것을 느끼자 표정을 가다듬고는 자애로운 황녀의 모습을 취했다.

"그대들의 무례는 용서하도록 하겠습니다."

멍청한 처분이군. 베로니카라면 좀 더 확실하고 효과적인 처분을 내렸을 것이다.

아리스타는 자애로운 미소를 띠며 사내들의 죄를 사하는 성녀의 분위기를 풍기는 미란다를 바라보았다.

"대신, 베로니카 클라라의 손수건은 제게 주시지요."

그걸로 그들의 무례를 모두 용서하겠다? 그건 있을 수 없는 일이다!

아리스타는 멍청한 황녀의 처분에 눈앞에 불꽃이 튀기는

기분이었다. 그것으로 베로니카를 저급한 단어로 모욕하던 그들의 죄를 용서할 수는 없었다.

"소, 손수건 말입니까? 물론입니다! 로든, 뭐해! 전하께 어서 손수건 드리지 않고!"

그들이 서로의 눈치를 살피며 처음 손수건을 가지고 있던 통통하게 살이 오른 뚱보 남자를 채근했다.

친우들의 손에 떠밀려 나온 그는 어리둥절한 얼굴로 서 있었다. 그리고 아리스타의 강렬한 시선을 받고서야 화들짝 놀라 몸을 벌벌 떨며 고개를 숙였다.

그는 미란다에게 손수건을 건네면서도 손을 부들부들 떨었는데, 그 이유는 미란다에게 손수건을 건네는 그를 바라보는 아리스타의 눈빛이 적의로 강렬히 타올랐기 때문이었다.

아리스타는 평소에 부드럽고 인덕 많은, 완벽한 남자로서 모든 아카데미 후배들의 동경을 샀던 인물이었지만 지금의 아리스타는 그가 알던 이미지와는 달랐다.

인자하고 관대하기로 소문난 호쾌한 사내가 이리도 불꽃 같을 수 있다니, 그는 놀라움을 삼키는 동시에 두려움에 떨었다.

"황녀 전하."

아리스타의 서릿발 같은 찬 목소리가 내려앉았다.

베로니카의 손수건을 건네받고 환하게 밝아진 미란다의 토끼 같은 눈동자가 의아함으로 동그랗게 커졌다.

그녀의 행동 하나하나엔 사랑스러움이 묻어나왔고, 외모 역시 못난 것이 아니라 충분히 귀엽다 생각할 만했지만 아리스타는 일체 그녀에겐 관심 없다는 태도로 오로지 그녀의 손에 들린 손수건을 노려보았다.

"손수건은 제게 주십시오."

아리스타의 얼굴 위로 다시 인자한 가면이 덧씌워졌다. 하지만 그가 내뿜는 뜨겁다 못해 역하게 일렁이는 기운은 미란다가 감당할 만한 것이 아니었다.

미란다는 아리스타의 이질감에 눈살을 찌푸렸다.

분명 조금 전 미란다는 아리스타를 한눈에 보자마자 넋을 놓았다. 그 정도로 그는 아름다웠고, 박력 있었으며, 그녀를 묘하게 끌어당겼다. 보는 순간 그저 한눈에 반할 정도로 말이다.

하지만 그녀 손에 있는 손수건을 바라보며 순식간에 변해 버린 아리스타는 어딘가 이질적이었고, 무언가 껄끄러웠다.

미란다는 그의 살벌한 기운에 두려움을 삼키며 베로니카의 손수건을 손에 꼭 쥐었다.

"왜, 왜죠? 싫어요. 줄 수 없어요."

미란다는 베로니카의 손수건을 강하게 움켜쥐고 가슴께로 끌어당겨 몸을 움츠렸다.

"베로니카는 제 친우입니다. 그러니 손수건은 제가 전하겠습니다."

미란다를 향해 미소 짓는 아리스타의 모습은 충분히 예의 있고 부드러웠지만, 신사적이라고 할 수는 없었다.

미소 짓는 가면 뒤의 강압적인 압박감이 밀려오는 터라 미란다는 부들부들 떨면서도 손수건을 꼭 쥐었다.

"저 역시 베로니카와 친우입니다!"

미란다가 눈에 힘을 주고 아리스타의 시선을 마주했다.

그들의 미묘한 대립 구도를 감지한 주위 사람들은 눈치만 보며 숨을 죽였다.

"친우… 말입니까?"

미란다를 향해 그렇게 되묻는 아리스타의 말투는 마치 그녀와 베로니카가 친우인 사실을 믿을 수 없다는 투였다.

그에 미란다는 붉게 타오르는 얼굴로 입술을 잘근잘근 깨물었다. 불안하고 초조할 때 나오는 습관이었다.

이대로 가다간 베로니카의 손수건을 빼앗길 판이었다. 미란다는 열심히 머리를 굴려보았다. 하지만 마땅히 나오는 방안은 없었다.

눈치 빠른 아리스타는 이미 미란다가 궁지에 몰렸음을 알아차렸다.

그의 눈동자가 탐색하듯 미란다의 반응을 살폈다. 미란다와 베로니카가 가깝게 지낸다는 말은 어디서도 들어본 적 없었다. 그런데 친우라니. 아리스타는 조소를 머금었다.

"전하."

아리스타의 재촉에 미란다는 아랫입술을 짓이기며 망설였다. 손수건으로 베로니카에게 다가설 수 있는 구실을 만들었다 좋아했다.

하지만 여기서 아리스타에게 손수건을 빼앗긴다면 베로니카와 친해질 수 있는 구실이 또 하나 줄어들고 만다.

베로니카는 그 누구보다 빛나는 사람이었다. 단 한 번 보는 것만으로도 그 존재감에 매혹된다. 그녀는 사람을 끌어당기는 마력을 지닌 소녀였다.

적어도 미란다에게는 그랬다. 사실 그랬다. 미란다는 베로니카와 가까워지고 싶었다. 그리고 다른 모든 사람처럼 베로니카 역시 저를 좋아할 것이라 당연하게 여기고 있었다.

베로니카는 무섭도록 예의 바르고 기품 있는 사람이었다. 제겐 동경이었다. 또한, 그녀의 특징이자 장점인 예의 바른 기품이 제겐 더없이 멀어 보이고 냉정해 보여 가까워질 수조차, 다가갈 수조차 없게 만들었다.

구실을 만들어 그녀를 황성으로 초대하고 그녀의 저택에 방문해도 베로니카는 늘 거기까지였다. 경계가 있었다.

"정말로 베로니카와 친우가 맞으십니까?"

아리스타의 물음에는 미란다를 향한 의심이 가득했다. 그의 눈동자는 불신으로 가득했고, 미란다가 베로니카와 친우가 아닐 것이라는 어떤 확신 또한 있었다. 그 점이 미란다를 괴롭게 만들었다.

그녀는 베로니카의 손수건에 대한 것으로 머릿속이 복잡
했다. 첫눈에 반한 소녀처럼 아리스타를 보고 두근거리던 심
장은 이미 가라앉고 없었다.

그녀 눈에 아리스타는 안중에도 없다. 이제는 그녀에게 아
리스타는 그저 베로니카를 가로채려는 적일 뿐이었다.

미란다는 애써 어울리지도 않는 표독스러운 낯빛을 띠고
그를 노려보았다. 아리스타는 미란다의 적대적인 반응에 특
별한 반응을 보이지 않았다. 그는 황녀인 그녀에게 충분한 예
의를 갖추어 행동했지만, 불꽃이 튀길 듯이 강렬한 눈동자는
감출 수 없었다.

황실의 일원이라고 해도 믿을 정도로 화려한 금발과 뚜렷
한 이목구비 사이로 보이는 영롱한 벽안, 시원하게 뻗은 콧날
과 여자보다 붉은 입술. 아리스타의 외모야 이미 사교계에서
파다할 정도로 소문이 나 있지 않던가.

아리스타는 미란다의 이상형에 완벽하게 부합하는 외모를
가지고 있었다. 게다가 그의 대외적인 성격도 미란다가 원하
는 완벽한 이상향의 남성이다. 하지만 미란다는 망설임 없이
아리스타를 노려보았다.

그래봐야 그는 그녀에게서 베로니카를 빼앗아 가려는 적
일뿐이었기에.

"맞아요! 맞습니다, 반 캐드릭! 전 베로니카의 친우란 말이
에요!"

비명 같은 미란다의 외침에 주위에 있던 사람들이 모두 놀라 그녀에게로 시선을 모았다.

하지만 아리스타는 여전히 차게 식은 눈동자로 미란다를 바라볼 뿐이었고, 미란다 역시 그를 경계 어린 시선으로 노려보았다.

"알… 겠습니다. 실례했습니다, 전하."

아리스타는 하는 수 없다는 얼굴로 시선을 돌렸다. 그리고 고개 돌리는 아리스타의 분노가 넘실거리는 눈동자에 시선을 마주친 사내들이 화들짝 놀란 얼굴로 황급히 시선을 돌렸다.

하지만 이미 그들은 아리스타와 눈을 마주하는 시점에서 그의 불꽃 튀기는 화에 불을 지피고 말았다.

"황녀 전하께서는 그대들의 무례를 용서하였다고 하나, 나는 그대들의 선배로서 그 무례를 가히 넘어갈 수가 없군."

작게 이가 갈리는 소리까지 들려오자 사내들은 저마다 신음을 삼켰다. 잘못 걸려도 단단히 걸렸다.

만인의 우상이었던 아리스타 리차드는 이미 온데간데없이 사라지고 만인의 공포로 아리스타 리차드가 자리매김하는 순간이었다.

"학장에게 좀 전의 사실은 전부 고하여 최하위 계급으로 그대들을 강등시킬 것이다."

리비엘라 제국의 황실 아카데미는 일종의 별등급으로 나뉘는 계급이 있었는데, 그 안에서 지위를 강등당한다는 소리는 황실 아카데미를 졸업한다고 하여도 미래를 보장받을 수 없다는 것과 같았다.

사내들의 얼굴이 평생 바람 한 번 쐬지 못한 사람들처럼 새하얗게 질렸다. 아리스타는 즐거운 마음으로 그들의 반응을 즐겼다.

그는 바지 주머니에 자연스레 손을 넣고 후배를 훈계하는 선배의 모습으로 돌아왔다. 그리고 그들의 주위를 맴돌며 여유롭게 웃었다.

그 모습이 특히나 매력적이어서 미란다는 그때가 적절히 빠질 자리였음에도 불구하고 넋을 놓고 아리스타의 작태를 감상했다.

"그것은 선배로서의 처사고, 이번엔 베로니카의 친우로서의 처사다."

아리스타는 근처에 서 있던 자신의 시종을 불러 새하얀 장갑을 사내들의 얼굴에 던졌다.

가볍게 던진다고 던졌지만, 감정이 격해진 상태였던 터라 손수건은 로든이라고 했던 통통한 사내의 젖살 빠지지 않은 따귀에 철썩 차진 소리를 내고 떨어졌다.

장갑이 떨어진 자리에 남은 것은 벌게진 사내의 따귀였다.

미란다는 멍하니 아리스타를 바라보다가 그가 내던진 장갑의 의미가 어떤 것인지 깨달았다.

그리고 그녀는 새삼스레 다시 아리스타를 바라보았다. 분명 적으로 인지한 상대가 맞았지만 그러기에 그는 너무나도 늠름하고 멋있는 그녀 이상형의 표본이었다.

"한 놈씩 차례로 덤벼라. 그대들에게 결투를 신청하겠다."

아리스타의 검술 실력은 아카데미 안에서도 전설로 통했다.

보통은 스무 살 즈음에 받는 정식 기사 작위 수여 역시 열여덟 나이에 받을 정도로 아리스타는 검술도, 두뇌를 쓰는 방면도 뛰어났다.

물론 검술의 천재라고 불리는 렌프루 가문의 테일드와 웨일스 가문의 안젤리카와 비견할 정도는 아니었다. 그네들은 소위 천재라고 불리니 그들을 제외하고서 아리스타의 검술 실력은 위아래, 그리고 또래의 누구와 견주어도 손색없을 정도의 무위를 가지고 있었다.

또한 캐드릭 공작 가문은 대대로 재상을 역임하는 문관이었는데, 그 대를 이어오듯 뛰어난 두뇌 회전력을 자랑하는 아리스타가 그 정도 경지의 무위를 지녔다는 것은 캐드릭 가문에서 또한 특출난 것이었다.

"거절은 받아들이지 않는다."

아리스타의 목소리가 살벌하게 가라앉았다. 결투에서 일어나는 불상사, 예를 들어 팔이나 다리가 절단되는 종류의 부상은 누구의 동정도 사지 못했다.

또한 그것이 죄가 되지도 않는다. 그들을 적절히 다지기에는 좋은 명분이었다. 아리스타의 입가에 잔인한 미소가 번들 거렸다.

＊　　　＊　　　＊

그날, 아리스타가 베로니카에게 모욕을 주었다는 이유로 그네들을 잘게 다져주며 잘라낸 팔과 다리, 그리고 멀어버린 한쪽 눈은 사교계에서·유명한 일화가 되었다.

베로니카를 제외하고는 모두가 아는 소문이었으며, 어느 누구도 감히 베로니카 앞에서 그 이야기를 꺼내지 않았다.

리비엘라 제국 내에선 사내가 레이디에게 결투를 신청할 수 있는 법도는 없었지만, 사내가 레이디의 기사에게 결투를 신청할 수 있는 법도는 있었다.

그 사건을 계기로 아리스타는 두려움의 대상이 되었고, 베 로니카는 기피해야 할 대상에 떠올랐다. 베로니카가 아직 사 교계에 데뷔하지 않은 것이 여러 사람에게는 천만 다행이었 다.

그 후로 누구도 베로니카에 대해 함부로 떠들고 다니지 않 았다. 그녀에 대해 입을 잘못 놀리다가는 반 시체가 되었던 학도들의 꼴을 면치 못한다는 사실이 사교계에 조심히 떠돌 았기 때문이었다.

어느 레이디도 쓸데없는 입놀림에 그런 꼴을 당하며 사교계의 조롱을 감내할 생각이 없었고, 어느 사내도 그 날의 로든 일당들처럼 날이 선 검으로 몸의 어느 한구석이 다져질 생각이 없었기 때문이었다.

그 일이 있고 얼마 후, 아리스타가 기사 서임식을 받던 날의 일이다.

"베로니카!"

황실의 기사 서임식이 개최되는 황실 기사단 연무장 사이를 가르며 평범한 갈색 머리에 동글동글한 이목구비를 지닌 캐서린이 불같이 걸어왔다.

캐서린과 베로니카를 바라보면서도 사람들은 여전히 베로니카의 손수건에 얽힌 일화를 지우지 못했다.

캐서린과의 대화가 끝나고 이자벨이 베로니카에게 대화를 시도했다.

사람들은 저마다 최대한의 청력을 살려 그들의 대화에 귀를 기울였다. 귀족 된 도리로서 엿듣는 것은 예의에 어긋나지만, 베로니카는 사람들의 관심을 끌기엔 충분한 여자였다.

"물론 신청을 받았지만, 본인으로서는 난감하기 그지없습니다. 반 캐드릭께는 저보다 더 어울리시는 영애가 있기 때문이지요. 아마 캐드릭 영식께서 그분께 신청하시는 것이 혹 그분께 실례가 되진 않을까 걱정하시어, 조금의 친분이 있는 제게 신청하신 모양입니다."

사람들은 모두 귀를 활짝 열고 베로니카의 다음 말을 기다렸다. 하지만 사교계에 은밀히 떠도는 소문을 한 번이라도 들은 사람이라면 그녀의 그 말을 믿지 않았다.

"그러니 로드 오르시니. 손수건에 그대 축복의 키스를 담아 제게 주시지 않겠습니까?"

그리고 베로니카는 자리에서 일어서서 당당히 캐서린을 향해 그녀의 키스를 담은 손수건을 요구했다. 물론 그녀의 행동은 화제가 되기에 충분함이 있었다.

캐서린의 아리스타 사랑은 여럿이 알고 있는 진실이었기에 내심 사람들의 관심이 진실 여부를 판단하기 위해 그쪽으로 쏠리기도 하였다.

"제국의 행보에 앞길을 밝히고, 만백성을 지켜줄 검과 방패가 되어, 제국의 영광됨을 드높일 그대에게 신이 언제나 함께하기를 축복 전합니다."

그리고 베로니카는 아리스타의 뒤이을 말을 가로막고 그의 검에 캐서린의 키스를 받아낸 손수건을 묶었다.

그러자 주위에서 휘파람과 함께 환호소리가 울려 퍼졌다. 캐서린의 손수건을 받아들고 아리스타 앞에 선 베로니카가 그와 너무나도 잘 어울리는 한 쌍의 모습을 보여주었기에 강세는 다시 그녀에게로 기울고 말았다.

베로니카는 그러한 처신으로 아리스타와의 소문이 일단락되었다 싶었지만 사실은 진실을 떠나서 그녀가 아리스타와

가장 잘 어울리는 여인이었기 때문에 소문은 쉽게 사그라질
수 없었다.

　아리스타보다 그녀와 더 잘 어울리는 다른 남자가 나타나
지 않는 이상 베로니카와 아리스타의 추문은 계속될 것이라
사람들은 저마다 생각했다.

　그리고 아리스타가 그 소문을 누구보다 만족스럽게 여기
며 은밀히 소문을 과장시켜 일파만파 퍼뜨린다는 사실은 아
무도 알지 못하는 진실이었다.

＊　　＊　　＊

　아리스타는 많은 내용을 제하고 이야기했다. 그는 로든 일
당의 일과 미란다가 그녀의 손수건을 가져간 것만을 간단히
설명했을 뿐이었다.

　그러자 베로니카는 고개를 갸웃거렸다.

　"나는 그녀에게 손수건을 받은 적이 없는데……."

　그녀의 대답에 아리스타가 어깨를 으쓱였다.

　"그거야 나도 알 수 없군."

　베로니카는 정말로 영문을 모르겠다는 얼굴이었다. 그리
고 그녀는 아리스타의 설명을 듣고 미란다, 아리스타 둘 모두
에게 내심 놀랐다.

　'저쪽' 의 미란다는 아리스타에게 첫눈에 반했다. 하지만

그때의 미란다는 이미 그녀와 친우였고, 아리스타도 그녀와 대외적으로든 내외적으로든 가장 가까운 사이였기에 지금과는 상황이 판이하였다.

작은 상황 하나에 여러 갈래로 운명이 바뀌었다. 베로니카는 그것에 만족하면서도, 때로 두려운 느낌을 받았다.

"손수건이야 나중에 황녀 전하께 직접 물어보면 되지 뭘 그리 고민하는 거야?"

아리스타의 물음에 그녀가 정신을 번쩍 차렸다. 코앞으로 아리스타의 얼굴이 다가와 있었다. 베로니카는 재빨리 고개를 돌리고는 한숨을 내쉬었다. 옆에서 아리스타가 툴툴거리는 소리가 들려왔지만, 애써 무시하며 그녀는 반대편 창밖으로 시선을 던졌다.

"아만 로프의 성입니다."

밖으로 휴버트의 목소리가 들려왔다. 그리고 창밖으로 벽돌로 쌓아 만든 회색 빛깔의 성벽이 눈에 들어왔다.

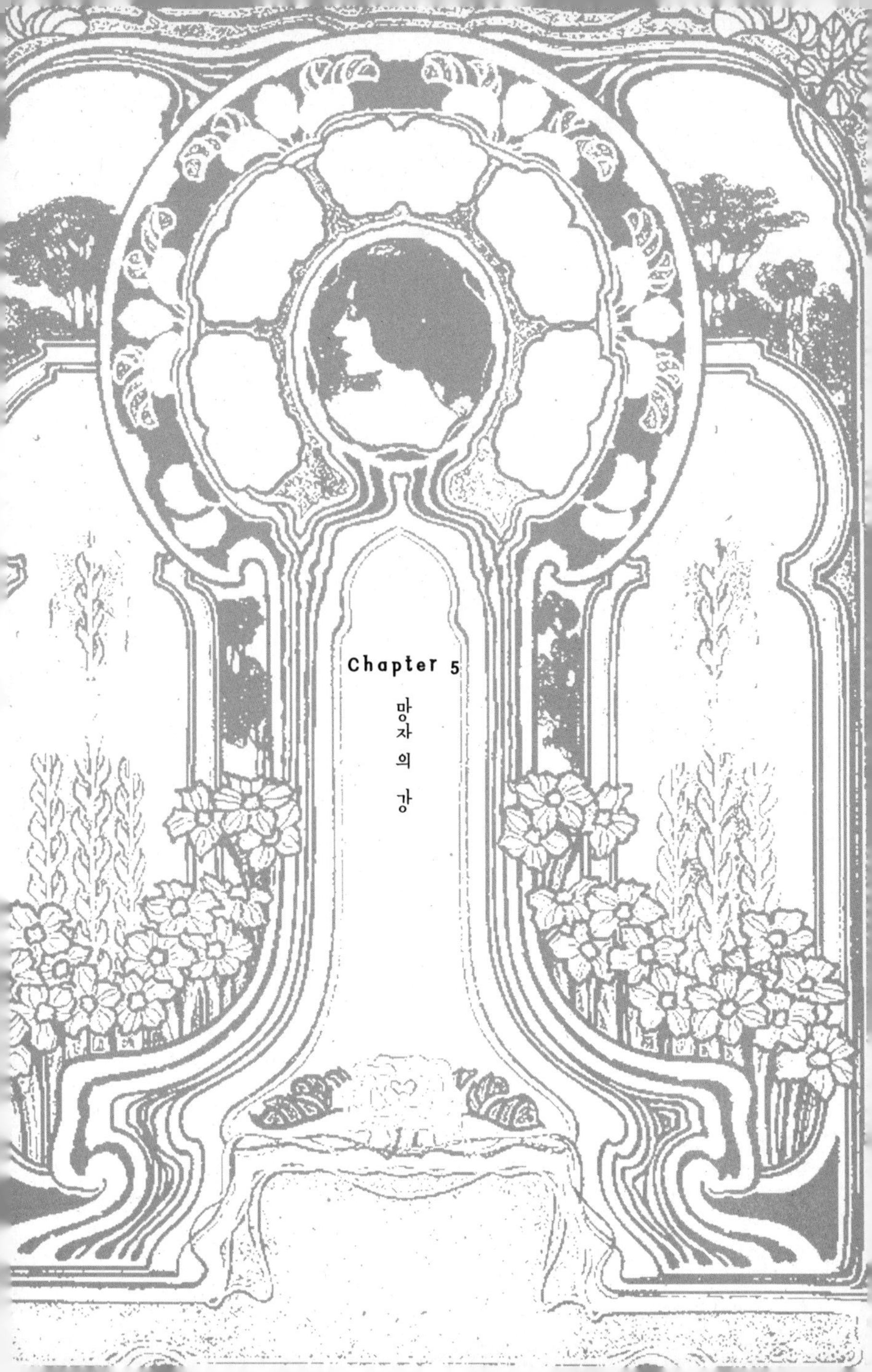

Chapter 5
망자 의 강

“무슨 일이야?”

이레인은 잔뜩 신경이 곤두선 얼굴로 로웰을 보았다. 맞은 편에 앉은 그는 아무렇게나 앉아 있었음에도 불구하고 기품이 있어 보였다.

저와 비교하며 이레인이 못마땅한 얼굴로 다시 성을 내었다.

“왜 그렇게 멍청히 있는 거야? 무슨 일 있어?”

그녀의 물음에 그제야 로웰이 고개를 들었다.

“베로니카가 다녀갔나.”

그가 아무 표정 없는 얼굴로 물었다. 이레인은 매번 마주해

도 쌀쌀하고 정 없는 그의 태도에 혀를 차며 고개를 끄덕였
다.

"어제 다녀갔어. 그건 왜?"

그녀의 물음에 그는 대답 없이 생각에 잠겨 있었다. 늘 제
가 하고 싶은 말만 하는 배려 없는 인간이다. 이레인은 툴툴
거리며 팔짱을 꼈다.

"기억나는지 모르겠군. 그대가 언젠가 그러지 않았나. 나
의 과거를 안다고 말이야."

로웰이 황금색 눈동자를 치켜뜨고 그녀를 보았다. 그 눈빛
이 워낙 강렬하고 매서워서 이레인은 저도 모르게 몸을 움츠
리며 고개를 끄덕였다.

"그래, 그게 왜?"

이레인은 법황에게 어렴풋이 들었던 그의 어릴 적을 떠올
리며 대답했다.

"그럼 너였군."

그가 한숨처럼 대답했다.

"뭐가?"

"어릴 적의 나를 만나러 온 여자가 말이다."

이레인은 고개를 갸웃거렸다. 그리고는 금세 고개를 끄덕
였다. 어릴 적 그가 신성국에 머물 당시 그를 만나러 간 적이
있긴 했었다.

신성력을 가지고 있다며 고위 사제들 사이에서 소문이 파

다한 소년이었다. 당시에 그보다 훨씬 어렸던 호기심 많은 이레인이 그를 궁금해하지 않을 수는 없었다.

"그랬긴 했지. 근데 그런 건 왜 자꾸 물어?"

계속되는 질문에 인내심 없는 이레인은 금방 화를 내었다.

"베로니카이기를 끝끝내 바랐건만……."

그가 한숨처럼 중얼거렸다. 그의 어릴 적 시간을 거슬러서 그를 만나러 왔던 여자가 이레인이었다는 사실이 다소 허탈했다.

목소리가 베로니카와 비슷했다는 사실은 그저 그의 작은 소망에서 비롯된 착각이었던 모양이다.

"알았다."

그가 자리에서 일어섰다.

"뭐야! 대체 뭔데!"

이레인이 빽 소리를 질렀다. 그러자 손에 겉옷을 들고 막 문을 나서려던 로웰이 걸음을 멈추고 돌아보았다.

그는 씩씩거리는 이레인을 보다가 다시 한숨을 내쉬었다. 그리고는 그녀에게 다가가 부드러운 손길로 그녀의 머리카락을 쓰다듬어 주었다.

"고생 많았다."

그의 말에 이레인은 언제 화를 내었냐는 듯이 숨을 멈추고 그를 보았다.

"이제야 알아봐서 미안하다."

“무슨 소리하는 거야?”

이레인이 영문을 모르겠다는 얼굴로 그를 보았다. 하지만 그는 안타깝다는 시선으로 그녀를 보며 옅게 미소 지었다.

“이제부터 내가 지켜줄 테니 걱정 말아라.”

그녀를 끊임없이 경계하고 호시탐탐 노리는 법황을 떠올리며 로웰이 말했다. 이레인이 영문을 모르겠단 얼굴로 눈썹을 치켜뜨고 그를 보았다.

“뭐 잘못 먹었니?”

그녀는 그에게서 멀리 떨어졌다. 다정한 로웰은 이상하다. 그녀가 불안감에 젖은 얼굴로 그를 보았다. 분명 무슨 꿍꿍이가 있는 것이 확실했다.

“축복의 산에 함께 가도록 하지.”

그의 말에 이레인은 코웃음을 쳤다.

“내가 왜?”

“네가 봐야 할 것이 있다.”

그의 말에 그녀는 짝다리를 집고 팔짱을 낀 채, 그를 노려보았다.

“대체 뭐하자는 거야? 똑바로 설명 못해?”

“축복의 산에 가면 알게 될 거다.”

결국 이레인은 로웰에게 강제로 납치되듯이 대성전을 벗어나야 했다. 물론 대성전에서 허가를 내려주지 않으니, 늘 하던 방식으로 몰래 빠져나와야만 했다.

*   *   *

"이것 참 대접이 이래 미안하네. 지금 아만 로프도 마물이 들끓어서 난리도 아니라네. 그중 농경지 피해가 가장 극심하지."

베네토라 주교는 법황의 인자함과는 정반대의 인상을 가지고 있었다.

다소 마른 체구에 얼굴에도 살이 많지 않아 광대가 유달리 튀어나와 있었다. 눈매도 날카롭게 사나워서 입을 다물고 있으면 인상이 정말로 좋지 않았다.

하지만 입을 열고 대화를 나누어보니 인상과는 판이한 성격을 지니고 있는 노인이었다.

그가 자신의 흰 수염을 쓰다듬으며 혀를 찼다.

베로니카는 얌전히 식사하며 그런 그를 보았다.

"혹시 타라크 장로가 없는 것도 그 탓입니까?"

그의 물음에 베네토라 주교는 놀랍다는 시선으로 그를 보았다.

"그를 어찌 알았나? 그는 잠시 자리를 비웠네. 요즘 아만 로프를 감싸는 기운이 심상치 않다는 것을 안 게지."

"그럼 축복의 산에 가셨겠군요."

"그렇지. 그는 지금쯤 축복의 산에… 이런."

중간에 책갈피처럼 끼어든 베로니카의 말에 베네토라 주교는 당혹스러운 얼굴로 사실을 토해냈다.

"이건 아만 로프의 일급 비밀이었네만… 큼."

베네토라 주교가 힐끔 베로니카를 보며 잠시 심기 불편한 얼굴로 헛기침했다.

"무례하게 말씀 중에 끼어들어 죄송합니다, 주교님. 하지만 저희는 꼭 축복의 산에 가야 해서요. 물론 불온한 뜻이 있어서는 아닙니다. 그 증거로 성녀님의 허가증도 있어요."

그녀의 손짓에 뒤에 서 있던 소피아가 품에서 성녀의 인장으로 봉인된 두루마리를 꺼내었다.

하지만 베네토라 주교는 여전히 심기 불편한 기색을 지우지 않았다.

"그럼 리하르로 가면 되지 않는가?"

베네토라 주교의 반문에 베로니카와 아리스타는 잠시 서로의 얼굴을 마주 보았다.

"법황 성하께서 로드 웨일스의 수배령을 내리셨습니다."

아리스타는 베네토라 주교 못지않게 불쾌하다는 기색을 역력히 드러내며 말했다.

"수배라니?"

베네토라가 잠시 난감한 얼굴로 베로니카의 얼굴을 보았다. 아무리 그래도 그녀는 강대한 제국 리비엘라의 영향력 있는 후작 가문 영애였다.

잘못하면 정치적으로 대립할 수 있는 문제이기도 했다.

"성하께서 제게 이러실 순 없습니다, 주교님. 이건 저희 제국을 모욕하는 처사이십니다."

아리스타의 강력한 반박에 베네토라 주교가 놀라 그를 말렸다.

"그래 알았네. 그런데 대체 성하께서 로드 웨일스를 왜 찾는가?"

"그녀가 신탁의 소녀이기 때문입니다."

잠시 침묵이 흐른 뒤에 베네토라 주교가 나지막이 외쳤다.

"…뭐라 했나?"

"그녀가 신탁의 소녀라 하였습니다. 성녀에게는 이미 신탁의 아이임을 증명하고 그 사실을 인정받았습니다."

당사자인 이레인이 인정했다는 사실에 정확한 신탁의 내용도 모르는 베네토라 주교가 반박할 수는 없었다. 그는 그저 잠시 생각에 잠긴 얼굴로 말이 없었다.

"저희가 주교님께 원하는 것은 그저 망자의 강을 건널 수 있게 조금의 도움을 달라는 것입니다."

후계자로 키워지고 교육받은 탓인지 아리스타는 남을 설득하는 호소력이 누구보다 뛰어났다. 그 짙은 호소력과 설득력이 회의에서는 가장 중요한 요소라는 점을 생각할 때, 아리스타는 이미 훌륭한 정치인이었다.

베로니카는 열심히 좋은 말로 베네토라 주교를 설득하는

아리스타를 보며 생각했다.

"저를 도와주신다면, 이를 절대 잊지 않을 것입니다. 앞으로 있을 라하의 선택에도 큰 힘을 보태겠습니다."

사실 앞서 말했던 것보다 베네토라 주교의 귀에 더욱 선명하게 들렸던 것은 아리스타의 마지막 말이 아니었나 싶었다.

라하의 선택은 다음 법황을 선출하는 선출 의식을 말했다. 12신 주교라면 누구나 탐을 낼만한 자리가 법황임은 부정할 수 없는 사실이었다.

"뭐 그런 말을 하나. 처음부터 아무 죄가 없는 그대들 사정이 딱해 내 도와주려 했다네."

베네토라 주교가 시치미를 떼며 대답하자, 아리스타의 입가에 미소가 걸렸다.

"아닙니다. 저희를 도와주시는데 어찌 외면할 수 있겠습니까. 라하의 선택에 힘을 보태겠다는 약속은 절대 잊지 않겠습니다."

아리스타의 말에 베네토라 주교는 상당히 만족스러운 듯 보였다.

결국 아리스타의 공으로 그들은 베네토라 주교에게 망자의 강을 건너는 길을 안내받을 수 있었다.

*　　　*　　　*

무도회는 화려했다.

하지만 베로니카에겐 오직 그뿐이었다. 화려한 샹들리에가 빛에 반사되어 반짝였다. 마치 빛의 부스러기가 내려오는 듯한 효과와 함께, 그 아래 한껏 치장한 이들이 부채로 입가를 가리며 위선 어린 미소를 보이고 있었다.

베로니카는 이 모든 것에 환멸을 느끼고 지겨움을 느꼈다.

저 멀리 아리스타와 미란다가 나란히 서서 서로 향해 다정한 미소를 주고받는 것이 보였다.

욱씬.

가슴이 지끈거렸다. 베로니카는 부채 속으로 애써 표정을 감추었다.

주위로는 클라라 살롱을 자주 애용하는 이들이 그녀를 에워싸고 있었다.

서로의 눈치를 보며 그들이 웃는다. 서로를 보며 웃었다. 웃음은 입매만이 확대되어 더욱 우스꽝스럽게 보였다. 또 한 번 웃는다.

가식 어린 미소를 입가에 걸고 그들이 웃었다.

"클라라 양?"

그녀와 그중 가장 가깝다고 할 만한 여인, 론체르토 부인이 걱정스럽게 그녀를 불렀다. 하지만 베로니카의 시선에 또다시 그녀의 입매가 확대되어 보였다. 걱정스러운 기색 아래 론체르토 부인의 웃음이 보였다.

그녀가 웃는다. 가식적인 웃음 아래 그녀의 웃음이 보였다.

베로니카는 지끈거리는 머리를 부여잡으며 애써 웃어보였다. 그녀 자신도 웃었다. 참 좋은 가면을 쓰고 그녀도 웃었다.

아리스타의 웃음과 다를 바 없어.

그 생각이 들었던 것은 찰나였지만, 그 찰나가 그녀를 지배하는 것은 순식간이었다. 베로니카는 스스로에 대한 환멸과 경멸에 참을 수 없는 토기를 느꼈다.

"괜찮, 습니다."

그녀의 대답에 이제는 론체르토 부인만이 아닌, 그녀 주위에 있던 이들이 모두 그녀를 보았다.

"반 캐드릭과 클린튼 황녀 전하께서 연출하시는 장면이 무척 친밀해 보이기는 해요."

눈치 없는 그랑시아 가문의 영애가 말했다. 론체르토 부인이 단번에 그녀를 향해 눈치를 주자 그녀가 아차 싶은 얼굴로 입을 다물었다.

하지만 사람들의 입매가 저마다 씰룩이더니 얼른 부채를 펼쳐 입가를 가려보이는 이들도 있었다.

베로니카는 그들의 은밀한 조롱 속에서도 꿋꿋하게 서 있었다.

멀리서도 미란다는 그 화려함과 화사함으로 튀었다. 그리고 그녀의 햇살 같은 미소가 베로니카에게로 닿았다.

미란다는 좀 전보다 더 밝은 웃음과 함께 그녀를 향해 샴페인 잔을 살짝 들어 올려 보인다. 베로니카가 그런 그녀를 향해 애써 웃음 지어보였다.

이어서 아리스타가 베로니카를 힐끔 보고는 미란다의 앞에 서서 그녀의 시선을 차단했다. 베로니카는 가만히 아리스타의 등에 가려진 미란다에게 미련 없이 시선을 돌렸다.

"정말 괜찮으세요?"

론체르토 부인이 다시 한 번 물었다. 그렇게 물으니 정말 괜찮지 않은 것 같았다.

"잠시……."

그녀가 운을 떼자, 많은 이가 귀를 기울였다. 베로니카는 무감각한 눈으로 시선을 내려 그러쥔 손안에 부채를 바라보았다.

"실례하겠습니다."

베로니카의 말에 론체르토 부인은 사람 좋아 보이는 걱정스러운 얼굴을 가장한 채 고개를 끄덕였다.

"그래요, 클라라 양. 안색이 많이 좋지 않아요."

베로니카는 그녀의 말에 답하지 않고 곧장 몸을 돌렸다. 테라스로 향하는 발걸음이 무겁고 또 무거웠다.

등 뒤로 따가운 시선이 수십이다. 베로니카는 더욱더 허리를 꼿꼿하게 곧추세우고는 바른 몸가짐을 유지한 채 고고하게 테라스로 향했다.

달빛이 은밀히 속삭이는 신비로운 밤이었다. 달빛에는 마력 같은 힘이 있어 사람의 시선을 단 한 번, 홀려 버릴 때가 있다고 한다.

그리고 베로니카는 은은한 달빛을 한 몸에 받으며 난간 앞 벤치에 앉아 난간에 기대어 뒤로 목을 젖혔다.

어디선가 그녀의 귓가로 낮게 속삭이는 소리가 들려왔다. 목소리는 하나가 아니었다. 동시에 여러 개의 목소리가 그녀의 귓가로 낮게 속삭였다. 섬뜩한 느낌이었다.

의아한 얼굴로 고개를 돌렸지만 그곳엔 아무도 없는 적막함뿐이었다.

달밤의 마력인가.

베로니카는 비죽 터져 나올 것 같은 웃음을 뒤로하고 뻐근한 목에 손을 올렸다. 굳어 있던 목을 주무르며 피로를 푼다.

긴장으로 굳어진 어깨가 그녀의 부드러운 손길에 비명을 내지르는 것이 느껴졌다.

베로니카는 지루한 파티 속에 지친 심기를 달래기 위해 포도주 잔을 들었다.

달빛 스며드는 고요함이 그녀의 마음을 정화해주는 것 같았다. 베로니카는 가만히 눈을 감고 몰려드는 피로감을 떨쳐내고자 노력했다.

그녀 나이 열일곱.

그녀는 누구나 알아주는 클라라 살롱의 주인이었으며 명

실공히 사교계의 꽃으로 군림하고 있었지만, 사람들 이면에 섞인 그녀를 향한 경멸은 숨겨지지 않는 것이었다.

아리스타로 인해 굳어진 그녀의 이미지는 남자들을 꼬여내는 요부의 것이었다. 요염하고 섹시한 그녀의 겉모습만을 보고 판단하는 족속들이 소문만 믿고 그녀에 대해 정의를 내린 것이다.

베로니카는 하이에나 같이 음흉한 빛을 띠고 그녀에게 다가오던 사내들을 떠올리고는 피곤한 얼굴로 진저리를 쳤다.

그녀는 탄성과도 같은 한숨을 천천히 내뱉으며 노곤히 묻은 피로의 품에 파묻혔다. 눈꺼풀을 닫아 내리고는 코끝으로 스며드는 밤공기의 향기를 맡았다.

그리고 그 순간 그녀는 인기척을 느꼈다. 그녀가 천천히 고개를 들었다.

파티장 쪽에서 누군가 테라스로 나온 모양이었다. 베로니카의 눈앞으로 장신의 키를 가진 인영이 어른거렸다.

그를 빤히 바라보고 있는 베로니카를 상대방도 눈치챘는지 다가오던 발걸음이 멎었다. 잠시 숨을 멈춘 듯, 적막한 분위기가 감돌았다. 베로니카는 신경 쓰지 않고 다시 고개를 뒤로 젖혔다.

"아… 실례했습니다."

그녀가 있다는 사실을 몰랐던 것이 사실인지는 알 수 없었다. 그녀 가까이 다가왔던 남자는 고개를 숙여 사과했다.

베로니카는 다시 고개를 들었다. 그녀가 벤치에 내려놓았던 포도주 잔을 들었다. 가만히 포도주 잔을 손안에서 굴리며 그녀가 가볍게 고개를 저었다.

그리고 이어서 그녀의 눈동자가 상대방의 얼굴을 확인하기 위해 가늘어진다.

"…괜찮아요."

그녀의 목소리는 피곤으로 인해 평상시보다 더욱 낮고 허스키했다. 상대방이 당황한 듯, 급하게 움직이던 발걸음을 멈춘다.

그 순간, 잠시 달을 가리던 구름이 비켜가고 환한 달빛이 그들을 비춰 내렸다.

그리고 베로니카는 어렴풋이 상대방의 머리칼이 푸른빛을 발하는, 탁 트인 해안의 상쾌함을 연상시키는 아름다운 색이라는 것을 알았다.

그가 천천히 등을 돌리고 온전히 베로니카를 바라본다. 베로니카는 여전히 그 자세 그대로 앉아 난간에 몸을 기대고 벤치에 앉아 있었다.

천천히, 그가 그녀에게로 다가온다.

그리고 베로니카는 아무런 말없이 그런 그를 지켜보았다.

"실례지만, 레이디. 제게 옆 자리에 앉을 수 있는 영광을 주시겠습니까?"

굉장히 유려한 말투다. 오랜만에 느껴보는 배려 어린 말투에 베로니카는 호감 어린 얼굴로 응대했다.

완전히 그가 그녀 앞에 다가와 섰을 때, 베로니카는 두 눈을 깜빡였다. 어스름한 달빛을 받은 청색 머리칼의 남자는 자주색 눈동자를 가지고 있었다.

얼핏 보면 섬뜩한 붉은 눈동자처럼 보이기도 했다. 그는 생각보다 꽤 수려한 외모를 가지고 있었다.

하지만 그도 워낙에 표정없는 얼굴을 하고 있으니 돋보이지 않았다. 무감각한 사람의 표본을 보는 것 같은 표정 없는 얼굴.

마치 자신의 거울을 보는 것과도 같아 베로니카는 이색적인 감정에 빠져들었다. 그가 그녀의 시선을 눈치채고 고개를 돌린다.

하지만 그의 무감각한 얼굴은 언제 있었냐는 듯 그의 얼굴 위로 옅은 미소가 어린다.

"로알스의 가호가 당신께 머물기를."

그렇게 말한 그는 그녀를 향해 손을 내밀었다. 이미 자리에 앉았기 때문에 예법을 차리기엔 무리가 있었다.

베로니카는 그의 뜻을 알아차리고 가볍게 손을 들어 그의 손 위에 얹었다. 커다란 손이었다. 생각보다 따스했다.

"로알스의 가호가 그대에게 머물기를. 반갑습니다. 저는 웨일스가의 두 번째 꽃. 베로니카 클라라 로드 웨일스입니다."

그녀를 쥔 손이 멈칫한 것을 느꼈다. 이름을 듣고 그녀에 대한 소문을 떠올린 것일까.

베로니카는 씁쓸한 표정을 감추지 못했다. 그녀의 표정을 본 그는 미안한 얼굴로 그녀를 보았다. 하지만 그럼에도 그는 그녀에게 자신을 소개하지 않았다.

하지만 장소가 장소인데다가 깊은 어둠에 잠겨 있는 테라스 안의 분위기가 또 분위기인지라 베로니카는 굳이 그의 이름을 묻지 않았다.

베로니카는 묵묵히 앉아 다시 시선을 돌렸다. 묘한 분위기가 테라스 안을 감돌았지만 베로니카는 개의치 않았다.

그녀는 다시 편한 자세로 고쳐 앉고 목을 뒤로 젖혀 난간에 기댔다. 그리고 만족스러운 한숨을 내뱉으며 살며시 눈꺼풀을 닫아 시야를 차단했다.

"그대는 화려함과는 어울리지 않는군요."

고요한 정적을 깨고 그의 부드러운 목소리가 잔잔하게 테라스를 울렸다.

베로니카는 감았던 눈꺼풀을 들어 올리며 시야 속에 로웰을 담았다. 그의 시선은 화려하고 반짝이는 무도회장 안으로 고정되어 있었다.

베로니카는 가만히 그와 함께 무도회장 안을 바라보았다.

"색다른 평가군요."

한참을 말이 없던 그녀가 말했다. 하지만 그는 동의하지 않는 듯 보였다.

"색다르지 않습니다."

그는 단호했다. 베로니카는 저가 그녀에 대해 무얼 안다고 그리 자신하는지 모르겠단 얼굴로 눈살을 찌푸렸다. 그러자 그녀에게로 고개를 돌린 그가 눈꼬리를 내려 예쁘게 웃었다.

베로니카는 그의 웃음에 잠시 할 말을 잃었다. 그의 얼굴이 그 순간 너무나도 아름답다고 느껴졌기 때문이었다.

"그대를 보고 있으면 꼭 저의 자화상을 보는 것 같은 기분입니다."

그는 그와 그녀가 거울을 보는 것 같이 꼭 닮았다 말했다.

베로니카는 침묵했다.

하지만 그는 개의치 않은 얼굴로 그녀를 보았다. 그 시선이 제법 강렬해 그녀는 부담스런 얼굴로 눈을 돌려 포도주를 한 모금 입에 머금었다.

"저에 대해서 아주 잘 아시는 모양입니다."

의도하진 않았지만 그녀의 말투는 빈정거리는 것처럼 들렸다. 그는 아무렇지 않은 얼굴로 가볍게 어깨를 으쓱였다.

"그대를 보는 건 기필코 오늘이 처음입니다, 로드 웨일스."

사실 베로니카는 그의 대답이 어떻든 상관없었다. 딱히 그는 그녀의 흥미를 끌지 못했다.

물론 그의 외모가 아리스타와 비견할 만큼 수려하다는 것과, 아리스타와는 대조되는 분위기를 가진 자라고 해도 말이다.

“사리 분별없이 밝은 자는 그대와 어울리지 않습니다.”

가만히 무도회장 안의 미란다를 바라보고 있는 베로니카를 향해 그가 말했다.

베로니카는 상당히 불쾌한 얼굴로 그를 돌아보았다. 어쩐지 그가 말하는 ‘사리 분별없이 밝은 자’가 미란다를 칭하는 말인 것 같았기 때문이었다.

“당신이 저에 대해 무엇을 안다고 그리 자신하는 겁니까.”

베로니카의 목소리에 냉랭한 기운이 뚝뚝 떨어져 나왔다.

“물론 그대를 본 것이 오늘이 처음이라고는 하나, 그대는 보지 않아도 알 수 있을 만큼 유명한 사람이지요.”

남자의 얼굴에서 미소가 싹 가셨다. 베로니카는 그 모습에 어깨를 움찔거리고는 심기가 불편한 얼굴로 그에게서 시선을 돌렸다.

미소 없는 그는 두렵다. 베로니카는 진심으로 그렇게 느꼈다.

아리스타의 무서움과는 달랐다. 그는 그보다 더 잠재된 두려움을 가지고 있었다.

베로니카는 지금 이 순간 시선을 마주하면 그의 노을 진 자주색 눈동자 속에 풍덩 돌이킬 수 없이 빠져버릴 것이라 자신했다.

“당신도 화려함과 달콤함에 영혼을 내어준 저치들과 다를 바 없군요.”

베로니카는 그의 시선을 마주하지 않은 채, 그를 신랄하게 비판하고는 다시 포도주를 마셨다. 남은 포도주를 깔끔히 비우고 그녀는 빈 잔을 난간 위에 올렸다.

"그렇다고 생각하십니까?"

그의 계속되는 질문에 베로니카는 고개를 들어 그를 보았다. 그는 아예 그녀에게로 몸을 틀고 난간에 한쪽 팔을 올려 손등에 머리를 기대고는 그녀를 바라보고 있었다.

"그렇다고 생각합니다."

베로니카의 목소리에 떨림은 없었다. 그러자 아무런 감흥 없는 얼굴로 그녀를 바라보던 그가 그녀에게로 가까이 다가왔다.

그가 다가온 만큼 베로니카가 등을 뒤로 젖혔지만, 그는 개의치 않아했다.

"그럼 그 생각, 제가 바꿔드리지요."

그가 다시 그녀를 바라보며 미소 지었다.

＊　　　＊　　　＊

베로니카는 천천히 눈을 떴다. 꿈이었다. 이번에는 '잠들어 있는 세계'로 넘어간 것이 아니라 정말 과거의 꿈을 꿨다.

'잠들어 있는 세계'의 로웰은 그녀를 만난 적이 있다고 했었고, 그녀는 그런 그를 기억하지 못했다. 하지만 왜 이제야 과거를 떠올리게 만드는 꿈을 꾸게 된 것일까.

덜그럭거리는 마차 안에서 미동 없이 눈을 뜬 그녀는 한참을 상념에 젖어 있었다.

'베로니카 겪었다는 미래의 일. 지금은 일어나지 않을 것이니 안심하십시오. 베로니카, 그대가 본 미래 속에 제가 있었습니까?'

언젠가 '잠들어 있는 세계'와 관련된 일로 매번 괴로워하는 그녀에게 '깨어나는 세계'에서의 로웰이 물었다.

'그럼 제가 베로니카의 조커(joker)입니다. 그러니, 이제 안심하세요.'

사실은 아니었다. 그녀가 본 미래. 그러니까 '잠들어 있는 세계'에서 그녀는 그를 본 적이 있었던 것이다.

로웰에 대한 생각에 베로니카는 속이 갑갑했다. 그녀는 여전히 그의 행동을 이해하기가 어려웠다.

그리고 그러다가 문득 생각했다. 반드시 그녀가 그를 이해해야만 하는 것일까. 그녀의 다리는 여전히 마비되어 움직일 생각을 하지 않았다.

최고의 의사들이 모여 있다던 신성국에서도 다리를 보였지만, 모두 고개를 저었다. 오로지 해결책은 로웰과 라미스뿐이었다.

하지만 그도 이미 시일이 많이 지났으니, 앞으로도 그녀의 다리는 움직이지 않으리라.

아직도 로웰이 그녀를 두고 떠나가던 모습이 눈가에 어른거렸다. 다시는 그녀 곁을 떠나지 않겠다고 말하던 사람이었다. 그런데 왜 이제와 마음이 바뀐 것인지 알 길이 없었다.

그로 인해 베로니카는 다시 한 번 사람이란 존재에 대한 회의감을 느꼈다.

"선착장입니다."

어느새 망자의 강 앞에 다다른 모양이다. 베로니카는 아리스타의 품에 안겨 마차에서 내렸다. 휠체어로 옮겨 탄 그녀를 아리스타가 부드럽게 밀어주며 선착장 앞으로 다가갔다.

그곳은 스산한 느낌을 자아내는 곳이었다. 그녀는 망자의 강을 처음 보았는데, 늘 그런 것인지 강에는 안개가 자욱하게 깔려 있었다.

미동 없이 잔잔하게 흐르는 강물 앞에 작은 배를 하나 띄우고 서 있던 남자가 쓰고 있던 밀짚모자를 벗어 그들에게 인사했다.

그들은 작은 나룻배에 올라탔고, 무리 없이 강을 건너는 듯하였다.

조용히 배 안에 앉아 강을 바라보던 베로니카는 심한 현기증을 느꼈다. 강의 잔잔한 물결을 보고 있자면 마치 강이 자신을 끌어당기는 것 같은 느낌을 강렬히 받았다.

속이 매스꺼워 베로니카는 조용히 손으로 입가를 가린 채 숨을 죽였다. 반대편 육지는 가까워졌지만 그녀의 현기증은 점차 심해졌다.

불길하다. 다시금 두통이 그녀의 생각을 억누르고 머릿속을 지배했다. 잇새로 신음을 삼키며 베로니카는 고통을 인내했다.

그리고 베로니카는 발작을 일으켰다.

"베로니카!"

주위에서 그녀를 붙잡을 새도 없었다. 찰나의 순간에 너무나 정신없이 일어난 사건이라, 모두 그녀의 손을 잡아채지 못했다. 그녀는 순식간에 강에 빠졌다. 불안한 예감은 늘 적중한다. 강 속에 미동 없이 가라앉던 베로니카가 생각했다.

강 속에 있던 무언가가 그녀를 붙잡고 놓아주질 않았다. 누가 강 밑바닥까지 그녀를 끌고 내려가는 것 같은 느낌이 들었다.

그건 썩 좋은 느낌은 아니었다. 베로니카는 눈살을 찌푸렸다. 이제 더는 숨을 참기가 어렵다고 느끼는 순간이었다.

풍덩.

아리스타가 망설임 없이 강으로 뛰어들었다. 그는 바닥으로 거침없이 가라앉는 그녀의 손을 잡았다.

베로니카는베로니카는 빛을 등지고 내려와 그녀의 손을 잡아준 아리스타를 보았다.

그의 다급한 얼굴을 보며 그녀는 눈을 감았다.

Chapter 6
축복의 산

Veronica Requiem

베로니카 레퀴엠

축축이 젖은 풀 내음이 콧속으로 스며들었다. 소란스러운 소리가 뭉개지며 귓가에 아득하게 들려온다. 익숙하면서도 낯선 향기가 온몸의 감각을 지배했다.

베로니카는 물밀 듯이 밀려오는 기억을 되살리며 눈을 떴다.

"베로니카! 정신이 들어?"

물기가 뚝뚝 떨어지는 머리카락을 한 아리스타가 그녀의 시야를 가득 채웠다. 송골송골 떨어지는 물기들이 그의 날카로운 턱선을 타고 아쉽게 떨어져 나간다.

자로 잰 듯 완벽하고 깔끔한 모습을 추구하는 남자가 바로 아리스타다. 그녀와의 여정을 함께하면서도 그는 늘 정갈한 차림새로 소피아마저 기겁하게 만들던 남자다.

하지만 그녀를 다급한 시선으로 바라보는 지금의 모습은 여지없이 지저분한 몰골이었다. 평소와 달리 온통 젖은 옷과, 흙으로 뒤범벅된 상태로 정신없이 그녀를 살피기에 여념 없는 그의 모습이 베로니카의 눈에 인상적이었다.

그녀는 잠시 두 눈을 깜빡이며 아무 말이 없었다. 상황에 대한 인지가 부족했던 탓이다. 그녀는 잠시 혼란스러웠다.

그리고 그제야 자신이 망자의 강에 빠졌었다는 사실이 떠올랐다.

"어떻게 된 거야?"

금세 메마른 입술을 비집고 잔뜩 잠긴 목소리가 흘러나왔다. 주위는 한적하고 그저 고요했다. 잠시 살펴본 바로는 주위에 아리스타와 그녀 말곤 아무도 없었다.

"그게……."

대답을 원하는 베로니카의 맑은 눈동자를 보며 아리스타는 잠시 망설였다. 그도 난감한 기색이 얼굴에 가득했다. 그리고 그제야 베로니카는 자신 역시 물에 흠뻑 젖어 있다는 사실을 깨달았다. 그 사실을 뒤늦게 깨달았을 만큼 그녀는 정신이 없었다.

전보다 더 심하게 밀려오는 두통에 고통을 호소하며 베로니카는 관자놀이를 문질렀다. 아리스타의 걱정스러운 시선

에 그녀가 애써 웃어보였다. 하지만 신경줄을 당겨 헤집는 듯
한 두통은 전보다 유달리 심했다.

그리고 아리스타는 베로니카가 감정적으로 안정을 되찾는
기미가 보이고서야 다시 가만히 입을 열었다.

"네가 빠지고 너를 따라서 물에 들어갔는데 갑자기 물살이
빨라지더군."

망자의 강은 워낙 크고 거대한데다가 지형적 특성상 아만
로프 지역엔 급류가 형성될 수가 없었다. 더군다나 그들이 보
기에도 망자의 강은 과연 물이 흐르는 것인가 의심할 정도로
잔잔하지 않았던가.

베로니카는 의문 가득한 표정으로 아리스타를 보았다. 하
지만 그렇다고 해서 아리스타가 그녀 물음에 완벽히 대답할
수 있으리라곤 그녀조차도 생각하지 않았다.

"그대로 물속으로 빨려 들어가는가 싶었는데 돌연 누군가
우리를 물 밖으로 밀어냈어."

아리스타의 설명은 다소 모호했다. 베로니카가 의아한 얼
굴로 고개를 갸웃거리자 그가 조심히 말했다.

"나는 정령을 보지 못하잖아. 우리를 물 밖으로 끌어내 준
것이 아마 물의 정령이 아니었나 싶군."

아리스타의 추측에 베로니카는 확신을 더했다. 그녀는 분
명 물의 정령이 확실하다고 생각했다. 그리고 그렇게 생각하
고서야 시름을 던 얼굴로 참았던 숨을 뱉었다. 그녀의 주위로

어느새 몰려든 위니와 코이들 또한 흥겹게 노래를 부르며 아리스타의 말에 동조를 표하고 있었다.

"아마도 이곳이 우리의 목적지 근처 같다."

아리스타의 말에 베로니카는 고개를 돌렸다. 물을 묵직하게 머금은 구름이 하늘을 가득 메우고 있었다. 날씨는 우중충했고, 나무가 울창한 숲 속은 어두컴컴했다.

끝없이 울창한 숲 속을 바라보며 베로니카는 아연실색하였다. 이제 그만 쉬고 싶다. 그녀의 머릿속을 가득 채우는 생각은 그뿐이었다. 리비엘라로 돌아가 그녀를 기다리고 있을 아버지와 안젤리카를 보고 싶었다.

"다리는 괜찮아?"

그가 걱정스러운 얼굴로 물었다. 베로니카는 그제야 제 다리가 힘없이 바닥에 늘어져 있는 모습을 보았다. 여전히 다리에는 아무런 감각이 없었다.

베로니카는 제 다리를 보고 잠시 넋을 놓았다. 다리에 보기 흉하게 남은 상처가 있었다. 가만히 상처를 보고 있자니 다리가 짓뭉개지던 때의 고통이 떠올라 오소소 소름이 돋았다. 발끝부터 머리끝까지 올라오는 기이하게 오싹한 감각.

그녀는 조심히 손을 뻗어 매끈하던 다리에 보기 흉하게 남은 상처를 어루만졌다.

한참을 제 다리만 만지며 넋을 놓은 그녀를 보고 아리스타가 미간을 찌푸렸다. 그는 곱고 아름다운 베로니카를 기억한다. 그의 기억 속에 인상 깊게 자리 잡은 그녀의 첫인상부터, 꿈을 통해 엿본 그녀의 과거까지.

평탄한 인생은 아니었으나 그녀는 그 속에서도 늘 곧고 아름다웠다. 보는 이의 눈길을 단숨에 사로잡는 매력이 있는 여인이었다. 그런 그녀의 다리에 평생 남을 보기 흉한 상흔이 남게 되었으니 가슴 한구석이 시려왔다.

그는 조심스러운 동작으로 그녀를 안아들고 이를 악물었다. 당장에라도 로웰을 죽이고 싶다는 생각이 그의 머릿속을 지배하고 있었다.

"이쪽으로 가면 될 거야."

이제는 익숙하게 아리스타에게 안겨 베로니카가 말했다. 그녀는 손가락으로 숲 속 깊숙이 가리켰다. 위니들의 안내에 따라 걸음을 옮겼지만, 숲의 어둠은 금세 그들을 뒤쫓았다.

숲 속이라 햇빛이 잘 들지는 않았지만 시야가 차단된다는 느낌은 없었다. 하지만 해가 저물기 시작하자 울창한 숲 속은 금세 그들의 앞길을 가로막았다. 거대한 크기의 나무들이 하늘 높이 솟아 있었고, 숲의 밤은 평소보다 이르게 찾아왔다.

축복의 산을 둘러싼 나무들은 란드마의 숲과 비교하자면 크게 위협적이진 않았다. 다만 나무가 모두 거대한 크기와 울창한 높이로 시선을 압도하는 면은 있었다.

아리스타가 그녀를 근처 바위 위에 내려놓았다. 베로니카는 얌전히 바위 위에 앉아 지친 한숨을 내쉬었다.

아리스타가 재빨리 땔감을 모아와 그녀 앞에 불을 붙였다. 그는 그녀의 겉옷을 벗겨 불 앞에 쬐어 말렸다. 추위로 몸을 떠는 그녀를 보며 제 옷을 벗어주려다 안타까움의 한숨을 내쉬었다. 그도 그녀 못지않게 쫄딱 젖은 차림새였다.

"난 괜찮아."

베로니카의 잔잔한 미소에 아리스타가 결국 미안한 기색 가득한 얼굴로 그녀 옆에 앉았다.

그와 그녀는 타오르는 불씨를 노려보듯 바라보며 한참 동안 말이 없었다. 타닥타닥 땔감을 맛있게 먹으며 활기 있게 타오르는 불씨 외에는 아무도 입을 열지 않았다. 다소 포근한 침묵이었다.

각자의 생각에 잠겨 아리스타와 베로니카는 서로 돌아볼 틈 없이 조용했다. 고요한 숲 속에 장작불이 타닥타닥 정겹게 타오르는 소리만이 맴돌았다.

"로웰이 이곳으로 오고 있어."

베로니카가 문득 말했다. 그녀 앞으로 위니들이 허공을 굴러다니며 맑은 웃음을 터뜨리고 있었다.

아리스타가 천천히 고개를 들었다. 하지만 그녀를 돌아보지는 않았다. 그는 대답 없이 불씨를 가만히 노려보기만 했다.

아리스타는 몸도 마음도 피곤으로 젖은 그녀를 염려했다. 하지만 그녀는 본래가 제 아픔에 대해선 일언반구도 하지 않는 여자였다. 그는 그녀의 성정을 알기에 애써 입을 다물었다. 그녀의 모습이 안쓰러운 것은 사실이지만, 이 열악한 환경 속에서 그가 할 수 있는 일은 많지 않았다.

"잠이라도 자둬."

아리스타가 자리를 털고 일어서며 말했다. 베로니카는 옷깃을 여미며 그를 보았다.

아리스타는 잔뜩 지친 얼굴로 양 손을 들어 마른세수를 했다. 밝고 아름다웠던 황금색 머리카락도 어느새 색이 죽어 푸석했다. 문득 솟아오르는 미안한 감정에 베로니카는 고개를 숙였다.

그저 고달프다.

제게 놓인 상황이 왜 모두 쉽지 않은 것인지 알 수가 없다. 매번 그녀는 누군가에 시험당하고, 또 주어진 시험을 치러야만 했다. 과거에도, 그리고 지금에도.

가만히 고개 숙인 그녀 머리 위로 아리스타의 커다란 손이 내려앉았다.

"쓸데없는 생각하지 마라."

그 말이 지나치게 따스하고 의지가 돼서 베로니카는 아랫입술을 지그시 물었다. 그녀를 향한 그의 감정을 모르는 바가 아니라 더 가슴이 벅차올랐다.

"나는 잠시 근처에 냇가가 있나 찾아보고 올게."

아리스타의 말에 그녀는 묵묵히 고개만 끄덕였다. 그 모습에 아리스타는 미소를 지으며 등을 돌렸다. 멀리 사라지는 그의 모습을 보며 그녀는 참았던 눈물이 봇물처럼 흘러내리는 것을 느꼈다.

무엇이 서러워 우는 건지 그녀 자신도 알지 못한 채 그녀는 그렇게 눈물을 흘렸다. 쌓이고 쌓인 피곤과 함께 정신적 스트레스가 그녀를 옭아매고 있었다.

그녀는 숨을 죽이고 울었다.

"베로니카?"

고요한 정적을 가르고 누군가의 목소리가 들려왔다. 화들짝 놀란 그녀가 재빨리 눈물을 훔치며 고개를 돌렸다.

그곳엔 놀란 얼굴의 로웰이 이레인의 손을 잡고 서서 그녀를 바라보고 있었다. 그는 베로니카와의 만남이 전혀 뜻밖이라는 듯이 난감한 기색을 표했다. 이 넓은 숲속에서 이렇게 단번에 그녀와 마주치게 될 줄은 몰랐기 때문이다.

베로니카와의 마지막이 깔끔하지 못했던 만큼 그는 베로니카와의 갑작스러운 만남이 당황스러웠다.

베로니카의 시선이 단번에 그와 그녀의 마주 잡은 손으로 쏠렸다. 베로니카는 믿을 수 없다는 얼굴로 로웰과 이레인을 번갈아 바라보았다.

금방 울었다는 것을 증명하듯 눈동자가 붉었지만, 베로니카는 미처 그에 신경 쓸 겨를이 없었다.

로웰이 근처에 있다는 이야기는 들었지만 누군가와 함께

있다는 소리는 듣지 못해 그녀도 당황스러웠다. 게다가 그것이 이레인이라니.

그녀는 그저 혼란스러웠다. 이레인과 로웰이 어릴 적 함께 대성전에서 자라 안면이 있다는 사실을 안다. 하지만, 이처럼 긴밀한 사이었던가? 그저 그녀는 지금의 상황 자체가 괴이하고 낯설었다.

“여긴… 어쩐 일이죠?”

긴 침묵 끝에 베로니카가 먼저 입을 열었다. 잔득 쉰 목소리가 듣기 흉하게 흘러나왔다. 베로니카는 입술을 깨물었다.

그 와중에 이레인이 당황한 얼굴로 로웰의 눈치를 살폈는데, 그 모습이 베로니카의 심기를 더 불편하게 만들었다.

로웰은 이마를 매만지며 잠시 난감한 기색을 표했다. 그 모습에서 베로니카는 짐작했다. 그는 그녀에게 그들이 이곳에 있는 이유를 알려줄 생각이 없었다.

그러다가 그녀는 문득 생각했다. 혹시 자신에게 어떤 문제가 있었던 것은 아닐까. 로웰이 지금과 같은 예측 불가능한 행동을 하는 것은 그 때문이 아닐까.

베로니카는 급하게 자신의 지난 행동들을 되살폈다. 하지만 도무지 떠오르는 것이 없었다. 그녀는 언제나 로웰에게 최선을 다했고, 늘 성의를 다해 그를 대했다. 어쩐지 머리가 전보다 더 심하게 머리를 울리는 것 같다는 느낌에 그녀는 다시 관자놀이를 문질렀다.

"캐드릭도 함께 있습니까?"

로웰의 시선이 그녀 근처에 널려 있는 아리스타의 옷가지에 닿았다. 베로니카의 옷가지와 함께 나란히 널려 있는 모습이 지나치도록 다정하고 허물이 없다.

그 모습 보며 로웰은 자괴감을 느꼈다. 이레인을 위해 미련 없이 베로니카를 버린 것은 그였다. 그가 그토록 찾던 기억 속의 '그녀'가 바로 이레인이었음에도 여전히 미련을 두고 베로니카를 보고 있던 모양이다.

로웰의 날카로운 시선이 불쾌한 기색을 채 감추지 못하고 옷가지에 머물렀다. 아리스타가 그가 없는 동안 베로니카를 제대로 보필해 왔다는 사실을 안다. 그 때문에 맞잡은 이레인의 손이 더없이 무겁게 느껴졌다.

이레인은 갑작스럽게 강하게 쥐어오는 로웰의 손길에 화들짝 놀라 인상을 찌푸렸다. 그들 사이로 지나가는 분위기가 그저 기이했다. 그리고 베로니카는 바위 위에 미동 없이 앉아 여전히 로웰의 말에 아무런 대꾸도 없었다.

"저희는 해야 할 일이 있어서 이만 자리를 비키겠습니다."

차분하게 서서 그녀의 말을 기다리던 로웰이 깊은 한숨과 함께 말을 했다. 그와 그녀 사이에 선을 긋는 듯이 냉랭한 말투였다.

무엇에 문제가 있었는지 여전히 의문이다. 때문에 베로니카는 더 입을 열기 보단 묵묵히 침묵을 지켰다. 겹겹이 쌓여 묵힌 피로가 자칫 로웰을 향한 비수가 되어 흘러나올까 염려하였기 때문이다.

로웰을 따라 베로니카는 자신 역시 냉정함을 유지할 필요가 있다고 여겼다. 그녀를 대함에 있어, 처음과 태도를 달리하는 것이 로웰이 처음은 아니었다. 이전에도 아리스타, 혹은 그 외 사교계 인사들에게 숱하게 겪었던 일이다. 그러므로 베로니카는 제법 익숙한 얼굴로 침묵을 지켰다. 비명 같은 말들을 억눌러 삼키며 그녀는 조용히 눈을 감았다.

하지만 로웰과 이레인은 서로의 손을 잡은 채 대답 없는 그녀를 지나쳤다.

베로니카는 입술을 악물고 다시 눈을 떴다. 그녀를 등지고 걸어가는 그의 뒷모습보며 베로니카는 억눌린 감정이 터지는 것을 느꼈다. 그녀를 지탱하던 무언가가 끊어지는 기분이었다.

"지켜줄 거라고 했잖아요."

결국 참고 있던 말들이 봇물처럼 그녀의 입술을 비집고 튀어나왔다. 켜켜이 쌓여 묵힌 원한이 로웰에게 향했다. 울음이 섞인 그녀의 목소리가 그들의 발목을 잡았다.

이레인은 난감한 얼굴로 그녀를 보았고, 돌아본 로웰은 이렇다 할 표정도 없는 얼굴이었다.

"그 모든 말이 달콤한 거짓이었군요."

로웰은 베로니카의 물음에 답하지 않았다. 대답 한 번 없이 그들은 다시 지체하던 걸음을 미련 없이 뗐다.

베로니카는 아연한 시선으로 멀어지는 그들의 뒷모습을 보았다. 그녀답지 않은 용기를 발휘해 짜낸 물음이었다. 그마저도 외면한 로웰이 그저 야속했다. 베로니카는 입을 한일자로 굳게 다물고 멀어지는 그들을 보았다.

버림받는 것에 익숙하다 여긴 것은 베로니카 혼자만의 착각이 분명했다. 그녀는 조용히 흐르는 눈물을 훔쳤다. 그녀가 훌쩍이며 고개를 들자, 눈앞에 아리스타가 냉랭한 얼굴로 서 있었다.

"아, 아스? 언제 왔니?"

베로니카는 당황한 얼굴로 재빨리 눈물을 닦았다. 하지만 그녀의 물음에 아리스타는 답하지 않았다. 그는 그저 로웰과 이레인이 사라진 자리를 매섭게 노려보고 있었다. 그 눈빛이 자못 살벌한지라 베로니카는 다시 한 번 그를 불렀다. 자칫 그가 금방이라도 로웰에게 뛰어갈 태세였기 때문이었다.

"다 봤어?"

그녀가 민망한 기색을 온전히 감추지 못하고 물었다. 하지만 아리스타는 대답 없이 그저 지친 기색으로 그녀 옆에 앉았다. 그는 아무 말이 없었고, 결국 베로니카도 입을 다문 채 그저 타닥타닥 타오르는 불길만 보았다.

무어라 말이라도 해주면 좋으련만. 베로니카는 차분해진 얼굴로 한숨을 내쉬었다. 이젠 그녀마저도 지쳐갔다. 그녀는 감각 없는 제 다리를 만져 보았다. 그동안 다리가 망가졌다는 사실을 인지하기만 했을 뿐, 실감하지 못했는데 이제야 점점 그것이 현실로 다가오기 시작했다.

"다리는 괜찮아?"

아리스타가 자신의 다리를 매만져 보는 그녀를 향해 물었다. 베로니카는 고개를 저었다. 괜찮을 리가 없었다. 평생 다리를 쓰지 못할지도 모르는데, 괜찮다니. 그럴 리가 없었다. 그저 다리에 관한 것은 아무것도 생각하고 싶지 않았다. 그만큼 끔찍하고 괴로웠다.

"그 자식에게 말하지 그랬어."

아리스타는 그녀에게 시선 한 줌 주지 않고 무심히 말했다. 베로니카 역시 그를 마주보지 않은 채였다.

"무서워서 그랬어."

그녀 대답이 뜻밖이었는지 그제야 아리스타가 고개를 돌렸다. 그의 시선에 닿은 베로니카는 불가에 반쯤 그을려서 볼이 불그스름했는데, 정말로 열기 때문인지는 알 수 없었다.

"뭐가 무서워?"

"로웰이."

그녀 대답에 아리스타가 눈썹을 치켜뜨고 반문했다.

"로웰 클라우스가?"

그녀가 고개를 끄덕였다. 그녀가 짙게 한숨을 뱉자, 뿌연 입김이 흘러나왔다. 아리스타가 재빨리 제 마른 옷가지를 가

저와 그녀 어깨에 걸쳐주었다.

그 손길이 세심하고 다정해 베로니카는 가슴이 뭉클해지는 것을 느꼈다. 옛날의 아리스타와 너무나도 달랐지만, 그녀를 향한 그의 애정을 알기 때문에 낯설지는 않았다.

"이미 떠난 사람이야. 그런 이에게 내 상태를 말해 무엇 하겠니?"

그녀의 목소리가 다소 높아졌다. 아리스타가 대답 없자 그녀는 스스로를 진정시키며 그에게 사과했다.

"다른 이들은 잘 있겠지?"

소피아와 휴버트, 그리고 템베른을 묻는 말이다. 아리스타는 고개를 끄덕였다.

"축복의 산으로 향했을 거야. 최종 목적이 그곳……."

"쉿."

말을 이어가던 아리스타의 입술 위로 베로니카의 얇고 작은 손가락이 닿았다. 그녀는 재빨리 흙을 덮어 불을 끄고 숨을 죽였다.

그러자 멀리선가 풀잎 바스락거리는 소리와 함께 두런두런 이야기 소리가 들려왔다.

"대체 누구기에 이렇게 찾는 거야?"

"듣자 하니 리비엘라의 귀족이라던데."

"여긴 금지 구역이잖아. 정말 여기 있을까?"

법황이 내린 수배령으로 베로니카를 쫓는 추격자였다.

아리스타는 조심히 발을 움직여 불을 피웠던 흔적을 지우고자 했지만 잿더미가 쉽게 지워지지는 않았다.

아리스타와 베로니카는 고개를 숙여 서로의 얼굴을 바라보며 마른 침을 삼켰다. 긴장된 침묵이 둘 사이에 맴돌았다. 아리스타는 베로니카를 조심히 안아 들고는 커다란 바위를 찾아 조심히 움직였다.

"이쪽은 찾아봤어?"

한 남자의 목소리가 그들이 있는 장소로 가까워지고 있었다.

"위니, 바람을 움직여서 소리를 차단해 주겠니."

그러자 숲 속으로 작은 미풍이 흘러 들어왔고, 그로 인해 풀잎과 낙엽이 바스락거리며 소리를 자아냈다.

"잭! 더 들어가는 건 위험하지 않을까?"

그들에게 가까워지는 남자를 향해 그의 동료가 외쳤다.

"그쪽은 냇가 쪽이잖아? 냇가는 아까 모두 돌아보지 않았느냔 말이야."

"허… 그런가?"

그들에게 가까워지던 목소리가 다시 멀어졌다. 점차 멀어진 목소리는 한참 후에는 완전히 사라지고 없었다.

"위니, 고마워."

베로니카의 감사 인사에 위니들이 쑥스러운 얼굴로 몸을 배배 꼬며 기뻐했다.

"아스, 안쪽에 냇가가 있었어?"

그녀의 물음에 아리스타가 고개를 끄덕였다.

"냇가를 따라 올라가다 보면 목적지에 가까워지겠다. 축복의 산을 오르다 보면 신의 예물을 모시는 신당 하나가 있다 했어. 분명 냇가 근처에 있을 거야."

그 말이 일리가 있었는지 아리스타가 곧장 동의를 표했다.

"하지만 오늘 밤은 여기서 지새우자. 지금 움직이는 건 위험해."

결국 그들은 다시 불씨를 살려 불을 피웠고, 아리스타는 잠든 베로니카를 지키며 불침번을 설 것을 자처하였다.

그 모습을 구경하던 위니들의 숙덕거림과 함께 밤은 깊어만 갔다.

*　　*　　*

"둘이 아주 오순도순 잘도 지내고 있었군?"

아리스타에게 업혀 냇가를 따라 이동하던 중이었다. 인위적으로 만들어진 더운 바람이 역하게 주위를 휘몰아쳤다. 베로니카는 위니들이 비명을 지르며 멀리 사라지는 모습을 보았다.

늘 그렇듯 난데없이 나타난 이는 디아보루스다. 베로니카는 아리스타의 등에 업혀 디아보루스의 지저분한 얼굴을 보았다. 평소와 달리 너저분한 모습으로 등장하니 의아했던 탓이다.

헝클어진 그의 머리칼에 군데군데 묻어 있는 낙엽이 인상적이었다. 잔뜩 피가 튄 그의 왼쪽 볼에는 길게 그어진 상처도 있었다.

하지만 디아보루스는 제 몰골은 생각도 않고 그들의 주위를 맴돌며 비아냥거리기 바빴다.

고요하던 숲 속에 그로 인한 작은 소란이 일었다. 기분 나쁘지 않은 소란이었지만 아리스타의 목에 팔을 두르던 베로니카가 콧잔등에 주름을 잡고 그를 노려보았다.

"또 뭐가 불만이야?"

그녀의 타박 어린 말투에 그는 코웃음을 쳤다.

"불만은 무슨."

그는 제 머리칼을 거칠게 헤집으며 짜증스러운 얼굴로 날개를 접었다. 마물들이 들이닥칠 사태를 미연에 방지하기 위함이었다. 이미 그들을 쫓는 일부 인간은 상당수 마물에 당한 상태다. 이대로 안전하지 않은 곳에 베로니카를 둘 수는 없었다.

축복의 산 전체에 역겨운 마물들의 냄새가 그득하다. 베로니카와 아리스타는 아무런 기척도 느끼지 못했지만, 이곳은 신의 기운과 마물의 기운이 한데 어우러져 난잡하게 뒤섞여 있었다. 마물이 베로니카를 뒤따라 모두 이곳으로 모여들고 있었기 때문이었다.

하지만 그것도 베로니카가 이 세계의 일원이라는 증표를 하사받는다면 모두 해결될 일이 분명하다.

디아보루스는 지친 한숨과 함께 그들을 따라 걸었다. 그는 인간이 아니기 때문에 그와 상성이 비슷한 마물의 냄새와 기운을 손쉽게 느낄 수 있다.

베로니카의 향을 따라 오던 와중에 그는 지천에 깔린 역겨운 그것들을 모조리 제자리로 돌려보내고 나서야 아리스타와 베로니카가 있는 곳으로 돌아올 수 있었다. 물론 디아보루스는 그 사실들을 실수로라도 입 밖에 내지 않았다. 굳이 자신이 그녀를 신경 쓰고 있다는 사실을 알리고 싶은 마음이 없었기 때문이었다.

"그런데 디아보루스, 그 시험이란 것이 뭔지 너는 아니?"

베로니카의 물음에 디아보루스는 눈썹을 한 번 치켜뜨더니 잠시 생각에 잠긴 얼굴로 말이 없었다.

"특별한 건 없어."

그 대답에 안심이 되었던 모양인지 그녀가 한숨과 함께 아리스타의 등에 얼굴을 기대었다. 아리스타의 등이 워낙 따뜻했던 지라 절로 잠이 밀려오는 것을 느끼며 베로니카는 느릿하게 눈을 깜빡였다. 그리 잠을 자고도 또 잠이 오다니. 그녀는 다시 눈을 부릅떴다.

정작 한숨도 자지 못한 아리스타는 이리 힘들게 그녀를 업고 가는데, 편히 잠들었던 그녀가 또 잠이 들다니 실례다. 최대한 그녀를 배려해서 조심히 움직이는 아리스타를 알고 있다.

베로니카는 그의 등에 얼굴을 묻었다. 시야가 온통 가려지고 아리스타만의 체취가 코로 스며들었다. 그 냄새가 좋아 그녀는 그렇게 한참을 아리스타의 등에 얼굴을 묻고 있었다. 어쩐지 마음이 안정이 되는 기분이었다.

"그보다 인간들은 참 알 수가 없어."

디아보루스가 문득 고개를 저으며 중얼거렸다. 베로니카는 고개를 들고 디아보루스를 보았다. 아리스타는 멈추지 않고 계속 거친 산길을 오르고 있었다.

"무슨 소리니?"

"지금 이 숲에 너희를 찾는 인간들이 깔려 있더란 말이지."

어제 보았던 이들은 그중 일부였던 모양이다. 베로니카는 진중해진 얼굴로 고요히 생각에 잠겼다.

법황도 참 집요하다. 그 정도로 대대적인 수배령을 공표하였다면, 리비엘라에도 그 소식이 전해졌을 것이 분명했다. 베로니카는 아버지와 안젤리카가 그 사실 듣고 가만히 있지 않았을 것이라 확신했다. 자만이 아니다. 분명 아버지와 안젤리카는 이처럼 무례한 법황에게 어떤 조처를 했을 거다. 장담할 수 있었다.

그녀는 그들을 믿었다. 때문에 법황과 관련된 사항은 믿고 안심할 수 있었다. 그녀는 다시 아리스타의 등에 얼굴을 기대고 살며시 눈을 감았다.

시야가 검게 변하자 다시금 폭풍 같은 상념이 밀려왔다. 여지없이 로웰에 대한 지난 행동이 떠올랐다.

그녀는 미간을 찌푸렸다. 하지만 눈을 뜨고 싶은 생각은 없었다. 분명 로웰의 지난 행동은 가슴에 큰 상처가 될 만큼 미웠지만, 그럼에도 그를 이해하고 싶은 마음이 가슴 한구석에 남아 있었기 때문이다.

그녀의 기억 속엔 아직도 로웰의 뒷모습이 아련히 남아 있어 다른 것을 생각할 수 없게 만들었다.

이레인과 꼭 잡은 손.

대체 언제부터? 베로니카는 아리스타의 등에 얼굴을 묻고는 짙은 한숨을 내쉬었다. 그저 가슴이 아팠다. 도무지 이유를 알 수가 없었다.

그러다가 그녀는 문득 떠올렸다. 로웰의 과거에 등장한 소녀가 바로 그녀다. 베로니카는 아직 그 말을 로웰에게 전하지 않았다.

혹시 그 사실을 미리 알렸어야 했던가. 로웰의 이상 행동이 그것과 관련된 것인가.

베로니카는 뒤늦은 후회가 밀려왔다.

켈란은 로웰이 기억 속에 목소리만 남아 있는 소녀를 찾는다고 했었다. 하지만 그 소녀는 다른 누구도 아닌 베로니카

본인이다. 혹시 그 목소리의 소녀를 베로니카가 아닌 이레인 이라 착각하고 있는 것은 아닐까? 하지만 곧 그녀는 고개를 저었다.

설마, 그럴 리가. 다른 특별한 이유가 있을 것이 분명해. 로 웰은 늘 속을 알 수 없는 남자였으니 이번 행동에도 무언가 다른 이유가 있을 것이 분명하다. 베로니카는 그렇게 믿고 싶 었다.

"얼마 남지 않았으니까 힘내, 베르."

그녀가 힘들 것은 아무것도 없는데 되려 아리스타가 그녀 를 위로한다. 그의 등에 업혀 로웰만을 생각하고 있던 베로니 카는 화들짝 놀라 고개를 들었다. 그녀는 괜스레 미안해지는 마음에 대답하지 않았다.

모두 입을 다물자 잠시 조용한 침묵이 숲 속으로 내려앉았 다. 불편한 정적이라기 보단 편안한 침묵이다. 위니들이 디아 보루스의 눈치를 보며 조심스럽게 일으키는 바람에 풀잎이 바스락거리는 소리를 낸다. 그 소리를 자장가 삼아 베로니카 는 다시 상념에 젖어들었다.

예로부터 고요한 숲 속엔 아무도 모르는 신비한 마법이 일 어난다고 하지.

어릴 적 흔히 읽던 동화책에 자주 등장했던 이야기다.

실제로 그녀가 이처럼 마법 같은 삶을 살게 되리라고 누가 생각이나 했을까.

아리스타와 그녀의 관계가 이런 식으로 개선되리라고는 꿈에도 생각하지 못했던 일이다. 물론 분명한 것은 기존 세계와 새로운 세계의 아리스타는 같지만 전혀 다른 사람이라는 명확한 구분이 있다는 점이다.

이제는 말할 수 있었다. 기존 세계의 아리스타는 용서할 수 없었지만, 새로운 세계의 아리스타는 미워할 필요가 애초에 없었다는 사실을.

그런 결론을 내리고서야 지금 그녀를 다정하게 업고 산을 오르는 새로운 세계의 아리스타가 더 가깝게 느껴졌다. 그의 마음이 그제야 더 진솔하게 그녀에게 와 닿았다.

그러다가 그녀의 머릿속에 기존 세계에서 아리스타의 손 아래 실선 같은 목숨줄을 흩날린 이들이 문득 떠올랐다. 아버지와 안젤리카를 비롯한 웨일스 가문의 가솔들. 그때의 그녀는 알지 못했다. 그녀 어머니의 가문 엘자냐가 사브리엘라 시대에 살아남은 왕가의 핏줄이라고는.

이번 여정이 끝나면 정말로 엘자냐 가문에 방문하리라. 매번 새로운 사건이 터지곤 해서 한 번도 찾아가지 못했다. 이번에야말로 꼭 어머니의 과거가 고스란히 남아 있을 엘자냐를 방문하리라.

"베르, 자?"

그녀가 한참을 미동 없이 생각에 잠겨 있자 그녀의 얼굴 보지 못하는 아리스타가 물었다. 베로니카는 고개를 돌려 그의 등에 얼굴을 기대며 대답했다.

"아니."

지금의 아리스타도 엘자냐 가문에 대한 진실을 알고 있을까. 알고 있어도 그때의 아리스타와 같은 선택으로 그녀의 가문에 반역의 죄를 씌우는 일은 없을 것이다. 그녀는 확신했다.

"피곤하면 조금 자두는 게 좋아."

아리스타의 말에 그녀는 대답 없이 눈을 감았다. 시야가 차단된 어둠 속에 있자니 별것 아닌 소리까지 확연히 귓가에 들려왔다. 저벅저벅, 아리스타의 발걸음 소리가 그중 그녀 귓가에 가장 안정적으로 들렸다.

마치 자장가처럼.

＊　　＊　　＊

생각보다 신당을 찾는 것이 어렵지는 않았다. 절벽 위에 지어진 신당은 금방이라도 허물어질 것처럼 낡고 오래되었다.

베로니카와 아리스타는 그 앞에 서서 잠시 주위를 둘러보았다. 신당 근처에는 나무 한 뿌리도 멀쩡하지 않았다. 모두 죽은 나무뿐이다.

섬뜩하다. 기분 나쁜 기운이 베로니카의 전신을 휘감았다. 그녀는 아리스타에게 업혀 신당 앞까지 다가갔다. 신당은 오랫동안 사용하지 않은 것처럼 먼지가 가득했다.

망자들이 나타나 손짓이라도 할 것처럼 으슥하고 고요했다.

베로니카는 마른침을 삼키며 조심히 주위를 살폈다. 마물들이 나타날 기색은 없다. 그제야 그녀는 품에서 두 개의 오색 돌을 꺼내 신당 앞에 조심히 놓았다.

그녀가 조용히 오색 돌을 놓고 그 앞에 앉아 있자, 아리스타가 가까이 다가왔다.

"어때? 반응이 있어?"

아리스타가 그녀를 향해 물었다.

"나도 잘 모르겠어."

그녀의 대답에 아리스타는 적잖이 실망한 눈초리로 오색 돌을 보았다.

"신탁이 가리키는 장소가 이곳이 아닌가?"

아리스타가 고개를 갸웃거리자 디아보루스가 단호하게 고개를 저었다.

"이곳이 확실해."

디아보루스의 말이 끝나기 무섭게 오색 돌을 감싸고 환한 빛 무리가 쏟아져 나왔다.

베로니카는 그 앞에 숨을 죽이고 앉아 그 모습을 보았다. 눈부신 빛들이 모두 사라지고 난 자리에는 아무것도 남아 있지 않았다. 오색 돌이 흔적도 없이 사라졌다.

아리스타는 그제야 안도했지만, 베로니카는 불길한 기분을 떨치지 못하고 오색돌이 사라진 자리를 계속 보았다.

"뭔가 이상한데."

디아보루스가 조그맣게 중얼거렸다.

"그래, 이상해."

그리고 베로니카가 디아보루스의 말에 대답한 순간이었다. 땅을 울리는 소리와 함께 어디선가 듣기 싫은 괴음이 들려오기 시작했다.

"마물들이야."

디아보루스가 검은 날개를 모두 펼치고 하늘 높이 날아올랐다. 아리스타가 재빨리 검을 빼어 들고 베로니카의 앞을 가로막았다.

수십 개의 발소리와 함께 땅이 크게 울렸다. 베로니카는 두려움에 젖은 얼굴로 아리스타의 옷깃을 잡았다. 소리가 점차 가까워졌고, 베로니카는 이마에 송골송골 맺힌 식은땀을 닦아냈다.

멀리서 나무들이 쓰러지고 거대한 흙바람과 함께 검은 무리가 힘차게 그들을 향해 달려오고 있는 모습이 보였다.

베로니카는 아연한 얼굴로 그 장면을 보았다.

저것이 현실인가? 저 많은 마물이 지금 그들에게 달려오는 것이 맞는가? 목적은 그녀인가?

신탁은 왜 효과가 없는가.

오만가지 생각이 베로니카의 머릿속을 스치고 지나갔다. 그리고는 마치 죽기 직전의 사람처럼 지금까지의 일들이 모두 주마등처럼 스치고 지나가기 시작했다.

정말로 그녀가 죽음의 문턱에 다다른 모양이다. 베로니카는 온힘을 다해 모든 정령을 불러모았다. 그녀가 죽더라도 아리스타만큼은 끝까지 살아남기를 바란다.

크아아아아!

마물들의 괴성이 시끄럽게 울렸다. 이제는 징그러운 그들의 외관이 확연히 보일 정도로 가까워졌다. 바로 지척이었다. 베로니카는 정령들에게 도움을 요청하고는 크게 심호흡했다.

그녀가 미처 제지하기도 전에 아리스타가 자리를 박차고 나갔다. 베로니카는 망연자실한 얼굴로 마물들과 싸우는 아리스타의 뒷모습을 보았다.

한두 마리가 아니다. 수십 마리다. 수십 마리의 마물을 혼자서 감당이 가능하기나 한가?

그녀가 암담한 현실 앞에 좌절하고 있을 때였다.

[거짓은 진실 앞에 무력하다.]

베로니카의 귓가에만 들리는 목소리가 아니었다. 아리스타가 놀라 그녀를 돌아보았고, 마물이 모두 동작을 멈추었다.

베로니카와 아리스타는 수십 마리의 마물이 차차 사라져 가는 장면을 넋 놓고 보았다.

*　　　*　　　*

"난 네게 진실을 들을 권리가 있어."

이레인이 로웰의 손을 뿌리치고 물었다. 그녀는 잔뜩 성이 난 얼굴이었다.

내내 표정 한 번 바뀌지 않던 로웰이 그제야 피곤한 얼굴로 걸음을 멈추었다. 잔뜩 수척해진 모습으로 자신을 바라보는 로웰의 모습에 이레인은 그저 짜증이 치솟았다.

"왜 자꾸 짜증나게 날 데리고 다니는 거야? 휘두르는 것도 정도껏 해. 내가 누군지 알아? 이레인이라고! 신성국의 축복받은 성녀 이레인! 네가 이렇게 함부로 대할 수 있는 사람이 아니란 말이야! 로드 웨일스에게 가고 싶지? 가고 싶어 죽겠지? 그럼 가버려!"

그녀가 큰 목소리로 소리치며 자리에 주저앉았다. 그녀가 울먹이는가 싶더니 맨바닥에 거침없이 앉아 다리를 뻗었다. 성녀라고 하기엔 지나치게 품위가 없었다. 로웰이 금세 미안하다는 얼굴 위로 기색을 드러내며 이레인의 눈높이에 맞춰 한쪽 무릎을 굽혀 앉았다.

"잠시 생각할 것이 있어 미처 널 배려하지 못했군. 미안하다."

그가 조심히 손을 뻗어 그녀의 머리카락을 부드럽게 쓰다

듭었다. 그럼에도 이레인의 기분은 나아질 줄 몰랐다.

"그딴 위로 필요 없으니까, 내가 축복의 산에 와야 했던 이유를 말해."

"신당에 도착하면 모두 설명을……."

"난 웨일스 영애가 아니야! 그딴 식으로 달래려고 하지 마!"

그녀가 거칠게 로웰의 손길을 쳐내며 외쳤다. 그러자 로웰의 얼굴 위로 그나마 자리하던 표정이 싸늘히 식었다.

"무례하군."

"무례? 내가 로드 웨일스를 거론해서? 내 성격 몰라서 묻니? 그럼 어디 설명해 보라니까? 내가 왜 사서 이 고생을 하고 있어야 하냐고!"

날카로운 목소리가 숲 속을 울렸다. 짜증이 극에 다른 이레인의 모습에 로웰은 잠시 침묵하는가 싶더니 곧 이레인을 품에 안아 들었다.

"뭐, 뭐야! 이거 놔!"

"피곤한 거 안다, 그러니 가만히 있어."

"누가 안아 달래? 어? 내가 어린아이니? 고작 안아달라고 널 추궁하는 줄 알아?"

이레인이 로웰의 품에 안겨 발버둥을 쳤지만, 로웰은 힘겨운 얼굴로 그녀를 단단히 붙들고 품에서 놓치지 않았다.

"선택받은 아이가 베로니카가 아닐 지도 모른다. 신탁의 내용이 베로니카를 말하고 있다고 하나, 실제로 신탁을 직접 받은 것은 네가 아니었나. 그러니 신탁이 가리키는 이곳 신당에서 확인을 해야 했다."

"서, 선택받은 아이? 그건 로드 웨일스잖아!"

그녀가 놀라서 발버둥치던 것도 멈춘 채 로웰을 올려다보았다.

"베로니카는 신탁을 받은 것뿐이다. 선택받는다는 것과는 무관해. 내 과거에 등장한 소녀가 네가 확실하다면, 선택받은 아이는 너일지도 모르는 일이다."

"뭐?"

이레인의 되물음에 로웰이 피곤한 얼굴로 이마를 매만졌다. 그에게 있어 '선택의 아이'라는 것은 그 무엇보다 중요하다. 베로니카의 믿음을 저버릴 만큼.

"걱정 마라. 넌 반드시 내가 지켜줄 테니."

베로니카에게 했던 말과는 다소 의미가 다른 말이었다. 로웰은 다소 복잡 미묘한 감정을 애써 무시한 채 이레인을 고쳐 안으며 걸음을 옮겼다.

"선택받은 아이란 것이, 네가 웨일스를 무시할 정도로 중요한 거야?"

이레인이 처음과 달리 냉랭한 표정을 감추지 않은 채 물었다. 하지만 로웰은 그녀 물음에 답하지 않았다.

"뭐, 좋아. 그때까지만 잠자코 있어줄게. 내가 싫다고 해서 네가 날 보내줄 리 없다는 거 아니까. 너 같은 무자비한 놈에게 운 없게 걸린 내 탓이지."

이레인이 조용히 로웰의 품에 안겨 투덜거렸다. 로웰은 여전히 답이 없었다.

한때는 그녀도 로웰을 남몰래 짝사랑한 적이 있었다. 하지만 그녀에게 돌아온 눈길은 단 한 줌도 없었다. 무자비하다고 느낄 정도로 남에게 냉혹한 남자였다.

이레인은 착잡한 시선으로 고요히 로웰의 날카로운 턱 선을 보았다. 힘들고 고단한 일정으로 이미 그녀는 지쳐 폐인 같은 몰골인데, 로웰은 여전히 반짝이며 빛이 났다.

이레인은 어릴 적의 로웰을 안다. 늘 어딘가 경직되어 있던 그가 어느 순간부터 변해 버렸는지는 모르겠다.

하지만 이레인은 그 시절의 로웰을 알고 있었다. 이레인이 사랑했던 로웰은 지금의 그가 아니라, 지나간 시간 속의 로웰이다. 그녀와 닮아서 동질감과 함께 사랑이란 감정을 느꼈던 것은 그 시절의 메마른 소년. 이레인은 굳게 다문 입으로 침묵을 지켰다.

콰르르.

상념에 젖어든 사이 어디선가 이상한 굉음이 터져 나왔다. 이레인이 놀라 눈을 번쩍 뜨자, 로웰이 천천히 그녀를 바닥에 내려놓고는 경계 태세에 돌입했다.

영문 모를 상황만큼 날씨도 요상했다. 이레인은 한낮인데도 어두컴컴한 주위를 살폈다. 안개가 자욱하게 깔린 숲 속에 습기가 가득하고 지나치게 서늘했다.

산 중턱에 다다르자 산 아래와는 확연하게 다른 분위기에 이레인도 긴장한 얼굴로 로웰의 등 뒤로 숨었다.

"뭐야?"

그녀의 물음에 로웰은 답하지 않았다. 그는 조용히 그녀의 어깨를 잡아당겨 제 품에 안고는 커다란 바위 뒤로 곧바로 몸을 숨겼다. 이레인이 놀라 입을 벌리자 로웰의 커다란 손이 난데없이 그녀의 입을 틀어막았다.

"쉿."

이레인은 가만히 숨을 죽였다. 바람도 피해갈 만큼 적막한 고요 속에 어렴풋이 소리가 들려왔다. 그 소리는 일정하지도 않았고, 바스락거리듯 작은 움직임도 아니었다. 가만히 들어도 움직임이 다소 거칠다는 사실을 느낄 수 있었다.

"마물들인 것 같군."

이레인은 아연실색하며 대뜸 겁부터 먹었다. 로웰과 베로니카를 그 위험하다는 란드마의 숲에 보낸 것은 자신이지만, 그녀는 실제로 마물들을 본 적이 없다.

그녀는 걱정보다 두려움이 앞섰다. 로웰이 그녀의 손을 다정히 잡아주지 않았다면 정말로 소리라도 질렀을 것이다.

"왜, 왜 여기에 마물들이 있어?"

"베로니카 때문이다."

로웰의 대답에 이레인은 여전히 의문이 남은 얼굴로 그를 보았지만, 그는 더 이상의 설명을 하지 않았다.

결국 이레인은 궁금증을 눌러 참으며 숨을 죽였다. 마물들이 그녀의 바람대로 그들을 발견하지 못하고 지나갔으면 했으나, 이미 주위가 온통 소란스러울 정도로 마물의 수가 굉장했다.

조용히 숨어 있던 그들의 냄새를 맡지 못하고 지나갈 리가 없었다.

"가만히 있어."

비명부터 지르며 달려 나가려던 그녀를 로웰이 붙잡아 앉혔다. 그는 그들을 발견하고 다가서는 마물들을 향해 손을 뻗었다.

그의 손바닥을 타고 뻗어 나오는 거대한 신성력에 이레인은 그저 두 눈을 껌뻑였다. 숲 속에 마물들의 괴로운 비명이 오고갔다.

이레인은 양손으로 귀를 가리고는 눈을 감았다. 언뜻 보았던 마물들의 생김새가 단순히 짐승이라고 하기엔 지나치게 괴이하였다. 그곳에 있는 것은 그저 괴물일 뿐이다. 이레인은 덜덜 떨리는 몸을 가누지 못하고 로웰에게 바짝 기대었다.

때마침 눈앞으로 그녀의 세 배 가까이 되는 몸집으로 달려드는 마물이 보였다. 거대한 뿔을 수사슴처럼 머리 위에 달고 있던 검은 괴물이었는데, 다행히도 그녀에게 다가오기 전에 로웰의 손에 사라졌다.

이레인은 긴장감으로 식은땀이 흐르는 손바닥을 제 옷에 문질렀다. 입안이 모래알이라도 씹는 것처럼 꺼끌꺼끌하게 메말라 타는 듯한 갈증마저 들 정도였다.

그들을 에워싸고 있는 마물이 벌써 서너 마리쯤 되었다. 그 정도로도 기겁할 지경인데 그동안 숱한 마물을 마주해 온 베로니카는 어떠했을까. 본인이 그녀였다면 어떤 행동을 보였을까.

이레인은 와중에도 로웰의 눈치를 살피며 아랫입술을 짓이겨 생각을 곱씹었다.

"조금만 참아."

로웰이 그녀를 두고 결국 앞으로 몇 걸음 나아갔다. 곳곳에서 쏟아지는 환한 빛무리와 마물들의 고통에 찬 비명이 한데 난잡하게 어우러졌다.

과연 로웰이다. 이레인은 그의 듬직한 뒷모습을 보고 그저 그런 생각이 들 뿐이었다. 더는 섬세하게 그를 표현할 재간도 없었고, 그런 생각을 떠올릴 겨를도 없었다.

그녀는 그저 여린 짐승처럼 로웰의 말을 따라 몸을 숨기고 두려움에 젖어 몸을 바들바들 떨고 있었을 뿐이다.

이레인은 그런 스스로가 한심하기도 했다. 로웰에게서 쏟아지는 환한 빛 때문에 곳곳에 분포되어 있던 마물이 서서히 사라져 갔다.

하지만 여전히 로웰의 눈을 피해 이레인을 염탐하는 마물들이 남아 있었다.

이레인은 수풀 사이로 숨어 입에 고인 침을 줄줄 흘리고 있는 괴수를 보았다. 머리에 거대한 뿔 하나가 자리한 멧돼지처럼 생긴 그것은 크고 날카로운 송곳니를 드러내고 이레인을 보며 쌕쌕 침을 흘리고 있었다.

"로… 로……!"

지나치게 당황하고 겁에 질려 입 밖으로 소리도 나오지 않을 정도였다. 이레인이 공포에 젖은 얼굴로 숨을 들이켜는 사이 괴수가 그녀에게로 달려들었다.

로웰이 뒤를 돌아보았을 때는 이미 늦었다.

쿠에에엑!

마물의 비명이 요란하게 주위를 울렸다. 이레인은 제게 아무런 이상이 없다는 사실을 깨달았다. 그리고 그녀의 귓가로 고통 대신 시끌벅적하고 익숙한 목소리들이 들려왔다.

"더러운 종자들 같으니라고."

"그거 네 얼굴에 침 뱉기 아니니?"

"무슨 소리냐? 이 버러지 같은 마물들 따위와 내가 같다는 거야?"

"너도 악마잖아."

"이것들과 나는 엄연히 달라!"

"발끈하긴. 교양 없이 소리 지르지 마."

“베로니카!”

베로니카? 천천히 감기던 눈이 번쩍 뜨였다. 베로니카라는 단어가 그녀의 정신을 일깨운 탓이다.

이레인은 벌떡 몸을 일으켰다. 정신없이 주위를 훑어보는 그녀 앞으로 한 무리의 사람들이 보였다.

그녀 바로 앞에 검은 날개를 활짝 펴고 마물을 발로 누른 채 서 있는 남자가 있었다. 그리고 그 뒤로 화려한 금발의 미남에게 업혀 있는 붉은 머리칼의 소녀.

이레인은 지끈거리는 머리를 부여잡고 급히 로웰을 찾았다. 하지만 그녀가 굳이 찾으려 들지 않아도 로웰은 이미 그녀에게 다가와 있었다.

“괜찮나?”

다정하지는 않았지만, 적어도 배려가 있었다. 이레인은 수척한 얼굴로 고개를 끄덕였다. 그리고 문득 자신이 왜 이곳까지 끌려와 이 고생을 하고 있는지도 모르겠다는 생각이 들었다.

선뜻 그의 손을 뿌리치지 못했던 것은 정말로 친구로서의 감정이 아니었나?

“이레인.”

“괜찮아.”

이레인은 힘없이 로웰의 손길을 밀어내고 자리에서 일어섰다.

"괜찮나?"

아리스타가 베로니카를 커다란 바위 위에 내려주고는 이레인과 로웰을 향해 물었다.

그의 얼굴 위로 로웰과 이레인을 향한 경멸이 떠올랐다. 베로니카의 눈치를 살피며 애써 아닌 척해보았지만, 가슴에서 우러나오는 기분을 감추기는 어려웠다.

아리스타는 레인을 지키고 서 있는 로웰을 보았다. 멀쩡하지 않은 다리로 힘겨워하는 베로니카를 두고 저렇게 태평하게 다른 여자나 지켜주고 있다. 아리스타는 그의 면상을 보는 것만으로도 배알이 비틀렸다.

사실 그들은 마물들이 로웰과 이레인을 공격할 적부터 지켜보고 있었다. 로웰과 이레인을 도와야 한다는 베로니카의 말을 아리스타는 애써 무시했고, 디아보루스는 본래 베로니카를 제외하곤 남에게 관심이 없는 악마였다. 그렇기 때문에 그들은 두 눈 뜨고 로웰이 마물들을 몰아내는 장면을 지켜만 보았다.

결국엔 정령들에게 도움을 청하겠다는 베로니카의 말에 아리스타와 디아보루스가 직접 나설 수밖에 없었다.

아리스타는 정령을 불러낸 베로니카가 힘겨워하는 모습을 볼 수가 없었기 때문이고, 정령을 싫어하는 디아보루스에겐 정말로 베로니카의 협박이 통했기 때문이다.

"고맙다."

로웰의 조용한 감사 인사에 아리스타는 마땅치 않은 얼굴로 팔짱을 끼고 고개만 까딱였다. 디아보루스 역시 귀를 후비며 딴청을 피웠고, 오로지 베로니카만이 로웰의 말을 경청하고 있었다.

"다친 곳은 없나요?"

베로니카의 물음에 로웰은 대답하지 않았다. 그는 그저 말없이 그녀를 바라만 보았다.

베로니카는 예법과 교양에 민감한 여자다. 그녀는 상대가 서 있는데 저 혼자 자리에 앉아 대화를 나눌 만한 인사가 아니었다.

로웰은 의아한 심정을 감추지 못하고 바위에 앉아 있는 베로니카를 보았다.

"베르가 묻지 않나, 반 렌프루."

아리스타의 날카로운 목소리에 로웰의 시선이 그에게로 향했다. 그리고 로웰은 아리스타 못지않게 일그러진 얼굴로 그를 보았다. 베로니카를 업고 있던 아리스타의 모습이 유독 뇌리에 깊게 박혔다.

로웰은 머리끝부터 스쳐 내려오는 찌릿한 감정에 미간을 모았다. 온몸의 털이 쭈뼛하게 곤두설 만큼, 놀랍도록 그들에게 반응하고 있었다.

"다친 곳… 없습니다. 걱정해 주셔서 감사합니다, 베로니카."

로웰의 다정한 목소리가 베로니카에게 닿았다. 그 순간 베로니카는 울컥 터져 나오려던 울음을 삼키며 저를 한쪽 팔로 감싸는 아리스타의 옷가지를 꼭 붙들었다.

멀뚱히 선 로웰이 그 모습을 지켜보았다. 그의 시선은 아리스타의 옷가지를 잡고 있는 베로니카의 손과, 그녀를 한쪽 팔로 감싼 아리스타의 손에서 맴돌고 있었다.

"대체 무슨 생각인지 모르겠군. 성녀는 왜 이곳에 끌고 온 거지?"

아리스타가 베로니카의 어깨를 토닥이며 로웰을 싸늘히 노려보고 물었다. 마찬가지로 그를 강렬하게 노려보던 로웰이 짜증스러운 얼굴로 제 머리카락을 헤집었다.

"그대에게 말해야 할 의무가 없다."

로웰의 단호한 대답에 아리스타가 나직이 욕을 뱉었다. 그리고 가만히 그 모습을 지켜보던 베로니카가 조용히 입을 열었다.

"로웰, 말해줘요. 그녀는 왜 이곳에 있는 거죠?"

"제겐 필요한 사람입니다."

로웰의 칼 같은 대답에 아리스타가 쿨럭 기침을 뱉었다. 그리고는 기가 찬 얼굴로 로웰을 보았다.

이레인 또한 아리스타와 다르지 않은 반응이었다. 그들의 시선에도 로웰은 처음과 같은 얼굴 그대로 베로니카를 바라보았다. 황금색 눈동자의 강렬한 시선에 정작 베로니카도 당황하여 말을 얼버무렸다.

"이레인은 지금 제게 필요한 사람입니다."

이레인은 할 말도 잃고 그저 멍하니 로웰을 보았다. 조금 전까지는 그녀를 소중한 사람 대하듯 배려 섞인 말을 하던 인사가 이제는 저를 '필요' 로만 엮어 말한다. 그러고도 제게 미안한 기색 하나가 없다.

"그래요…… 필요한 사람……."

베로니카가 씁쓸한 미소로 중얼거렸다. 상처받은 기색이 역력한 모습에 아리스타는 제가 더 안타깝다는 표정을 지우지 못하고 그녀를 보았다.

그리고 그때였다.

"찾았다!"

숲을 울리는 시끌벅적한 소란과 함께 수십 명의 인원이 그들을 에워싸고 등장했다. 새하얀 제복에 황금 띠. 신성국 수도 에라드의 성기사들이다.

당황한 베로니카가 급히 정령들을 한데 불러 모았다.

"죄인을 연행하라!"

죄목이 대체 무엇인지 모르겠다.

"멈추어라!"

베로니카가 가만히 다가오는 성기사들을 바라보고 있는 와중에 이레인이 벌떡 일어서 소리쳤다.

"로비오의 성령과 바베른의 축복을 받은 아트라한의 성녀로서 명한다. 멈춰."

이레인의 한마디에 성기사들이 일제히 자리에 굳어 돌이 되어 버린 듯 멈추었다.

"베로니카 님!"

그리고 그때 멀리서부터 소피아의 외침이 들려왔고, 이어서 휴버트와 소피아, 템베른이 차례로 나타났다.

"무사했⋯⋯!"

베로니카가 반가운 마음에 자리에서 일어섰다. 하지만 그녀는 자리에 서지도 못하고 다리가 꺾여 쓰러졌고, 옆에 있던 아리스타가 재빨리 그녀를 잡아 일으켰다.

"괜찮아?"

"오, 신이시여! 살아 계실 줄 알았어요!"

소피아가 눈물이 그렁그렁한 얼굴로 그녀에게 다가와 무릎을 꿇었다. 휴버트와 템베른 또한 마찬가지로 그녀 앞에 무릎을 꿇고 숙연한 얼굴로 고개를 숙였다.

"저희의 불찰입니다."

휴버트의 단단한 목소리에 베로니카가 입가에 미소를 그렸다. 서로 멀쩡히 살아 얼굴을 마주하고 있으니 이보다 기쁠 순 없을 것 같았다.

"휴버트, 소피아, 템베른. 모두 무사하셔서 다행이에요."

베로니카의 인사에 그들은 그저 묵묵히 고개를 숙였다. 바라보는 사람마저 숙연하게 만들 정도로 베로니카를 향한 그들의 애정이 대단했다. 말로 굳이 표현하지 않아도 온몸으로 전해지는 사랑이다.

"성녀님, 웨일스 영애께 수배령이 내려진 사실을 모르십니까."

그들의 매끄러운 분위기를 깨어버린 것은 성기사의 기사단장 베컨스였다. 그가 단단하고 곧은 자세로 이레인을 향해 물었다.

하지만 이레인은 가만히 베로니카를 바라보고 있었을 뿐, 그의 질문에 답하지 않았다. 그것을 무언의 허락이라고 여겼는지 그제야 다시 기사들이 움직였다.

"물러서라!"

베로니카를 에워싸고 있는 이들을 향해 베컨스가 외쳤다.

"베로니카 클라라는 들어라. 법황 성하가 직접 내리신 공문에 따라 그대를 긴급 체포한다."

표정 변화 하나 없는 얼굴로 그가 한 손을 들자 주위에 매복하던 기사마저 모두 나와 베로니카를 에워싸고 검을 겨누었다.

"잡아라."

"어디서 감히……!"

다가오는 기사들을 향해 아리스타가 발끈하여 외치자, 베로니카가 그를 제지했다.

"됐다. 내 발로 갈 터이니 멈춰라. 아무리 수배령이 있었다

한들 나는 리비엘라 제국의 후작 영애다. 그러니 그에 합당한 예우를 하도록 하라. 그렇지 않으면 내 명예를 훼손한 죄를 그대들에게 일일이 물을 터이니.”

베로니카의 당당한 외침에 기사들이 잠시 술렁였다. 아리스타는 여전히 그녀의 뜻을 이해할 수 없다는 얼굴이었지만 곧 수긍하고는 그녀를 품에 안아들었다.

“베컨스, 그녀의 몸이 좋지 않으니 내가 직접 데려가겠다.”

기사단장과 친분이 있던 사이는 아니다. 하지만 안면 정도는 있었던 탓에 아리스타는 그를 향해 거리낌 없이 제 뜻을 요구했다.

베컨스는 잠시 망설이는 기색을 보였지만, 이레인이 조용히 고개를 끄덕이자 아리스타의 뜻을 받아들였다.

그들이 그 자리를 벗어나기도 전에 조금 전보다 훨씬 더 많은 수의 마물이 나타나 그들을 에워싸기 시작했다. 대부분 늑대처럼 생긴 짐승 형상의 마물이었는데, 이전의 마물들보다 훨씬 사나워 보이는 모습이었다.

아리스타가 베로니카를 다시 자리에 내려놓고는 검을 빼어 들었다. 휴버트와 템베른, 그리고 성기사가 모두 검을 빼어 들고 전투 태세를 갖추었다.

마물은 인간과 이종족 모두에게 공통의 적이나 마찬가지다. 템베른 역시 마물들을 경멸하는 요정으로서 마뜩찮은 얼굴로 자신의 커다란 창을 휘두르며 마물들을 경계했다.

하지만 그 뒤로도 꾸역꾸역 머리를 들이미는 마물의 숫자가 그들의 세 배를 웃돌고 있어서 점점 그 모습을 바라보는 이들의 표정이 어둡게 변해갔다.

"젠장, 대체 어디서 저렇게 나타난 거야?"

기사 한 명이 나직이 욕설과 함께 중얼거렸다. 고요한 침묵 속에 베로니카 역시 그 말을 똑똑히 듣고는 고개를 숙였다. 모두 자신 때문에 생긴 일이다. 죄책감이 들지 않는다면 또한 거짓이다.

"쓸데없는 생각하지 마, 베르. 무리하게 정령을 부를 생각도 말고."

딱딱하게 굳어 있는 그녀를 향해 아리스타가 걱정스러운 얼굴로 말했다.

"지금 마물들이……!"

"나도 돕겠어. 그러니까 쓸데없이 끼어들지 마라."

디아보루스의 충고에 베로니카는 도로 입을 다물었다. 그가 은연중에 그녀의 다리를 염두에 두고 하는 말이라는 사실을 깨달았기 때문이었다.

"돕지 않을 생각이야?"

자신을 데리고 뒤편으로 물러난 로웰을 향해 이레인이 물었다.

"그래."

"웨일스 영애가 위험에 처한다 해도?"

"……."

이레인은 한숨을 내쉬었다. 로웰의 침묵이 부정이라는 사실을 안다. 만약 정말로 베로니카에게 위험이 닥친다면 로웰은 앞뒤 보지 않고 달려들 것이 분명했다.

대체 그가 무슨 생각을 하는지 이레인은 알 수 없었지만, 이제는 그저 지켜보기나 해야겠다는 생각이 들었다.

"소피아! 이리와!"

마물들이 순식간에 달려들자, 숲 속은 곧 전쟁통이 된 것처럼 아수라장으로 변했다. 와중에 베로니카는 이리 치이고 저리 치이는 소피아를 제 쪽으로 끌어당겼다.

"켈란, 코이, 란피, 위니!"

그리고 그녀는 곧바로 모든 정령을 각성시켜 소환하고는 숨을 들이켰다.

디아보루스와 아리스타가 나서지 말라 충고한 바가 있었지만, 수적으로 그들이 지나치게 불리했다. 베로니카는 누구 하나의 도움이라도 절실히 필요한 때라는 것을 모르지 않았다.

어느 정도 검술을 할 줄 아는 소피아가 검을 빼어 들고 베로니카 옆에 꼭 붙어 그녀를 보호했다. 그리고 베로니카는 망설임 없이 정령들에게 지시를 내리기 시작했다.

하지만 끝도 없이 밀려드는 마물의 수에 점점 사람들이 지쳐갔고, 베로니카 역시 파리한 안색으로 심호흡했다.

그녀는 최대한 아리스타와 휴버트, 그리고 템베른을 돕기 위해 노력했다. 하필이면 아리스타 주위로 무려 다섯 마리의 마물이 달려들어 한창 휴버트와 템베른을 도와주던 켈란과 위니를 모두 불러들여야 했다.

"란피, 그쪽 말고 템베른을 먼저 도와주겠니? 코이는 달려드는 마물들의 발목을 모두 붙잡아주고, 걸리적거리면 그냥 땅에 묻어버려!"

베로니카의 신경질적인 외침에 경계를 곤두서고 있던 소피아가 화들짝 놀라 그녀를 돌아보았다. 점점 거칠어지는 그녀의 언사가 놀라운 탓이었다.

"켈란은 불길이 산 전체에 번지지 않게 해줘. 위니가 옆에서 잘 조절해 주도록 하고."

그녀의 말에 정령들도 다급한 얼굴로 간단히 대답하고 빠르게 움직였다. 다섯 마리의 마물을 벅차게 상대하고 있는 아리스타의 모습이 그저 안타까워서 베로니카는 그저 손톱만 깨물었다.

마물들이 점차 포위망을 좁혀오는가 싶더니 결국엔 가만히 그녀를 지키고 서 있던 소피아마저 검을 휘두르며 전투에 끼어들 정도가 되었다. 베로니카는 당황한 얼굴로 주위를 둘러보았다. 마물들이 혼자가 되어버린 그녀 주위를 에워싸고 있었기 때문이었다.

"베로니카! 피하세요!"

어디선가 로웰의 다급한 목소리가 들려왔지만, 베로니카

는 자리에서 일어설 수가 없었다.

위니 외 모두가 다급하게 마물들을 처리하고 있어서 정작 베로니카에게는 다가올 형편이 되지 못했다. 제가 살겠다고 정령들을 자신에게로 불러들이기도 어렵다.

베로니카는 아랫입술만 잘근잘근 깨물었다. 그녀는 바닥에 내려와 조심히 뒷걸음질을 쳐보았지만, 조금의 간격만 벌리는 것이 고작이었다.

크엉!

늑대의 형상을 한 마물들이 코를 벌름거리고는 날카로운 송곳니를 드러냈다.

베로니카에겐 그들에게 큰 부상을 입었던 기억이 트라우마로 남아 있었다. 그녀는 그것들의 모습만으로도 다가올 상처를 예견하고 큰 두려움에 젖어들었다.

주위에서 환한 빛이 번쩍거렸다. 로웰이 급하게 전투에 끼어든 모양이었지만, 베로니카는 그를 신경 쓸 겨를이 없었다.

크어엉!

늑대가 가볍게 베로니카를 향해 앞발을 휘둘렀을 뿐인데, 베로니카는 가뿐하게 날아가 바닥에 거칠게 내쳐졌다.

"베로니카!"

"젠장, 베르!"

로웰과 아리스타의 외침이 동시에 들렸다. 베로니카는 힘겹게 몸을 일으키고는 숨을 토했다.

"베로니카, 괜찮으십니까?"

어느새 다가온 로웰이 그녀를 조심히 일으켰다. 그녀의 머리카락을 부드럽게 정돈해 주며, 얼굴에 묻은 흙을 손으로 닦아주고는 참았던 숨을 뱉어냈다.

"죄송합니다."

마음에 걸렸다면, 처음부터 그녀를 옆에서 지켰어야 했다. 어쭙잖은 마음으로 먼발치에서 감정을 재고 있었더니 자신이 두 눈을 멀쩡히 뜨고 있음에도 이와 같은 불상사가 일어나지 않았는가.

"치워요."

베로니카는 냉정한 얼굴로 로웰의 손을 치웠다. 한때 그의 친절이 익숙했을지 몰라도 지금은 아니었다.

이제는 그의 호의가 달갑지 않다. 끝내 그녀의 기대를 무너트린 그에 대한 실망이 머릿속에서 지워지지 않았다.

베로니카는 움직이지 않는 다리에서부터 고통이 오는 것을 느끼며 이를 악물었다.

크앙!

다시금 그들에게로 달려드는 마물을 가볍게 신성력으로 갈가리 조각낸 로웰이 그녀를 돌아보았다.

"일단 이레인이 있는 곳으로 달려가십시오. 그곳이 가장 안전합니다."

다리를 사용하지 못하는 그녀에게 잘도 뛰어가라 말하는

로웰의 무관심한 말에 베로니카는 입술을 짓이겼다. 그것도 성녀를 '이레인' 이라 다정히 말하며.

그녀는 그에게 어떤 큰 대가를 바란 것이 아니다. 그저 괜찮으냐, 정말 미안하다. 그 한마디면 되었다.

하지만 지금 그 말을 듣기엔 너무 늦었다. 그녀는 지쳐 있었다.

"동정하는 거라면, 필요 없어요."

"베로니카!"

로웰의 외침을 무시하고 베로니카는 다시 아리스타를 돕는 켈란과 위니들을 향해 온 신경을 기울였다. 그에게 달려드는 마물이 이제는 다섯에서 일곱으로 늘어났기 때문이었다.

"로웰! 조심해!"

이레인의 외침에 로웰이 하는 수 없다는 얼굴로 자리에서 일어섰다.

그 사이에 로웰에게 세 마리의 마물이 한꺼번에 달려들었고, 로웰의 신경이 다시 베로니카에게 멀어지는 사이 두 마리의 마물이 그녀에게 다가왔다.

"…대체."

베로니카는 제 옷자락을 손에 꼭 쥐고 다가오는 마물들을 노려보았다. 날카롭고 촘촘한 이빨 사이로 흘러나오는 먹물처럼 검은 물과 노랗고 진득한 액체가 혐오스러웠다. 충혈된 것처럼 붉은 눈동자가 정확하게 베로니카를 인지하고 다가왔다.

크르르.

베로니카는 일어서지도 못하고 앉은 자세 그대로 천천히 뒷걸음질을 쳤다.

"베로니카?"

로웰이 그녀를 돌아봤을 때는 이미 마물 두 마리가 그녀에게 달려든 후였다.

로웰이 급하게 신성력을 발동시키자, 마물 또한 급해진 모양이었다. 마물 한 마리가 베로니카의 머리를 단번에 내려치고는 마치 물고기를 문 고양이처럼 그녀를 입에 물었다.

"베르!"

그 장면을 아리스타 또한 목격하고는 발작이라도 일으킨 사람처럼 기겁했다.

"안 돼! 맙소사! 베르!"

제게 달려드는 마물들의 공격을 저항 없이 그대로 받아내면서 아리스타가 베로니카를 향해 뛰었다. 그에겐 마물의 공격에 저항하는 것보다 베로니카가 더 우선이었다.

베로니카의 집중력이 흐트러지자 코이와 란피가 순식간에 사라졌다.

마물은 제 입에 먹잇감이 안전하게 확보되었다고 여긴 모양인지 여유로운 자태로 몸을 부르르 떨었다.

"으윽."

날카로운 이빨들이 허리와 배에 박혀드는 고통에 베로니카는 참지 못하고 눈물을 흘렸다. 마물은 가볍게 그녀를 무는 시늉을 했을 뿐인데, 이빨이 워낙 날카로워 그녀의 살갗을 파고들었다.

아무도 제게 달려들지 않자, 그제야 마물이 베로니카를 바닥에 고이 내려놓고는 침을 죽 흘렸다.

"베로니카! 이쪽으로 오십시오!"

이 와중에도 그녀에게 다리를 사용할 것을 권하는 로웰의 목소리가 이토록 짜증스러울 수가 없었다.

베로니카는 울음을 터뜨리며 점차 고통에 젖어갔다. 분명 아무런 통증 없던 다리가 왜 이제야 고통을 가져오는지, 베로니카는 그저 모든 것이 야속하기만 했다.

그때 베로니카를 향해 달려가는 아리스타의 몸에서 오색 빛이 찬란하게 뿜어져 나오기 시작했다.

키에에엑!

때마침 대지를 거대하게 울리는 굉음이 퍼져나갔다. 마물의 것과는 확연하게 다른 소리다. 인간의 것이라기엔 지나치게 짐승 같았고, 짐승이라기엔 지나치게 압도적인 소리였다.

"이봐, 금발! 흥분하지 마! 용의 1차 파동이 시작되었다!"

입가에 고인 핏물을 바닥에 뱉어내고 베로니카가 고개를 들었다.

그녀의 시야에 몸에서 화려한 빛을 뿜어내고 있는 아리스타의 모습이 흐릿하게 보였다. 마치 지상에 신이라도 강림한 것처럼 경이로운 장면이었다.

"베로니카!"

디아보루스의 말을 모조리 무시한 채 아리스타는 베로니카 하나만을 보고 달려갔다.

최초의 용이 선택한 인간은 아리스타다. 그와 용은 공명하는 것이 분명했다. 아리스타가 흥분하면, 덩달아 각성되지 않은 용마저 흥분하고 말 것이다.

로웰이 급하게 아리스타에게 달려들어 그의 움직임을 필사적으로 막았다.

아리스타는 자신을 막아선 것이 로웰이라는 사실을 알고 더 흥분했다. 그는 결국 분을 참지 못하고 로웰의 멱살을 틀어쥐었다.

로웰이 눈썹을 치켜뜨자, 아리스타는 그대로 그의 뺨에 주먹을 꽂았다.

"네놈이 아니었다면, 베로니카가 저렇게 되지도 않았다!"

"무슨 소리지?"

피가 배어나온 제 입술을 매만지며 로웰이 날카로운 목소리로 물었다. 아리스타의 몸에서 나오던 오색 빛이 천천히 수그러들기 시작했다.

"베로니카는 다리를 쓰지 못한단 말이다! 바로 네놈이 그날 그녀를 버리고 갔기 때문에!"

아리스타의 말이 로웰에겐 커다란 충격이었다. 그가 보기 드물게 당황하여 말을 얼버무렸다.

"지금… 지금… 뭐……?"

유난히 귓가로 크게 들려오는 베로니카의 신음에 아리스타는 로웰의 멱살을 내던지듯 놓아주었다.

"흐으윽."

베로니카는 바닥에 허물어지듯이 늘어져 움직이지도 못하고 그저 울음만 터뜨렸다. 상처의 고통이 극심했다. 흘린 피가 많아 시야마저 흐릿했고, 머리가 지끈거릴 정도로 어지러웠다.

시야가 흐릿한 가운데 그녀는 로웰을 보았다. 그녀를 바라보며 서서히 절망에 젖어가는 듯한 모습이 보였다. 그가 제 머리칼을 쥐고 고개를 숙이자, 그의 주위로 거대한 빛이 소용돌이치기 시작했다. 날카로운 빛줄기는 곧 주위에 있던 모든 마물을 덮쳐 공격하기 시작했다.

베로니카에게 달려가던 아리스타마저 걸음을 멈출 만큼 거대한 장관이었다. 수십 마리가 되던 마물이 로웰의 가벼운 손짓 하나에 잔혹할 정도로 갈가리 찢겨 나갔다.

차갑고 냉정한 얼굴로 마물들의 잔해 가운데 서 있던 로웰이 천천히 고개를 들고 베로니카를 보았다. 그리고 베로니카는 그 장면을 끝으로 까무룩, 정신을 놓았다.

Chapter 7
용 의 부 활

Veronica Requiem

베로니카 레퀴엠

산 중턱에 이르자 어둡던 하늘이 걷히고 간간이 환한 빛줄기가 산속으로 쏟아져 들어왔다..

"웨일스 영애를 그대로 보내도 괜찮은 거야?"

이레인의 조심스러운 물음을 로웰은 냉정한 얼굴로 무시했다. 그는 계속해서 서리가 낀 차가운 동상처럼 냉랭한 분위기를 풍겼다.

그녀가 말을 꺼내기만 해도 살벌한 시선으로 노려봐 주니 이번에도 이레인은 곱게 입을 다물었다. 천대도 이런 천대가 없다. 이레인은 서러움에 눈물이 흐를 것 같은 기분을 삼키며 씩씩하게 산을 올랐다.

"다 왔어!"

이레인이 숨을 헐떡이며 즐거운 얼굴로 로웰을 보았다. 그런데 로웰은 이미 그녀의 시야에서 벗어나 신당 안으로 들어서고 있었다. 이레인은 피곤한 얼굴로 한숨을 내쉬었다.

*   *   *

눈꺼풀이 유난히 무거웠다. 꿈 한 번 꾸지 않고 길고 긴 단잠을 잔 것 같아 개운한 느낌마저 들었다. 밀려오는 아릿한 고통이 아니었다면.

"베르! 정신이 드는 것이냐!"

낯익은 목소리가 귓전을 때렸다. 그저 듣는 것만으로도 눈물이 흐를 것만 같은 목소리다. 베로니카는 천천히 눈을 떴다. 그녀와 똑같은 붉은 머리카락의 중년 남성이 얼굴 한가득 걱정을 떠안고 그녀를 바라보고 있는 모습이 보였다.

"아버……! 윽!"

"조심해라. 아직 몸이 좋지 않다."

레인하드가 안타깝다는 얼굴로 그녀의 머리카락을 부드럽게 쓰다듬었다.

일 년 만이다. 베로니카는 아버지의 얼굴을 보는 것만으로 마음이 치유되는 것 같다고 생각했다. 그동안 쌓이고 묵힌 상처들이 죽은 듯이 씻겨 내려갔다. 로웰도 이 순간만큼은 떠오르지 않았다.

"아버지."

기어코 그녀의 눈에서 투명한 눈물이 방울지어 떨어져 내렸다. 또르르 구슬처럼 흐르는 눈물이 어찌나 서러워 보이던지, 보는 이의 가슴을 한껏 조이게 만들었다.

"베르, 많이 힘들었겠구나."

"흑. 아, 아버지……!"

어린아이처럼 인상을 가득 찡그리고 방울방울 눈물을 떨어뜨리는 베로니카의 모습은 추하기보단 아름다웠다. 순수하게 아버지의 사랑을 갈구하듯이 양팔을 벌려 레인하드를 바라보는 모습이 여리고 어린 고양이 같았다.

"그래. 고생이 많았구나, 딸아."

이처럼 따스하게 그녀의 모든 것을 포용해 주는 품은 없다. 베로니카는 이 품 안에서는 언제든 어린아이로 돌아가고 만다.

베로니카는 고통도 잠시 잊고 레인하드의 품에 안겨 한참을 울었다.

"이제 좀 진정이 되느냐."

웃음을 감추지 못하고 미소를 머금은 채 레인하드가 물었다. 레인하드는 그녀가 봐도 여전히 젊고 매력적이다. 그런 그가 천사 같은 미소를 지을 때면, 베로니카마저도 그가 낯설게 느껴지곤 했다.

"여긴 어디예요?"

"신성국의 수도 에라드에 있는 대성전이다. 이 나라의 정신 나간 법황이 네게 수배령을 내렸다는 소식을 듣고 곧장 달려왔단다."

"아버지, 그럼 업무는……!"

"안젤리카가 있으니 걱정 마라."

레인하드가 다정하게 베로니카의 볼을 쓰다듬으며 말했다.

"널 이 지경으로 만든 법황은 어제부로 보직에서 물러났으니, 그 점도 걱정 마라."

레인하드의 대답에 놀란 베로니카가 번쩍 고개를 들었다.

"그럼 제가 지금 며칠 만에 깨어난 거죠?"

"열흘 만에 깨어났다. 힘들 테니 말을 아껴라."

말마저 아끼게 만드는 레인하드의 지극한 사랑에 베로니카는 다시 벅차오르는 감정을 어찌할 줄 모르고 울상을 지었다.

"지금쯤이면 허기가 지겠구나. 이보게, 우리 베르가 먹을 수프를 준비해 오게."

레인하드가 근처에 대기하고 있던 시종 하나를 불러 식사를 내올 것을 지시했다. 베로니카는 레인하드의 부축을 받아 상체를 일으켜 앉았다.

"다리는……."

여전히 감각이 없는 제 다리에 베로니카가 조심히 묻자, 레인하드의 표정이 금세 어둡게 가라앉았다.

"대체 어찌하다 이렇게 된 것이냐."

베로니카는 레인하드의 표정을 보는 것도 힘이 겨워 고개를 숙였다. 레인하드는 마치 그녀의 고통을 모두 그가 가지고 간 듯이 아픔에 젖어 있어 베로니카를 다시 한 번 감동하게 만들었다.

"마물에게……."

레인하드가 괴로운 얼굴로 조용히 눈을 감는 것을 보고 베로니카는 끝말을 얼버무렸다. 아무래도 그녀가 괜한 말을 꺼낸 것 같다.

"내가… 아비가……."

레인하드가 잔뜩 잠긴 목소리로 입을 열었다. 차오른 감정을 애써 억누르며 레인하드가 베로니카를 보았다.

"아비가… 미안하다."

베로니카의 눈에서 다시 후두두, 눈물이 떨어져 내렸다. 베로니카와 레인하드가 서로 보듬고 다독이는 모습은 한동안 계속되었다.

"베로니카."

조용히 레인하드가 식혀주는 수프를 받아먹고 있을 때, 문을 열고 아리스타가 나타났다. 그는 레인하드에게 정중히 인사하고는 베로니카를 향해 어설픈 미소를 지어 보였다.

"깨어났다는 소식 듣고 왔어. 괜찮아?"

한눈에 봐도 아리스타는 수척하고 메마른 모습이었다. 그는 급하게 달려왔는지 엉망인 차림새로 서 있었다.

"로알스의 가호가 언제나 각하께 머물기를. 오랜만에 뵙습니다, 웨일스 각하."

아리스타의 예의 바른 인사에 레인하드가 마른세수를 하며 고개를 들었다. 그는 한참을 아리스타를 바라보는가 싶더니, 헛기침하며 자리에서 일어섰다.

"그래. 자네에겐 우리 베로니카를 보호해 줘서 정말 고맙다는 말을 해주고 싶군."

훤칠한 키의 레인하드는 키도 덩치도 아리스타와 비슷하여 서로 무리 없이 눈높이를 마주할 수 있었다.

레인하드는 입가에 부드러운 미소를 그리며 아리스타를 향해 손을 내밀었다.

아리스타는 조용히 그의 손을 맞잡고 미소 지었다.

"감사합니다."

아리스타를 바라보는 레인하드의 눈빛에 만족이 스며들었다. 그는 칼릭스를 닮은 아리스타가 무척이나 마음에 들었다.

아리스타는 수려한 외모는 물론이요, 그 성품과 인망에 지성까지 겸비한 리비엘라 최고의 수재다. 베로니카의 짝으로서는 남부러울 것 없이 잘 어울리는 아이다.

하지만 레인하드는 굳이 베로니카에게 배우자를 강요하지

않을 생각이었다. 레인하드는 베로니카가 신성국 12주교 후보에 이름이 오른 로웰 클라우스와도 상당한 친분을 쌓았고, 아리스타보다는 로웰과 더 많은 시간을 함께했다는 사실을 알고 있었다.

"그런데 베르, 반 렌프루는 보이지 않는구나."

레인하드는 베로니카의 어깨가 딱딱하게 경직된 것을 보았다. 더 묻고 싶은 말이 많았으나, 심상치 않은 태도로 보아 둘 사이에 어떤 문제가 발생했다는 사실을 쉽게 유추할 수 있었다.

"이만 나가보겠네. 둘이 대화 나누도록 해라."

레인하드가 방을 나서려하자 베로니카가 아쉬운 기색을 지우지 못하고 그를 보았다. 그 모습이 레인하드에게 어찌나 사랑스럽게 비치던지 그는 결국 돌아서 베로니카를 품에 안고 토닥였다.

"푹 쉬도록 해라. 아직 안정을 취해야 할 때다."

"네, 아버지."

베로니카가 레인하드의 품에서 얼굴을 비비적거리며 대답했다. 결국 레인하드는 한참을 베로니카를 달래주고서야 아리스타에게 다시 인사하고 방문을 나설 수 있었다.

＊　　　＊　　　＊

메마르고 건조한 삶 속에 찾은 작은 여유처럼 잠시간의 평화가 꿀처럼 달콤하다. 베로니카는 연인에게 달콤한 밀어를 속삭이듯 행복한 얼굴로 테라스에 놓인 소파에 앉아 있었다.

창으로 부드러운 봄 햇볕과 따스한 바람이 솔솔 들어오는 한낮이다. 그동안 일어났던 기구하고 끔찍한 나날들을 잊고 베로니카는 소파에 옆으로 기대어 앉았다. 그리고 그녀는 더없이 평화로운 얼굴로 조용히 책장을 넘겼다.

과거나 지금이나 쉽지 않은 삶을 살아가는 그녀이지만, 그래도 지금은 행복하다. 자신의 인생에 스스로 선을 그어 나갈 수 있다는 것에.

나른한 얼굴로 테라스 소파에 기대 앉아 책을 읽던 베로니카가 서서히 감기던 눈을 번쩍 떴다.

그녀 앞으로 긴 그림자가 드리웠기 때문이었다.

"오랜만이네."

말투와 얼굴이 부조화를 일으키는 남자다. 그는 뒷짐을 지고 노인처럼 인자하게 웃었다. 세계의 실패작이라 불리던 라미스 레일이 그녀 앞에 나타났다. 그녀에게 죽을 날이 머지않았다며, 사형선고나 다름없는 말을 거침없이 뱉던 무례한 인사가 아니던가.

베로니카는 불쾌한 표정을 애써 감추지 않았다. 그녀는 어깨 위로 굴러다니던 위니가 모두 슬금슬금 눈치를 보며 사라지는 것을 보았다. 힘들게 찾은 평화를 깨어버린 그가 그저 짜증스럽다. 그 감정을 감추기가 어려웠다.

"쯧, 네가 몇 해를 살았는데 여즉 표정 하나 숨길 줄을 모르는 게냐."

라미스 레일이 그녀의 감출 것 없는 표정을 지적했다. 그녀가 있는 곳은 신성국 중에서도 대성전 안의 정원이다. 라미스 레일이 대체 무슨 연고로 이리 갑작스럽게 나타났는지 깊게 생각을 하고 싶지도 않았다.

그 갑작스러움이 마치 디아보루스같다.

베로니카는 그의 말을 가볍게 무시하고 다시 책으로 시선을 내렸다.

"자네, 한 달 전에 용의 1차 파동이 나타났다는 것은 알고 있지?"

라미스 레일이 조용히 그녀 옆에 앉았다. 하지만 베로니카는 그에게 시선 한 줌 주지 않았다.

"무시하지 않는 것이 좋을 게야."

"……."

"네 죽을 날이 머지않았다는 말이란다."

탁.

베로니카는 읽던 책을 덮었다. 그의 주장이 어떤지는 듣고 싶지도 않았다. 베로니카는 이미 그가 자신에게 어떤 화풀이 같은 것이라도 하고 싶어 한다는 사실을 알았다. 그는 그녀를 안다. 그녀 또한, 이제는 그를 안다.

용의 부활은 그녀에게 어떤 의미도 없다. 그건 분명한 사실이다. 하지만 라미스 레일은 언제나 그녀에게 어떤 위협을 주고 싶어 했다.

"경비병들을 부르기 전에 사라져요."

베로니카의 나직한 대답에 라미스가 아쉬운 얼굴로 입맛을 다셨다.

하지만 베로니카는 더는 그에게 관심을 주지 않고 등을 돌려 성전 안으로 들어갔다.

＊　　＊　　＊

"리비엘라 제국의 웨일스 후작 각하와 후작 영애, 로드 웨일스 드십니다!"

육중하고 거대한 문이 열리고, 베로니카는 휠체어에 앉아 레인하드의 에스코트를 받으며 회의장 안으로 들어섰다.

예고치 않은 마물들의 습격으로 신성국의 북부의 방어선이 뚫린 가운데 긴급회의가 소집되었다.

"로알스의 축복이 여러분께 깃들기를."

베로니카는 저를 바라보는 12신의 주교들과 새로 선출된 법황, 그리고 그 외 다른 나라의 사절단들을 향해 인사했다.

그녀의 눈에 법황 바로 옆자리에 앉아 있는 아리스타의 모습이 보였다. 그는 단정하고 말끔한 차림새로 앉아 그녀를 마주 보며 고개를 가볍게 끄덕였다.

베로니카는 곧바로 레인하드의 손을 잡고 자리에 착석했다.

"내 이렇게 긴급회의를 소집한 것은 요즈음 들끓기 시작한 마물 때문이오."

긴급회의인만큼 공식적인 절차를 모두 무시하고 법황이 먼저 본론을 꺼냈다.

북부 지역 바리엘의 영주가 유독 파리한 안색으로 신음을 삼켰다. 그는 비통한 얼굴로 진중하게 앉아 법황의 말에 연신 고개를 주억거렸다.

아마 밤새 계속된 습격으로 그가 그동안 투자하고 쌓아온 일부, 혹은 그 이상이 무너지고 파괴되었으리라.

베로니카는 그를 따라 애통한 얼굴로 고개를 숙였다. 모든 일이 저로 인해 돌아간다는 사실을 이제는 완벽하게 인지하고 있기 때문이었다.

마물이 들끓는 것은 사실이지만, 유독 에라드가 이토록 큰 습격을 받게 된 것은 현재 그녀가 에라드에 머물고 있기 때문일 이유가 컸다.

"당장 기동 가능한 병력을 모두 바리엘로 투입하시오. 보병 8천과 기병 1천이 적절할 것 같소. 또한 축복의 산에 파견된 기사를 포함한 나머지 병력은 모두 에라드 방위선을 경계할 것을 명하오. 마물들이 지금 북부를 지나 에라드로 무자비하게 진격해 온다고 하오. 그 무엇보다 병력 투입이 시급하게 이뤄져야 할 것이오.”

법황의 지시에 모두 동의하는 얼굴로 고개를 끄덕였다. 이어지는 법황과 기사 단장 베컨스 위주로 이뤄지는 군사 회의에 베로니카는 고요히 침묵을 지켰다.

신성국의 사람들은 그 어느 나라보다 자존심이 하늘을 찌르는 민족이다. 레인하드와 베로니카의 개입을 달가워하지 않을 것이 분명했다.

레인하드는 타국의 군사령관으로서 침묵을 지켰다.

하지만 신성국은 오랜 옛날 대륙을 휩쓸었던 평화 전쟁을 제외하고는 지금까지 군사를 움직일 일이 없었다. 그렇기 때문에 군사 국가의 군사령관인 레인하드의 조언이 필요할지도 몰랐다.

베로니카는 주위의 12주교들이 레인하드의 눈치를 조심히 살피는 것을 보았다.

하지만 레인하드는 애초 그들의 일에 개입할 생각이 없었다. 그는 단지 베로니카를 위해 신성국을 방문했을 뿐, 제국의 사절단 입장으로 온 것이 아니기 때문이다.

반면에 아리스타는 레인하드와는 다르게 신성국의 일에 크게 개입이라도 할 기색이다.

본래도 그는 문가에 뛰어난 화술로 외교에 능한 칼릭스의 아들이다. 베로니카는 그의 눈빛만으로도 그가 이번 전투로 자신의 득을 챙기려는 속셈을 알았다.

위험한 일이지만, 베로니카는 특별하게 그를 걱정하지는 않았다. 망자의 강을 건너게 도와주었던 베네토라 주교가 법황이 된 탓에 아리스타는 군사 회의에도 그의 관심 속에 자리하고 있었기 때문이다.

용이 부활한다면, 상황이 또 어떤 식으로 흘러갈지 감히 상상하기도 어렵다.

"로드 웨일스께선 신탁의 여인으로서 이 일을 어찌 생각하시오."

잠시 생각에 잠겨 있던 베로니카는 난데없이 날아온 질문에 번쩍 고개를 들었다. 상념에 젖어 있던 탓에 앞서 한 질문을 듣지 못했다. 하지만 그녀는 전혀 동요 없는 얼굴로 여유롭게 미소 지었다.

"여인인 제게 어떤 특별한 점을 바라십니까. 하늘에서 선택하신 성하의 뜻이야말로 곧 제가 바라던 뜻이 아니겠습니까."

대답하지 아니하고도 상대를 추어올리며 질문을 피하는 화술은 과거 살롱에서나 쓰던 방법이지만, 그 무엇보다 가장 효과가 좋은 화술이기도 했다.

베로니카는 법황이 저를 신탁의 여인이라고 하여 기사들의 사기를 드높이고 싶어 한다는 사실을 알았다. 그 때문에 이런 긴급 군사 회의에도 그녀를 불러들인 것이 뻔했다.

레인하드는 걱정스러운 얼굴이었지만, 베로니카는 그들이 원하는 대로 행동해 주었다. 그녀는 어깨를 으쓱이며 가벼운 농담을 주고받기도 하고 그들의 긴장감을 완화해 주며 사기를 올려주기도 했다.

지금 이 시간에 로웰은 무엇을 하고 있을지 모르겠다.

어쩌면 그는 아직도 축복의 산에 있을지도 모른다.

그녀처럼 신당을 찾는 것인가? 하지만 신당에서 특별한 일은 없었다.

신탁과 함께 등장했던 오색 돌이 자취를 감추었고, 마물들이 때맞춰 등장했다. 그리고는 어떤 커다란 힘에 의해 위협적으로 등장하던 마물이 갑자기 모두 사라졌을 뿐이다.

그것들이 그녀에게 어떤 의미를 부여하는지는 여전히 알 수가 없었다.

하지만 베로니카는 오색돌이 자취를 감춘 것이 아니라, 그녀 안에 스며들었다는 느낌을 강렬히 받았다. 장담할 수는 없지만, 그저 그런 느낌이 들었다.

"베르, 괜찮으냐?"

심각한 얼굴로 생각에 잠겨 있던 그녀가 걱정스러웠는지 레인하드가 물었다. 이미 회의는 끝났고, 아리스타와 레인하드가 얼굴 한가득 걱정을 담고 그녀를 바라보고 있었다.

"괜찮아요."

결국 베로니카는 저를 걱정하는 이들을 향해 쓸데없는 상넘도 접고 그저 환한 웃음만을 보였다.

＊　　　＊　　　＊

베로니카는 하루 종일 고요했다. 아리스타와 레인하드의 얼굴도 보지 않고 오로지 방에만 박혀 소피아가 건네주는 끝없는 서류를 확인하고 생각하기에 바빴다.

"미란다가 결혼……?"

소피아가 가져다 온 리비엘라의 최근 정세에 관한 정보를 훑어보던 와중에 베로니카는 퍼뜩 놀랐다. 그녀가 잘못 본 것이 아니다. 서류에는 분명 미란다의 결혼에 관한 정보들이 적혀 있었다.

"소피아, 이게 뭐니?"

"보신대로 황녀 전하의 결혼 소식입니다. 전하께서 베로니카 님께 드레스 디자인을 의뢰하셨다고 합니다. 그와 관련된 서류는 다음 장에 적혀 있습니다."

베로니카의 뒤에서 가만히 대기하고 있던 소피아가 차분한 얼굴로 덤덤하게 대답했다. 베로니카는 재빨리 서류를 들추고는 미란다에 관한 정보를 모두 긁어모았다.

그동안 미란다와는 엮이고 싶지 않아 의도적으로 피하고 다녔던 탓도 있지만, 그러다 보니 정말로 신경을 쓰지 않게 되기도 했다.

그녀는 막연히 '깨어나는 세계'의 미란다와 아리스타는 인연이 없다고만 생각했다. 하지만 막상 미란다가 아리스타가 아닌 남성과 결혼한다는 소식을 듣자 베로니카는 깨달았다.

미란다에게 신경을 쓰지 않았다는 말은 거짓이다. 미란다와 아리스타의 만남을 바라지는 않지만, 미란다가 아리스타를 선택하지 않았다는 것에는 반발심이 들었다.

모순이다.

그녀는 조소를 터뜨렸다. 아직도 과거의 일을 잊지 못하였구나.

"랑베르 부인에게 연통을 넣어둬. 드레스 디자인 본을 보내겠다고 말이야."

베로니카는 미란다와 관련된 서류들을 덮으며 지시했다. 그녀는 잠시 이마를 매만지며 탁자 위에 놓인 차를 마셨다.

"오로라에서 서간을 보내왔습니다."

베로니카는 찻잔을 내려놓던 손을 멈칫했다.

"오로라?"

"베로니카 님께서 신탁의 여인이란 소문이 전 대륙에 퍼져 있습니다. 아마 그쪽에서도 그 소식을 들은 모양입니다. 베로니카님께 정보 교환을 요청하셨습니다."

베로니카는 정말로 의외라는 표정을 지었다. 아놀드 관장은 그 어떠한 일이 있어도 절대로 그녀에게 도움을 청하지 않는 사람이다.

　그런 인사가 그녀에게 도움을 청할 정도라면, 그 정도로 심각한 일이 리비엘라에서 벌어지고 있다는 뜻이 아닌가.

　"마물의 습격 빈도가 어떻다고 했지?"

　"하루가 다르게 잦아지고 있습니다. 머지않아 이곳처럼 리비엘라 역시 마물들의 습격을 받을 것 같습니다. 제국도 전투 준비를 진행하고 있다고 합니다."

　베로니카는 한숨을 내쉬었다.

　"이곳 상황에 대한 정보를 원하는 모양이군. 바라는 것 모두 해드려. 우리도 그에 부합하는 조건을 생각해둬야겠어."

　베로니카의 말에 소피아가 고개를 끄덕이고는 급히 밖으로 나갔다.

　소피아가 나가고 혼자 남은 방에서 베로니카는 책상 위에 놓인 서류를 이리저리 들추며 조용히 생각에 잠겼다.

　"베로니카!"

　그녀가 생각에 잠겨 있는 사이 어쩐지 복도가 심상치 않게 소란스럽다 싶더니 아리스타가 급하게 문을 열고 들어섰다.

　"나가자. 여긴 위험해."

　그는 건조하고 메마른 표정으로 그녀를 번쩍 품에 안았다.

　"이거 놓고 말해. 무슨 일이야?"

　베로니카가 가득 인상을 찌푸리고 물었다. 하지만 아리스타는 답도 없이 그저 그녀를 납치하듯 안고는 방을 나왔다.

그리고 베로니카는 소란스러운 복도의 상황에 잠시 말을 잃었다. 보통은 사람이 없어 한산한 곳이다. 하지만 소란스럽다고 여긴 것이 착각만은 아닌 듯 여러 사람이 다급하게 복도를 지나다니고 있었다.

"마물들이 북부부터 치고 내려와 지금 에라드에 진입했다. 널 노리고 있는 것이 분명해."

아리스타의 미흡한 부연 설명에도 베로니카는 더 묻지 않고 상황을 파악했다.

물론 진압하는 병력의 수가 1만이 안 되었다고 하나, 그 군사가 모두 마물에 밀려 들어온다는 상황이 그녀는 이해가지 않았다. 군사보다 마물이 우세할 정도로 마물의 수가 많단 말인가?

"자, 잠깐만. 아버지는?"

"내게 너를 부탁하셨다."

아리스타의 말에 베로니카는 도로 입을 다물었다. 아버지께서도 다른 생각이 있으실 것이 분명하다. 베로니카는 전적으로 아버지의 의견을 존중했다. 그렇기 때문에 그를 걱정하지 않기로 했다.

"성녀님께서는 아직이야?"

"지금 축복의 산에 포위되어 계신다고 들었어!"

"지원 요청해야 하는 거 아닌가?!"

"멍청아! 여기도 급박해!"

지나가는 기사들이 다급하게 주고받는 대화를 엿듣고 베로니카는 파리하게 변한 안색을 하고 아리스타를 보았다. 이레인이 축복의 산에 갇혀 있다면, 로웰 또한 그곳에 있다는 말이다.

"아스, 축복의 산으로……"

"쓸데없는 소리 하지 마."

아리스타는 단호했다. 어느새 일 층에 내려온 그들은 대성전의 거대한 성벽이 무너져 내린 모습을 목격할 수 있었다.

"이곳에 계시면 안 됩니다! 안으로 들어가시는 것이 안전합니다!"

그녀와 아리스타를 발견한 기사들이 다가와 밖으로 나가려는 그들을 도로 안으로 밀어 넣었다.

"제길."

길이 가로막히자 아리스타가 나직이 욕설을 중얼거렸다. 베로니카는 가만히 서서 뚫린 성벽으로 밀고 들어오는 마물들을 보았다.

"분명 에라드에 다가오고 있다고 했지, 에라드 안에 있다고는 못 들었는데?"

"그래, 정말로 괴물 같은 속도로군."

아리스타가 그녀의 어깨를 꼭 부여잡고 대답했다. 베로니카는 끔찍한 악몽이 되살아나는 것을 느끼며 저도 모르게 아리스타의 품에 파고들었다.

“조심해.”

아리스타는 결국 한발 물러섰다. 다리를 사용하지 못하는 베로니카를 섣불리 위험에 빠뜨리게 할 수는 없었다.

“어! 어? 조, 조심하십시오!”

광장에서부터 들려오는 외침에 아리스타가 재빨리 베로니카를 바닥에 내려놓고는 검을 꺼내어 들었다.

끼에에엑!

괴상한 비명과 함께 검은 먹물이 바닥에 줄줄이 흘러내렸다. 베로니카를 향해 달려드는 마물을 향해 아리스타가 곧바로 검을 찔러 넣었기 때문이다.

베로니카는 숨을 들이켜고는 쓰러지는 마물을 보았다. 노란 눈이 붉은 핏줄을 드러내며 그녀를 보고 있었다. 그 시선에 얽매여 베로니카는 다른 사고를 할 수가 없었다.

“이런, 베로니카. 정령도 불러 몸을 보호해라.”

웬만해서는 그녀가 힘을 소모해야 하는 일은 절대 시키려고 들지 않았던 아리스타다. 그런 그가 직접 정령을 불러내라 말할 만큼 상황이 좋지 않았다.

축복의 산에서 보았던 수와는 달랐다. 이번에는 완전히 군대의 규모와도 같다. 베로니카는 아연한 얼굴로 쏟아지는 마물들을 보았다. 이곳이 정녕 지상인가? 악마들이 산다는 지옥이 아니라?

“켈란.”

그녀의 부름에 화려한 불꽃과 함께 켈란이 등장했다. 그가 제 붉은 머리카락을 쓸어 넘기며 이제는 지겹다는 얼굴로 마물들을 보았다.

[너도 참 어지간히 인기가 많다?]

켈란이 비틀린 입매를 숨기지 않고 베로니카를 보며 빈정거렸다. 하지만 냉랭한 말투와는 다르게 온 힘을 다해 그녀를 막아서는 모습이 다정했다.

베로니카는 코이를 불러 근처 마물들의 발을 모조리 옭아맸다. 그리고 등장한 위니는 달려드는 마물들을 모두 밀어내 주었고, 켈란은 화염으로 하나둘 마물을 죽여 나갔다.

어느 정도 제 몸이 여유로워진 뒤에야 베로니카는 아리스타를 돌아볼 수 있었다.

"아리스타!"

그녀는 마물들과의 싸움에서 고전을 면치 못하는 아리스타의 모습을 보았다. 그의 왼팔에 박힌 거대한 송곳니를 보고 베로니카는 기겁했다.

"마, 맙소사! 아스!"

다리를 움직일 수가 없어 그에게 달려갈 수도 없다. 때마침 그녀의 앞으로 기사들이 행렬을 맞춰 급히 지나갔다. 베로니카는 아리스타가 시야에서 완전히 사라지자 초조한 얼굴로 기사들이 완전히 지나가기를 기다렸다.

"켈란, 켈란! 아, 아리스타는?"

[위험해, 윽.]

"가서 그를 도와!"

[야! 이 멍청아! 네 상황도 좋지만은 않거든?]

베로니카는 절망감에 젖은 얼굴로 가만히 앉아 있었다. 아리스타가 위험한데, 그녀가 해줄 수 있는 것이 없다는 점이 그녀를 괴롭게 만들었다.

여기저기서 온갖 비명과 굉음이 난무했다. 마물들의 검은 피와 기사들의 붉디붉은 핏물이 바닥에 엉켜 흘러 질척였다. 아스러지는 생명이 마치 이곳이야말로 지옥이 아닐까 생각하게 만들 만큼 끔찍했다.

계속되는 전투로 날로 능력이 향상된 정령들 덕에 베로니카는 여태 공격 한 번 받지 않고 멀쩡했다.

하지만 아리스타는 상태가 심각했다. 기사들은 모두 성벽 안으로 쏟아져 오는 마물을 막아내느라 남아 있는 사람이 없었다. 기껏 남아 있는 기사도 모두 제 앞에 달려드는 마물들을 처리하느라 아리스타를 도와줄 지원군도 없는 상황이었다.

베로니카는 급해진 얼굴로 아리스타를 보았다.

"위니! 아스를 내게 데려와 주겠니?"

[베르! 지금은 불가능해!]

위니의 외침에 베로니카는 초조한 얼굴로 손톱을 깨물었다. 미란다의 습관이 그녀에게 고스란히 옮은 모양이다. 베로니카는 마물들이 아리스타에게 다가가는 모습을 보며 결국 제가 직접 바닥을 기어 그에게 다가갔다.

[베르!]

[위험해!]

지저분한 바닥을 기어가는 탓에 돌부리에 살갗이 긁혔지 만 베로니카는 그런 자잘한 부분은 신경 쓰지 않았다. 지금은 아리스타의 안위가 더 중요하다.

"로드 웨일스!!"

급박한 얼굴로 성벽으로 달려가던 베컨스가 돌아와 베로 니카를 붙잡았다.

"영애께서 여인의 몸으로 위험한 곳에서 대체 뭐하시는 겁 니까!"

잔뜩 화가 난 얼굴의 그를 뒤따라 멀리서부터 휴버트가 그 녀를 향해 달려오는 것이 보였다.

"그게 문제가 아니라, 아리스타가… 아리스타가!"

베로니카는 차오르는 눈물과 함께 바닥에서 힘겹게 일어 서는 아리스타의 모습을 보았다. 정신을 차린 모양인지 그가 가볍게 고개를 흔들더니 쿨럭, 바닥에 피를 토했다.

그녀의 외침과 함께 아리스타의 세 배가량 되는 거대한 크 기의 마물이 순식간에 그를 덮쳤다.

베컨스는 침착한 얼굴로 베로니카를 부축하며 아리스타를 보았다. 마물의 수가 언제 이렇게 많아졌는지 모르겠다. 아리스타 주위에는 마물들이 득실거리고 있어 길을 뚫고 다가기도 어려워 보였다.

당장에 아리스타를 구출하기는 어렵다. 하지만 그렇다고 구출할 방도가 없는 것도 아니었다.

"오, 맙소사! 아스! 아스!"

발버둥치는 베로니카를 베컨스가 꼭 붙들었다. 그리고 이어서 휴버트가 착잡한 얼굴로 그녀에게 다가갔다.

아리스타는 그들이 구출할 방도를 찾을 것이다. 하지만 그 사이 베로니카가 섣불리 움직인다면 일이 더 커질 것이 분명했다. 우선은 베로니카를 진정시켜야만 했다.

"휴, 휴버트. 아스가… 아스를……!"

그리고 그녀의 비명 같은 외침과 함께 다시금 쓰러진 아리스타에게서 오색 빛의 거대한 빛이 뿜어져 나왔다.

그에게서 무지개처럼 퍼져 나오는 아름다운 빛은 곧이어 성전 안을 가득 채웠다. 기사도 마물도 잠시 멈칫하는 사이 빛은 성전을 벗어나 온 하늘을 가득 뒤덮으며 멀리 뻗어 나갔다.

로웰의 신성력에 의한 빛과는 달랐다. 로웰의 빛이 마음을 치유하듯 신성했다면, 아리스타에게서 나오는 빛은 사람을 압도할 만큼 위압감이 있었다.

베로니카는 직감적으로 용의 2차 파동이 시작되었다는 것을 알아차렸다.

"용이 깨어났다."

어느새 나타난 디아보루스가 팔짱을 끼고 힘겹게 일어서는 아리스타를 보았다. 아리스타의 오른손엔 다시 검은 피가 묻은 검이 들려 있었고, 거대한 크기를 자랑하던 마물은 이미 뒤로 쓰러져 숨을 거둔 후였다.

아리스타가 잠시 자리에 서서 호흡을 거를 때, 하늘 위로 온 나라를 가득 울릴 정도로 거대한 짐승의 울음소리가 울려 퍼졌다.

베로니카는 하늘에서부터 쏟아져 나오는 불길에 성곽이 순식간에 무너져 내리는 것은 물론 마물이 모조리 불타 사라지는 것을 보았다. 문제라면, 그 안에 신성국의 멀쩡한 기사들도 있었다는 점이다.

"도망가는 게 좋을 거다. 용에겐 자비가 없거든. 선과 악을 가림도 없고 말이지."

디아보루스가 재미있다는 얼굴로 그녀를 향해 손을 내밀었다. 여성만큼 가늘고 기다란 손가락이 그녀 앞에 다가왔다.

"용이 궁금하지 않나? 손 잡아."

"무슨! 지금 아리스타가……!"

"멀쩡해 보이는데?"

베로니카는 아리스타가 상처가 가득한 몸으로도 이리저리 펄펄 뛰어다니며 마물들을 멀쩡히 상대하는 모습을 보았다. 오히려 전보다 더 활기 있고 여유로워 보였다.

"용에게서 힘을 얻은 거니까, 금발은 걱정 말고."

걱정스러운 얼굴로 그녀를 보고 있는 휴버트를 향해 고개를 끄덕인 베로니카는 디아보루스의 손을 잡았다.

그러자 그의 등에서부터 검은 날개가 위용 차게 펼쳐졌고, 그녀를 안아든 디아보루스가 순식간에 하늘을 날아올랐다.

"맙소사."

베로니카는 하늘 위에서 보았다. 거대한 크기의 대성전을 모두 가리고도 남는 어마어마한 몸집의 용이었다.

하늘 위를 활보하며 입에서 거대한 불을 뿜는 용의 모습에 베로니카는 압도당했다. 온 도시를 불바다로 만드는 용에겐 디아보루스의 말대로 자비가 없었다.

"저게 뭐야! 무고한 사람들마저 죽이고 있잖아!"

베로니카가 경악을 감추지 못하고 큰 소리로 외쳤다.

"용의 습성이야. 게다가 막 깨어나서 철이 없으니까 이해해."

"이해? 사람이 죽어가는데 이해라고?"

"내가 틀린 말 했어? 죽어가는 건 그들이지 내가 아니잖아?"

베로니카는 용의 모습이 숨이 턱턱 막힐 정도로 섬뜩하고 실로 두려웠다. 하지만 지금은 그보다 용의 무자비한 살인을 막아야 하는 것이 우선이다.

"나를 아스에게 데려다줘! 지금 당장!"

베로니카의 요구에 디아보루스는 별말 없이 그녀를 본래

자리로 돌려보내 주었고, 베로니카는 위니들의 도움을 받아 겨우 아리스타에게 다가갈 수 있었다.

"아스!"

한참 마물을 상대하던 아리스타가 그제야 베로니카를 돌아보고는 놀라 그녀에게 뛰어왔다.

"위험하게 여기까지 왜 온 거야!"

"네 용 말이야! 어떻게 좀 해봐!"

베로니카의 외침에 그제야 화들짝 놀란 아리스타가 불바다가 되어 있는 주위를 둘러보았다. 그는 정말로 마물들과의 전투에만 집중한 모양인지, 당황한 얼굴로 다시 그녀를 보았다.

"대체 이게 무슨 일이야?"

"네 용이 지금 이 나라를 몽땅 뒤집고 있다고!"

베로니카가 뜨거운 열기 속에 기침을 뱉으며 외쳤다. 아리스타는 잠시 멍한 얼굴로 그녀의 말을 곱씹는가 싶더니, 날아오는 건물의 잔해들을 피해 그녀를 감싸 안고 다시 안전한 광장 가운데로 뛰어갔다.

휴버트와 베컨스는 마물들과의 전투보다는 이제 화재 피해에 대한 복구 준비로 정신이 없어 보였다.

"물의 정령의 도움이 필요한데."

베로니카가 안타까운 얼굴로 주위를 둘러보며 말했다. 켈란은 이미 기가 질린 얼굴로 사라졌고, 위니 역시 자리를 피해 사라졌다. 코이만이 남아 흙을 덮어 불을 진압하고 있었지만, 흙만으로는 불을 진압하는 데에 한계가 있었다.

"꺄아악!

여기저기서 들려오는 비명에 베로니카는 귀를 틀어막았다. 하늘 위로 멀어져가던 용이 뒤를 돌아 다시 그들 쪽으로 날아오는 것이 보였다.

"아, 아리스타!"

베로니카는 그 용이 자신들이 있는 곳을 향해 커다랗게 입을 벌리는 모습을 보았다. 용과 아리스타다가 공명할 수 있다는 것은 거짓인가? 베로니카는 믿기가 어려웠다.

멀리서도 용의 얼굴을 볼 수 있을 정도로 그 크기가 거대했다. 용의 입속으로 거대한 불꽃이 소용돌이치더니 곧이어 하늘 위로 붉은 선을 그리는 것이 보였다.

마물들로도 정신이 없는데 용의 등장에 화재까지. 정신이 없었다. 베로니카는 불에 그슬린 모습으로 여전히 성전 안을 활개 치는 마물들을 보았다.

모두 죽어버렸으면 좋겠어.

베로니카는 이를 악물고 소망했다. 그녀가 이렇게까지 감정적으로 무언가를 증오하며 그것의 죽음을 갈망하는 것은 극히 드문 일이다.

뜨거운 불길 때문인지, 분노로 열이 오른 것 때문인지 모르겠다. 베로니카는 어쩐지 속이 불처럼 뜨거워지고 있다고 생각했다.

그녀 앞으로 또다시 여러 마리의 마물이 달려들었다. 아리스타가 가까스로 모두 막아냈지만, 베로니카는 현기증을 참지 못하고 이마를 짚었다.

그때였다. 그녀의 빈손 안에 오색돌이 다시금 생겨났다. 베로니카가 경악을 감추지 못하고 그것을 보자 오색 돌이 그녀의 손에서 벗어나 마물들에게로 날아갔다.

오색 돌은 마물 하나에 맞고 찬란한 빛을 뿜어내며 사라졌다.

동시에 화려한 색의 연기와 함께 마물들이 자취를 감췄다. 오색 돌들 또한 더는 나타나지 않고 수십 마리의 마물과 함께 사라졌다.

단순히 성전 안의 마물들만이 사라진 것이 아니다. 에라드로 모여들던 마물이 동시에 모두 사라지고 없었다.

영문을 모르고 어리둥절한 사이 용이 포효했다.

아리스타 역시 상황이 심상치 않다는 것을 느낀 모양인지 그녀를 품에 안고 급히 자리를 피해 뛰었다. 등 뒤의 열기가 후끈한 것을 넘어서 타는 듯이 뜨거웠다.

오색 돌의 역할이 단순히 세계를 잇는 것만은 아니었다.

베로니카는 직감적으로 오색돌이 마물들과 함께 사라지는 것으로 그녀의 시험이 모두 끝났다는 사실을 알았다.

늘 그녀를 괴롭게 만들었던 두통이 말끔히 사라졌기 때문이다. 정신이 맑아지는 느낌이었다.

하지만 여전히 그녀의 생명을 위협하는 존재는 남아 있다. 용을 등지고 도망가며 베로니카는 잠시 회의감을 느꼈다. 시험이 끝났다고 하나 마물들이 온전히 이 세상에 사라진 것은 아니고, 용은 활개를 친다.

이런 식으로 생명의 위협을 받는 것이 대체 몇 번째인가. 그녀가 이렇게까지 살아갈 가치가 있는 인간이었던가?

"베로니카, 괜찮아?"

그 생각은 아리스타의 목소리에 의해 모두 사라졌다. 저를 사랑하는 사람들이 있다. 그런 나약한 생각은 그녀를 사랑하는 이들을 향한 배신이다.

"아리스타, 고마워."

베로니카는 가까이 다가온 용의 모습에 압도되었지만 애써 평정심을 유지하며 말했다.

"뭐?"

아리스타가 숨을 헐떡이며 되물었다.

"날 사랑해 줘서 고맙다고."

이제야 진심으로 그에게 감사 인사를 하는 것 같다. 그제야 베로니카는 마음 한구석이 홀가분해지는 것을 느꼈다. 그녀는 조용히 눈을 감았다. 바로 위에서 용이 다시금 거대한 입을 여는 것을 보았기 때문이다.

"베로니카?"

아리스타의 되물음과 함께 용의 거대한 포효 소리가 하늘을 가득 메웠다. 곧이어 뜨거운 열기와 함께 용이 뿜어낸 불이 빠르게 주위를 뒤덮었다. 그들은 침착한 얼굴로 다가오는 불길을 기다렸다.

"베로니카!"

굵직하고 다급한 목소리가 베로니카의 귓전을 때렸다. 그리고 그와 동시에 눈부시게 환한 빛이 시야를 가득 메웠다.

환한 빛이 아리스타와 베로니카 주변을 시작으로 퍼지고 퍼져 용에게로, 더 나아가 온 하늘을 뒤덮고 온 세상을 뒤덮어 뻗어나갔다. 그 파장은 아리스타의 오색 빛보다도 더 커다란 파급력을 불러 일으켰다.

시끌벅적한 소음이 순식간에 걷히고 주위가 고요해졌다. 그리고 베로니카는 보았다. 온통 새하얀 빛무리 속에 익숙하고도 그리웠던 뒷모습을.

푸른 바다 빛을 품고 있는 머리카락. 다부지고 다정하게 그녀를 감싸주던 어깨. 단단한 팔과 길게 뻗은 다리.

"로… 웰?"

베로니카는 그가 무지갯빛을 띠고 있는 오색 돌을 쥔 모습을 보았다. 가만, 오색 돌?

등을 돌리고 서 있던 로웰이 천천히 그녀를 돌아보았다.

베로니카는 아리스타의 품에서 내려왔다. 그리고 스스로도 놀라 자신의 다리를 보았다. 평생 절름발이로 살 수밖에 없다고 여겼는데, 다리가 멀쩡했다.

그녀는 잠시 넋을 놓고 자신의 다리를 보았다.

"미안합니다, 베로니카."

로웰이 그녀에게 사과했다. 하지만 사과의 의미를 모르겠다.

어설프게 서 있던 베로니카의 허리를 로웰의 단단한 팔이 감싸 안았다.

베로니카는 그의 가슴팍에 안겨 피곤한 얼굴로 눈을 감았다. 익숙한 그의 향이 그녀의 마음을 어지럽게 만들었다.

그녀를 온전히 포용하는 듯이 감싸 안은 그의 품이 따스했다. 온갖 고단함도 씻은 듯이 녹아내리는 것 같았다.

그녀 본인의 뜻과 다르게 안도감마저 넘쳐흘렀는데, 그 느낌이 마땅치 않다. 그녀는 로웰을 용서하고 싶은 마음이 없었다.

"미안합니다."

다시 한 번 로웰의 베로니카의 귓가에 속삭였다. 그리고 그는 인상을 가득 찌푸리고 눈을 질끈 감았다.

자칫하면, 정말 소중한 것을 놓칠 뻔했다는 사실이 그의 간담을 서늘하게 만들었다.

그는 신당에서 알았다. 이레인은 '신탁의 아이'가 아니다. 그의 과거로 찾아와 그에게 힘을 준 소녀는 베로니카였다.

온갖 복잡한 감정이 그의 얼굴 위로 스쳐갔다. 후회가 앞섰다. 그녀에게 어떻게 보답을 해야 할지 모르겠다.

그동안 그로 인해 베로니카가 받은 상처를 떠올리니 그저 가슴 한구석이 아련했다.

품안에 쏙 들어가는 작은 체구의 소녀일 뿐이다. 이 조그만 소녀가 온갖 험난한 고통을 혼자 인내해 왔다는 사실이 그저 놀랍다.

지켜주겠다 말하고 모든 것이 끝나서야 진실을 깨달은 자신이 한심했다. 과연 그는 '진실을 보는 자'가 맞는가.

정작 눈앞의 중요하고 소중한 진실은 보지 못하면서 저 혼자서는 그렇게 자부심이 넘쳐흘렀었다.

"이거 놔요."

베로니카는 미간을 찌푸리고 그를 바라보았다.

"저를 용서하지 마십시오, 베로니카. 그동안 그대에게 준 상처, 앞으로 모두 갚겠습니다."

그렇게 말하는 그의 목소리는 긴장으로 떨렸고, 애절했다. 하지만 베로니카는 그의 모든 말이 가슴 깊숙이 와 닿지 않았다. 그에게 입은 상처가 너무 크다. 지금의 그녀에겐 그를 향한 분노와 원망만이 가득했다.

쉽게 용서되는 일이 아니었다.

하지만 더 그를 눈 안에 담기엔 정신력이 버텨주지 않았다. 시야가 흐리고 잠이 몰려왔다. 로웰마저도 빛 속으로 사라지고, 베로니카는 눈을 감았다.

Chapter 8

돌아오다

Veronica Requiem

베로니카 레퀴엠

"베로니카, 정신이 들어?"

그녀는 조용히 눈을 깜빡였다. 그녀의 눈앞에는 안젤리카가 서 있었다. 매끄럽고 고운 피부와 곱고 따스한 갈색 머리카락, 그녀와 똑같은 에메랄드 빛 눈동자.

"아, 안젤리카?"

베로니카는 천천히 상체를 일으켜 앉았다.

"오래도 잔다. 여행은 재미있었나 보지?"

안젤리카가 심통이 난 얼굴로 투덜거렸다. 베로니카는 영문을 모르겠다는 얼굴로 그저 눈만 깜빡였다. 안젤리카가 익숙한 얼굴로 침대의 휘장을 걷고는 허리에 양손을 얹고 그녀를 노려보았다.

"결혼식 전까지는 오라고 했건만. 결혼식에도 오지 않고 말이지. 이제야 와서는 이틀 동안 잠만 자고 말이야."

결혼식? 그게 다 무슨 소리인가.

베로니카는 주위를 둘러보았다. 어느 낯선 성의 게스트 룸 따위가 아니다. 십 년 넘게 살아온 익숙하고도 익숙한 웨일스 저택의 그녀 방이었다.

"아버지는?"

베로니카가 화들짝 놀라 안젤리카의 팔을 덥석 붙잡자, 그녀도 깜짝 놀라 베로니카를 보았다.

"당연히 출근하셨지. …너 괜찮아?"

"위니!"

그녀의 부름에 거대한 소용돌이와 함께 방 안으로 청초하고 가녀린 소녀가 등장했다.

[베르!]

위니가 눈물을 가득 머금고 그녀를 향해 달려들었다. 꿈이 아니다. 신성국에서의 일은 분명 꿈이 아니다.

베로니카는 당황하여 위니의 품에 안겨 기억을 되새겼다.

"뭐, 뭐……! 이게 뭐야?"

안젤리카가 당황한 얼굴로 위니를 가리켰다. 그녀는 정확히 위니를 알아보았고, 베로니카는 그 점에 놀랐다. 정령을 볼 수 있을 리가 없었다. 안젤리카는 이전에 단 한 번도 정령을 알아본 적이 없었다.

"위니가… 보여?"

"그럼 보이지, 저게 보이지 않겠어?"

[꺄! 베르, 저 여자 무례해!]

"뭐야 저 재수 없는 계집은? 베르에게서 떨어져!"

[꺄아아아! 베르! 베르으!]

베로니카는 소란스러운 그들에게도 반응 없이 그저 멍한 얼굴로 앉아 있었다. 모든 것이 꿈만 같다. 아리스타는? 로웰은? 용은? 마물들은?

모두 어떻게 된 거지?

"안젤리카, 신성국은? 괜찮아? 용은? 불길은 진압하고 이제 복구하고 있을 때쯤 되었니?"

안젤리카의 어깨를 부여잡고 베로니카가 정신없이 질문을 쏟아부었다. 하지만 조급한 베로니카의 심경과는 다르게 안젤리카는 영문을 모르겠다는 얼굴로 그녀를 보며 어깨를 으쓱였다.

"무슨 이상한 소리야? 용은 카볼라이에 산맥에 있고, 마물들의 습격이야 늘 있었잖아? 위협적일 정도는 아니었고."

이상하다. 시간이 흘렀다고 하기엔 지나치게 이상한 점이 많았다.

신성국에서 벌어진 일은 모두 처음부터 일어나지 않았던

양, 마물들과 용이 본래부터 이 세계에 존재했던 것처럼 완전
하게 융합된 모습이 이상하다.

"아리스타는?"

"지금 아마 후계 준비로 바쁠 거야. 캐드릭 공작각하께서
예정보다 일정을 앞당겨 그에게 후계 자리를 넘겨주겠다고
선언하셨거든."

베로니카는 혼란스러운 얼굴로 두 손에 얼굴을 묻었다.

"그럼 로웰은?"

"로웰 클라우스? 그는 실종되지 않았나? 너 왜 그래? 왜 아
무것도 모르는 사람처럼……."

그녀가 엘자이트 나무에게 납치되듯 끌려가고서 꼬박 2년
이 흘렀다. 안젤리카의 말에 의하면 신성국에서 레인하드와
아리스타가 그녀를 데려왔다고 한다.

요정족인 템베른이 휴버트를 따라 그녀의 호위를 자처했
고, 레인하드와 안젤리카는 흔쾌히 그 요청을 수락했다고 한
다.

사람들의 기억 속에 용의 등장과 에라드로 향한 마물들의
습격은 없었다. 그 기억은 모두 사라진 채 용과 마물들은 자
연스럽게 인간들의 삶에 융합되었다.

아무도 끔찍했던 에라드에서의 일을 기억하는 사람이 없
었다. 베로니카는 혼란스러운 얼굴로 두 손에 얼굴을 묻었다.

그녀를 구하고 그 후로 로웰은 사라졌던 것 같다.

로웰.

분명한 건, 그녀가 기억을 잃기 전 그의 손에 그녀가 신탁을 받을 때 함께 받았던 오색 돌이 있었다는 점이다. 그리고 그는 사라졌다. 마지막에 대지를 뒤덮은 새하얀 빛은 로웰의 신성력이 분명했다.

진실을 보는 자가 언제부터 '재생'과 '기억'의 조작까지 가능하게 된 것인가.

"베로니카 님, 반 캐드릭께서 저녁 식사를 요청하셨습니다."

루시아. 반가운 얼굴이다. 그녀가 조용히 베로니카를 향해 미소를 지으며 아리스타의 말을 전했다.

"귀신같군그래. 네가 깨어난 건 어떻게 알고."

베로니카는 이마를 매만지며 고개를 끄덕였다. 아리스타를 만나게 되면 좀 더 정확한 사실을 알게 되겠지.

베로니카는 귀찮게 달라붙는 안젤리카를 떼어내고 조용히 생각을 정리했다.

*   *   *

"캐드릭 저택으로 가주세요."

루시아와 메이를 데리고 마차에 오른 베로니카가 마부를 향해 지시했다. 곧이어 마차가 출발했다. 달그락거리는 기분 좋은 말발굽 소리와 함께 베로니카는 태양이 지는 하늘을 보았다. 태양의 꼬리가 길게 남은 하늘에는 여전히 붉은 기운이 남아 있다.

조금 있으면 완전하게 하늘에서 태양의 잔재가 지워지겠지. 마치 그녀의 지난날처럼.

히이잉!

요란한 말의 울음 소리와 함께 마차가 급하게 멈추었다.

댕, 댕, 댕.

오후 6시를 알리는 나타의 종소리가 들려왔다. 수도 아트라한. 태양의 광장에 정확히 마차가 멈춰 섰다.

"무슨 일인가."

베로니카의 물음에 마부가 한참을 소란을 떨더니 조용히 대답했다.

"마차 앞에 누군가 있었는데… 헛것을 보았는지 금세 사라졌습니다."

베로니카는 쯧, 혀를 찼다.

"정신 똑바로 차리거라."

그녀의 지적에 마부가 연달아 사죄하고는 다시 마차를 출발시켰다. 베로니카는 조용히 마차의 창으로 태양의 광장을 보았다. 온갖 추억이 얽히고설킨 곳.

"잠깐!"

베로니카의 외침에 마차가 급하게 멈춰 섰다. 루시아와 메이가 의아한 얼굴로 그녀를 보았지만, 베로니카는 무엇에 홀린 듯이 마차에서 내렸다.

인파 사이로 어렴풋이 보였던 푸른 머리카락. 제가 잘못 보았나? 아니다. 잘못 보았다고 해도 좋다. 푸른 머리카락만이라도 보며 기억을 되새기고 싶다. 베로니카는 드레스 자락을 들고 급히 광장을 가로질러 뛰었다. 멀리 어렴풋이 푸른 머리카락이 나타났다가, 홀연히 사라졌다.

"헉, 헉."

숨을 헐떡이고 베로니카가 주위를 둘러보았다.

한눈에 보아도 매력적인 귀족 영애가 체통 없이 드레스 자락을 들고 뛰어다니는 모습이 어지간히 신기했던 모양이다. 주위에 온통 그녀를 힐끔거리며 구경하는 사람뿐이다.

"베로니카?"

누군가 그녀를 불렀다. 베로니카는 화들짝 놀라 고개를 들었다. 그녀 눈앞에 주황색 머리카락에 랑베르 살롱의 클라라 디자인 드레스 신작을 입고 있는 귀족 여성이 서 있었다.

주황색 머리를 우아하게 틀어 올리고, 화려한 레이스 양산을 펼쳐든 바롱스톤 가문의 보나 가넷이다.

"오랜만이네요."

"아⋯⋯. 정말⋯ 오랜만이에요."

베로니카는 당황한 얼굴로 그녀를 보았다. 광장에서 마주친 보나 덕에 그녀는 정신이 돌아왔다.

이곳이 현실이다. 보나의 얼굴을 보고 있자니 그동안 그녀가 신탁으로 인해 겪었던 고생이 모두 꿈만 같았다.

어느새 주위가 어둑해졌다. 하늘 위로 낮의 긴 그림자가 드리워진 저녁이었다. 베로니카는 근처 카페에서 보나와 잠시 차를 마시며 이야기를 나누었다.

오랜만에 차리는 예법에도 베로니카는 흐트러짐 없이 우아했다. 보나는 그런 베로니카가 왜 아직도 미혼인지가 궁금했다.

아리스타와 로웰이 베로니카를 두고 신경전을 펼치고 있다는 소문은 몇 년 전부터 사교계에 파다했었다.

둘 다 워낙 영향력이 큰 인물이라 다른 귀족 자제들에게 베뢰카는 기피대상이나 마찬가지였다.

그러고 몇 년이 흘렀는데, 둘 중 한명과는 결혼을 하고도 남았을 시기이지 않은가. 그 와중에 로웰이 실종되었으니 아리스타가 연적인 로웰을 음해하였다는 소문이 퍼지는 것도 이상한 일은 아니다.

더군다나 아리스타는 이전에도 베로니카와 관련된 일로 여러 사람에게 해를 가한 적이 있어 그 소문에 신빙성을 더하기도 했다.

아마 베로니카의 혼인이 늦어지는 것도 그 이유일 것이 분명하다고 보나는 짐작했다.

보나와 베로니카는 제법 성격이 잘 맞는 편이었고, 대화가 계속되다 보니 어느새 캐드릭 저택에서의 저녁 약속 시간이 가까워져 있었다.

베로니카는 무척 아쉬운 얼굴로 자리에서 일어섰다. 그녀는 늘 친구가 없었고, 그런 그녀에게 보나와 캐서린의 존재는 큰 의미가 있었다.

하지만 이렇게 멀쩡히 그녀가 살아 있는 이상, 앞으로 보나와 더 끈끈한 시간을 보낼 수 있으리라.

베로니카는 기분 좋은 얼굴로 마차에 올랐다. 어느새 마차를 세우고 누군가를 찾던 일 따위는 잊혀졌다. 그녀는 보나를 통해 세간의 최근 소식을 접했다.

보나는 더 이상 바롱스톤이 아니다. 그녀도 어느새 데몬스 가문의 자제와 결혼한 귀족 부인이 되어 있었다. 미란다도 아리스타가 아닌 남성과 결혼해서 행복한 결혼 생활을 보내고 있단다.

모든 것이 그저 평범하고 평화롭다. 베로니카의 입가에 어린 미소는 쉽게 지워지지 않았다.

＊　　　＊　　　＊

캐드릭 저택에 도착하자 아리스타가 친히 그녀를 마중하기 위해 나와 있었다.

하지만 베로니카는 급한 마음에 식사를 시작하기도 전에 복도에서 아리스타를 붙잡았다. 로웰의 행방을 묻는 질문에 아리스타는 불쾌한 기색을 내비쳤다.

"전혀 모른다는 거니?"

베로니카의 물음에 아리스타가 어깨를 으쓱였다.

"그 뒤로 자취를 감춘 것은 확실해."

휴버트와 소피아는 에라드 습격 사건을 기억하지 못했다. 하지만 요정인 템베른은 그 일을 뚜렷하게 기억하고 있었고, 용의 영향을 직접적으로 받은 아리스타 역시 그 일을 기억하고 있었다.

꿈이 아니었다.

하지만 자취를 감춘 로웰의 행방만큼은 그들도 알지 못하는 모양이었다.

"로드 웨일스!"

아리스타의 막내 동생 에디스가 멀리서부터 그녀를 발견하고 뛰어오는 것이 보였다. 예법은 온데간데없이 버려둔 모습이었다.

하지만 베로니카는 차마 그것을 지적하지 않았다. 그녀를 바라보는 에디스의 눈빛이 흥분과 설렘으로 가득했기 때문이었다.

"여행은 어떠셨나요? 신성국에서 공표한 신탁의 아이가 로드 웨일스라고 들었답니다. 전설에서나 등장하는 정령들을 다룰 줄도 아신다는 이야기도 들었어요! 요정 족이 로드 웨일스의 호위를 자처하셨다는 소문도 있던데, 사실인가요?"

"에디스."

아리스타의 따끔한 질책이 있었지만, 베로니카를 선망의 눈초리로 바라보는 에디스의 시선은 수그러들지 않았다.

베로니카는 뜻밖의 호응에 순수하게 놀랐다. 보나는 에디스와 같은 반응을 보이지 않았기 때문이다.

돌이켜 생각해 보니 보나는 워낙 정적인 사람이다. 타인을 배려할 줄 아는 인사이기에, 베로니카를 배려한 모양이다.

"그런 이야기는 어디서 들었나요?"

입가에 부드러운 미소를 걸고 베로니카가 물었다. 인자한 그녀의 물음에 에디스는 더욱 신이나 어깨를 들썩였다.

"소문의 근원지는 모르겠어요. 하지만 로드 웨일스의 일화에 대해서라면 과거서부터 지금까지 이미 세간에 파다한 걸요."

에디스는 쑥스러운 얼굴로 몸을 꼬았다.

"나도 찾아봤는데, 근원지는 알 수가 없더군."

아리스타의 대답에 베로니카는 의아한 얼굴로 고개를 갸웃거렸다.

"그보다 이제 식사하러 가지. 아버지와 어머니가 기다리신다."

아리스타의 나직한 음성에 에디스와 베로니카 모두 퍼뜩 정신이 든 얼굴로 고개를 들었다.

"그래, 가자."

결국 원하는 해답을 얻지는 못했다. 로웰은 어디로 사라진 것일까. 정말로 사람들의 기억을 조작한 것은 로웰이 맞는가.

아리스타의 재촉에 베로니카는 에스코트를 받으며 무거운 발걸음을 뗐다. 그녀는 의문점을 뒤로 하고 캐드릭 가문의 사람들과 저녁 만찬을 즐겼다.

*　　*　　*

아침부터 웨일스 저택이 소란스러웠다. 여행에서 돌아온 후, 베로니카가 공식 행사에 처음으로 참석하는 날이었다.

정작 베로니카 본인은 태평한 얼굴로 식사하고 있었는데, 주위에 있는 시녀들이 더 소란스럽게 부산을 떨었다.

"소피아, 메이, 루시아. 시끄러워."

베로니카의 지적에 그녀들은 불만스러운 기색을 표했다. 하지만 그녀는 눈 하나 깜짝 않고 느릿하게 식사를 즐겼다.

황실에서 주최하는 연회는 귀족 대부분이 참석하는 공식적인 자리다. 보통의 귀족 영애였다면 몇 날 며칠의 시간을 연회에 투자했을 것이 분명했다.

하지만 베로니카는 정말 딱 연회 4시간 전부터 치장을 시작했다. 안젤리카와 레인하드마저 반기를 들 정도로 부족한 시간이었다. 하지만 베로니카는 여행 후 빡빡하고 고된 일정에 대한 작은 트라우마가 있었다.

그녀는 그 후로 뭐든 여유로운 일정을 즐겼다. 4시간의 치장으로도 베로니카는 충분히 만족스러워했고, 레인하드와 안젤리카도 그녀의 굳센 의지를 말릴 수 없었다.

그날, 황실 연회의 주인공은 베로니카나 다름없었다.

특별히 데뷔앙트―사교계에 데뷔하는 영애들이 치르는 일종의 신고식―를 치르지 않았던 그녀였기에 더 시선을 끌었다.

"베로니카!"

반가운 얼굴의 캐서린이 클라라 디자인에서 새로 론칭한 드레스를 입고 등장했다.

"정말 오랜만이에요!"

캐서린이 베로니카를 발견하고는 호들갑을 떨었다. 보나와 달리 캐서린은 떠날 적과 다르게 많이 변해 있었다. 그녀를 처음 만났을 적 통통했던 소녀의 모습은 찾아볼 수 없을 정도다.

이제는 누가 보아도 화려한 미인이 되어 있었다.

"소문 들었어요. 전 베로니카를 만날 날만을 기다리고 있었다고요! 소문에 대해서 모두 설명해 줄 거죠?"

최근 리비엘라뿐 아니라 모든 나라에서 주목하는 사람은 바로 베로니카였다.

그녀에 대한 온갖 추측과 소문이 난무했지만, 그 어디에도 그녀에 대한 좋지 않은 소문은 없었다.

대부분 소문이라고 칭하기도 민망할 정도로 사실과 가까웠다.

그제야 베로니카는 주위를 둘러보았다. '잠들어 있는 세계'에서의 사교계와는 전혀 다른 분위기다. 모두 그녀의 눈치를 살피며 어떻게든 그녀에게 말을 걸고 싶어 안달이 나 있었다.

베로니카는 '잠들어 있는 세계'에서 받았던 경멸의 눈초리도 힘들었지만, 이런 지나친 관심 또한 부담스러웠다.

그녀는 안젤리카에게 이끌려 한참을 다른 귀족들과 안면을 트고 난 후에야 연회장에서 벗어날 수 있었다.

연회장 밖으로 도망치듯 뛰어나온 그녀의 뒤로 루시아와 메이가 따랐다.

아무리 예전과 다르다고 해도 여전히 베로니카에게 연회장은 부담스러운 장소다. 앞으로 익숙해져야 하겠지만, 그것이 오늘은 아니다.

베로니카는 안젤리카와 레인하드에게 쪽지로 기별을 남기고 웨일스 저택으로 향하는 마차에 올랐다.

지나가는 마차 밖의 풍경을 의미 없이 감상하며 베로니카는 상념에 젖어들었다.

히이잉!

한참 그녀가 과거의 향수에 젖어 있을 때였다. 요란한 말의 울음소리와 함께 마차가 급하게 멈추었다.

댕, 댕, 댕.

자정을 알리는 나타의 종소리가 들려왔다. 수도 아트라한 태양의 광장에 정확히 마차가 멈춰 섰다. 마치 전에도 일어난 일처럼 익숙한 장면이었다.

"무슨 일인가."

베로니카의 물음에 마부가 한참을 소란을 떨더니 조용히 대답했다.

"마차 앞에 누군가 있었는데… 헛것을 보았는지 금세 사라졌습니다."

마부의 변명마저 전에 있었던 일처럼 익숙하다. 베로니카는 쯧, 혀를 찼다.

마부는 연달아 사죄했고, 다시 마차를 출발시켰다. 베로니카는 조용히 마차의 창으로 태양의 광장을 보았다.

온갖 추억이 얽히고설킨 곳이지만, 이제 그녀는 더 이상 과거에 얽매이지 않았다.

한참을 그렇게 마차 창밖을 보며 회상에 젖어 있을 때였다.

"잠깐!"

베로니카의 외침에 마차가 급하게 멈춰 섰다. 루시아와 메이가 의아한 얼굴로 그녀를 보았지만, 베로니카는 무엇에 홀린 듯이 마차에서 내렸다.

인파 사이로 어렴풋이 보였던 푸른 머리카락.

이번엔 정말로 잘못 본 것이 아니다. 분명 푸른 머리카락을 가진 남자가 있었다.

베로니카는 드레스 자락을 들고 급히 광장을 가로질러 뛰었다. 멀리 어렴풋이 푸른 머리카락이 나타났다가, 홀연히 사라졌다.

"헉, 헉."

숨을 헐떡이고 베로니카가 주위를 둘러보았다.

"베로니카 님!"

뒤에서 루시아와 메이의 목소리가 들려왔지만 베로니카는 다시 푸른 머리카락이 사라진 자리로 뛰었다.

익숙한 거리를 뛰고 뛰었지만 푸른 머리카락은 보이지 않았다.

베로니카는 이마 위로 송골송골 맺힌 땀을 손으로 거침없이 닦으며, 주위를 둘러보았다.

용서하지 못한다고만 했지, 눈앞에서 사라지라고 한 적은 없었다. 베로니카는 감쪽같이 사라진 로웰이 원망스러웠지만, 다시 한 번 그의 얼굴을 보기를 간절히 소망했다.

그가 다시 그녀 눈앞에 나타나 준다면 뭐든 용서해 줄 수 있을 것 같았다.

“베로니카 님! 대체 무슨 일이세요!”

차오르는 숨을 뱉어내며 메이가 그녀를 향해 물었다. 루시아도 뒤따라 도착해 숨을 고르며 그녀를 보았다.

“아니야……. 잘못 보았을 리가 없는데…….”

베로니카는 깊이 차오른 한숨을 뱉었다. 제가 헛것을 보았나? 너무 그립고 그리워 이제는 헛것마저 보이나? 그녀는 울고 싶은 기분이었다. 이 상태로 아리스타를 만나는 게 과연 옳은 일일까?

“아이참, 돌아가요!”

메이가 그녀를 이끌고 다시 마차가 있는 곳으로 향했다.

베로니카는 잔뜩 실망한 얼굴로 골목으로 돌아섰다.

탁.

그 순간 누군가와 부딪혀 바닥으로 엎어지려는데, 강인한 손이 그녀의 허리를 휘감아 일으켰다.

시원하고 알싸한 향이 그녀 코끝에 맴돌았다. 베로니카가 놀라 고개를 드니 그녀의 시야에 바다 빛을 닮은 푸른 머리카락이 보였다.

그리고 그녀를 똑바로 바라보는 황금빛 눈동자.

말끔하고 매끈한 얼굴. 그녀와 시선이 마주치자 입가에 걸리는 수려한 미소.

베로니카의 에메랄드 빛 눈동자에 눈물이 가득 차올랐다.

“베로니카.”

그녀를 부르는 목소리가 너무나도 달콤했다. 꿈에도 그리던 그녀의 이름을 부르는 그의 목소리.

"오랜만입니다."

베로니카는 순식간에 치밀어 오른 분노에 그의 손길을 뿌리쳤다. 그러자 로웰은 잔뜩 굳은 얼굴로 그녀를 보았다.

그의 얼굴 위로 가득한 자책을 베로니카도 알았다. 하지만 그녀는 그렇게 쉽게 그를 반가워할 수 없었다.

그를 그리워하면서도 원망한, 그녀의 모순된 감정이다.

"왜… 왜 이제야……."

그녀가 울먹였다. 그리고 로웰은 안타깝다는 시선으로 그녀의 고개를 잡고 시선을 맞추었다.

"반대편 세계에 다녀왔습니다."

로웰의 말에 놀란 베로니카가 딸꾹질했다. 그러자 로웰이 부드럽게 웃으며 그녀의 머리를 쓰다듬었다.

그녀에게 용서를 구하기 위해 자취를 감춘 동안, 그는 베로니카가 겪었던 고통의 몇 배에 달하는 고난을 겪었다.

베로니카는 신탁으로 주어진 시험을 치르고 모든 고난과 역경을 해결했다. 하지만 마물들과 용의 습격으로 세계가 주어진 시험이 크게 비틀렸다.

오색 돌을 되찾은 로웰은 그 모든 것을 해결하기 위해 '잠들어 있는 세계'를 가기 위한 방도를 찾아 라미스 레일을 찾았고, 그의 도움으로 간신히 '잠들어 있는 세계'에서 오색 돌을 완전히 제거했다.

'오색 돌'은 신탁의 증거물이다. 돌이 완전히 사라져야 모든 사건이 끝날 것임을 로웰은 알고 있었다.

하지만 사건을 모두 해결했을 때는 세계 간의 문이 닫힌 후였다. 로웰은 '깨어나는 세계'로 돌아오지 못했고, 그대로 더는 베로니카를 볼 수 없을 줄 알았다. '잠들어 있는 세계'의 자신을 만나지 않았더라면.

"그대에게 좀 더 당당해질 수 있도록. 신탁과 관련된 모든 일을 해결하고 왔습니다."

"그럼, 사람들의 기억을 조작한 것 또한 당신인가요?"

베로니카의 물음에 로웰이 조용히 고개를 끄덕였다. 그 모든 일은 오로지 그녀에게 용서를 구하기 위함이다.

지난 일은 돌아오지 않는다. 그 사실을 그도 알고 있었다. 후회로 얼룩진 지난날을 되돌릴 수 없다면, 앞으로의 미래를 그녀를 위해 할애하리라.

로웰은 굳게 다짐한 얼굴로 그녀를 보았다.

"앞으로 평생 그대 곁에서 용서를 구하겠습니다."

로웰의 말에 베로니카는 결국 울음을 터뜨렸다. 로웰은 조심히 손을 뻗어 그녀를 품에 안았고, 그녀는 그의 품에서 목 놓아 울었다.

온갖 설움이 복받쳤다. 그녀는 더 이상 자신의 감정을 감추지 않았다.

햇불에 그들의 그림자가 길게 늘어졌다.

그들을 훔쳐보는 차가운 달빛이 아름답게 비치는 새벽녘
이었다.

『베로니카 레퀴엠』 완결

이문혁 장편 소설
FUSION FANTASTIC STORY

PURSUER
퍼슈어

「난전무림기사」, 「마협 소운강」의 작가 이문혁
그가 그려내는 현대물의 신기원!

서울 서초구 고층 빌딩 사이에 존재하는
아는 사람만 아는 미지의 건물 봉 센터.
베일에 쌓인 그곳에 오늘도
정보에 목마른 자들이 왕래한다.

정계의 비밀부터 국가 기밀까지,
혹은 사회를 떠들썩하게 만든 사건의 정보까지!
원하는 모든 것을 찾아주나,
아무나 그곳을 찾을 수는 없다!

그대여, 이런 현대물을 본 적이 있는가!
이 세상의 어둠 속에서 숨 쉬는
또 다른 세상의 이면을 즐겨라!